国家出版基金项目
NATIONAL PUBLICATION FOUNDATION

华北抗日根据地及
解放区文艺大系

陈 晋 郑恩兵 主编

晋冀鲁豫《人民日报》文艺文献全编

文艺史料

第一卷

向 回 梁晓晓 编

河北出版传媒集团
河北教育出版社

图书在版编目（CIP）数据

晋冀鲁豫《人民日报》文艺文献全编．文艺史料．第一卷／向回，梁晓晓编．-- 石家庄：河北教育出版社，2023.12

（华北抗日根据地及解放区文艺大系／陈晋，郑恩兵主编）

ISBN 978-7-5545-7676-2

Ⅰ．①晋… Ⅱ．①向… ②梁… Ⅲ．①文艺－作品综合集－世界－现代②晋察冀抗日根据地－文学史－史料③晋察冀抗日根据地－艺术史－史料 Ⅳ．①I11 ②I209.92

中国国家版本馆 CIP 数据核字（2023）第 043811 号

书　　名　晋冀鲁豫《人民日报》文艺文献全编·文艺史料·第一卷
JINJILUYU RENMIN RIBAO WENYI WENXIAN QUANBIAN WENYI SHILIAO DI-YI JUAN
编　　者　向　回　梁晓晓

责任编辑　杨　乐
装帧设计　郝　旭
出　　版　河北出版传媒集团
河北教育出版社　http://www.hbep.com
（石家庄市联盟路705号，050061）
印　　制　石家庄众旺彩印有限公司
开　　本　787毫米×1092毫米　1/16
印　　张　17
字　　数　205千字
版　　次　2023年12月第1版
印　　次　2023年12月第1次印刷
书　　号　ISBN 978-7-5545-7676-2
定　　价　98.00元

丛书编委会

编纂说明

在中国共产党百年发展历程中，文艺始终是党领导人民开展进步事业的有机组成部分，是党在各个历史时期的中心工作的实时反映和重要推动力量。“华北抗日根据地及解放区文艺大系”，是一部全面展示抗日战争和解放战争时期华北地区党的历史创造、奋斗风采和形象建构的大型革命历史文艺文献丛书，对于深入研究华北地区革命文艺史、红色新闻史，弘扬伟大建党精神、梳理中国共产党人精神谱系，是必不可少的第一手资料，是我们在新时代坚定树立文化自信的重要思想资源。

一、编纂缘起

抗日战争及解放战争时期，华北地处各方政治与文化力量激烈博弈的前沿，这种特殊政治、军事、文化、地理环境中产生的革命文艺，具有鲜明的地域性特征，是五四新文化运动以来的革命文艺发展史上的突出标识。

但一直以来，由于史料文献整理不足，对华北抗日根据地及解放区文艺的研究，始终未能深入，其独特的地域性实践价值和蕴含的文化创新意义被严重遮蔽。这些史料文献主要以党报党刊的形式呈现，梳理汇编这些党报党刊中的革命文艺史料，借之以探索华北革命文艺的发展路径、发展方向、创造机制和创新经验，是深入贯彻习近平总书记关于“把红色资源利用好、把红色传统发扬好、把红色基因传承好”，“用好红色资源、赓续红色血脉”等系列重要讲话精神的有力举措，也是新时代文艺研究者不可推卸的责任。

2017 年 6 月左右，我们去中国社科院文学所拜访时任所长刘跃进先生，协商合作研究事宜，寻求中国社科院文学所的帮助。请教过程中，刘先生建议我们结合地方特色，做好地方红色文艺文献的搜集整理与编纂出版工作。经过一段时间筹备，2017 年底，我们以“河北红色经典系列丛书”为名，正式申报“2018 年度河北省省级宣传文化发展专项资金”项目并成功立项，旨在通过选定刊行河北红色经典作品、梳理汇编河北红色经典研究资料、系统阐述河北红色经典发展历史等基础性工作，打造一个集大成式的河北红色经典文献资料库。

项目最初设计共二十四卷，包括六大板块：《河北红色经典史》一卷、《河北红色文艺作品选》六卷、《河北红色经典作家作品索引》三卷、《河北红色经典研究资料汇编》四卷、《〈晋察冀日报〉副刊文学作品全编》六卷、《晋冀鲁豫抗日根据地文艺作品及〈新华日报〉太行版文艺作品汇编》四卷。但在项目实施过程中，我们充分吸收专家意见，认为网络时代和大数据背景下的科研活动有了很大变化，《河北红色经典作家作品索引》与《河北红色经典研究资料汇编》的编纂工作，在当前学术生态中价值不大，并予以取消。同时，在项目实施过程中我们发现，《晋察冀日报》《人民日报》等党报除刊发大量文艺作品外，还有大量记录边区文艺工作者行迹，反映边区戏剧、音乐、文学、美术、舞蹈、曲艺活动与报刊书籍出版发行等各方面情况的文艺史料，以及体现我党文艺方向、方针变化的政策文件与重要领导讲话，是华北地域党和人民对敌作战的重要宣传武器，更是飘扬在华北地区军民心中一面旗帜。这些史料是华北地域革命文艺发生、发展与壮大的真实记录，对我们正确认识革命文艺的特点与历史地位有重要的决定性作用。

为此，我们精心整理了《〈晋察冀日报〉文艺文献全编》《晋冀鲁豫〈人民日报〉文艺文献全编》《〈晋察冀画报〉文艺文献全编》《晋察冀日报社人物志》（共五十一卷），同时收入全国抗战时期和解放战争时期与河北地域相关且被广大群众所喜爱并广泛传唱的红色文艺作品，结集为《河北红色文艺作品选》（共六卷），至此形成丛书目前的五大板块，而且将名称由“河北红色经典系列丛书”改为“华北抗日根据地及解放区文艺大系”，方便以后在此基础上做进一步拓展。

二、地域范围及文艺特质

华北抗日根据地包括当时山东、河北、山西、察哈尔、绥远、热河全部及豫北、苏北、皖北部分地区，分晋绥、晋察冀、晋冀豫、冀鲁豫、山东五大块。1941 年，冀鲁豫合并到晋冀豫，称晋冀鲁豫。其中晋察冀抗日根据地作为开辟最早、地域最大、人口最众的模范抗日根据地，是华北抗日根据地的坚强堡垒，牵制和抗击了三分之一以上的华北日军和二分之一的伪军。

在河北及其邻省周边地区开辟与创建华北抗日根据地，是红军长征到达陕北之后党中央迅速做出的重大战略决策。这些根据地地处对日武装斗争最前线，不仅打开了抗战的新局面，成为华北敌后抗战的主战场，而且进行了新民主主义社会的实践探索，对解放战争的历史进程产生了巨大影响，成为我党开辟东北解放区的前进基地和逐鹿中原的战略后方。随着抗日根据地的开辟，延安文艺工作团、西北战地服务团、东北促进纵队干部队、八路军总政治部前线记者团等大批文艺工作者，随同党政干部一道陆续抵达华北，东北、平津的青年学生也纷纷冒着生命危险来到边区。他们一手拿枪，一手拿笔，深入农村与抗战前线，切身体会工农兵的生活，深刻了解工农兵的需求，从而根本上克服了艺术至上主义思想倾向。所以，华北抗日根据地及解放区文艺，既响应了伟大的民族抗战对文学艺术提出的时代要求，亦充分兼顾到广大人民群众的接受习惯和欣赏水平，真实地反映了华北人民火热的战斗与生产生活。很多作者本身就是农民、战士或基层工作者，他们把自己的经历和熟悉的人和事，通过小说、戏剧、诗歌、报告文学、歌曲、绘画、舞蹈等文艺样式记录下来，语言通俗平实，富有生活气息。由于产生于特定时代、特定区域而又适应特定需要，故而无论是题材、语言还是风格，在体现革命大众文艺共性的同时，又具有强烈的华北地域特性。

华北抗日根据地及解放区文艺的繁荣发展，是专业文艺工作者与工农兵群众共同创造的结果。人民群众不仅是革命文艺运动的主导主体、推进主体、受益主体，还是一切成败得失的评判主体。华北抗日根据地及解放区文艺，归根结底，是“以人民为中心”的文艺。

三、学术价值

今天的河北在抗日战争、解放战争时期是晋察冀、晋冀鲁豫两大根据地的中心区域，有着悠久的革命历史传统和丰厚的红色文化底蕴。据不完全统计，抗日战争和解放战争期间，仅晋察冀边区专区以上就办有报刊四百余种，编印图书五百余万册。如果将这种统计扩大到环绕河北的整个华北抗日根据地及解放区，时间扩展至从中国共产党成立到中华人民共和国成立，数据更为可观。这些红色图书、报刊的出版发行，团结了一大批来自全国各地的著名革命文艺家和专业文艺工作者，其中有大量文艺相关信息，是研究近现代中国革命文艺的重要史料。但因受当时物质条件及复杂局势影响，它们传播范围有限，保存困难，如今已普遍出现老化或损毁现象，面临着消失、断层的危险。

长期以来，由于对抢救、整理和利用红色文艺文献的意义认识不足，现行的科研评价、出版机制亦难以有效刺激科研工作者积极从事老旧报刊等红色文艺文献的系统整理，大量有待整理的红色文艺文献尚未进入学界的视野。特别是华北抗日根据地及解放区的文艺文献，有很多甚至还是学术盲区。如《冀中导报》《救国报》《边政导报》《冀南日报》《团结报》《前进报》《新察哈尔报》《冀热察导报》等各类党报，以及《冀热辽画报》《冀中画报》《北方文化》《五十年代》《新长城》《新群众》《诗建设》《诗战线》等期刊，虽有部分学者对其办报（刊）历程、思想以及传播等方面予以研究，但均无系统的文艺文献整理本。“华北抗日根据地及解放区文艺大系”整理的《晋察冀日报》、晋冀鲁豫《人民日报》、《晋察冀画报》，是当时华北抗日根据地及解放区党报党刊的典型代表，是党的理论和实践同文艺结合的主要媒介和载体，是华北革命文艺重要的传播平台。这些报刊，既客观记录了华北革命文艺的传播与发展，也完整展现了华北革命文艺的特殊使命与风格特征，具有极其重要的史料价值。在此基础上，我们还会将视角延伸到《晋绥日报》《新华日报·太行版》《新华日报·太岳版》等党报，不断地充实这套大型文献史料丛书，以此来系统建构华北抗日根据地及解放区的“文艺史料学”。

四、丛书特色

这套丛书的编纂，主要以抗日战争及解放战争期间华北境内各根据地、解放区出版、发行、制作之图书、期刊、报纸等红色文献中的文艺资料为内容。编纂特色主要包括：

（一）抢救珍贵历史文献，弘扬伟大建党精神。

华北抗日根据地及解放区的红色文献发行于条件艰苦的战争年代，数量少，印制质量粗糙，历经岁月的洗礼，留存下来的品相完好者已经很少，有些到今天已成孤本。这些文献作为特定历史时期和区域的产物，见证了中国共产党领导华北人民争取民族独立和人民解放的伟大历程，反映了华北近代社会的巨大变化，蕴含着珍贵的史料价值和鉴往知来的现实意义，是中国共产党领导的文艺事业、新闻出版事业与意识形态建设发展的历史见证。它们诠释了党的初心和使命，蕴含着坚定的理想信念与崇高的革命精神，到今天仍然具有强大的感染力与说服力，是陶冶情操、磨炼意志，走好新时代长征路的有效精神资源。抢救性搜集、整理与研究这些珍贵历史文献，有利于增强党政干部政治信仰，弘扬伟大建党精神和践行社会主义核心价值观。

（二）文艺与党史密切融合，拓展革命文艺与党史研究的新视野。

革命文艺作品的创作、发表和传播，和党的历史任务和奋斗实践是分不开的。在艰苦卓绝的革命岁月，奋斗前行的中国共产党始终强调，既要拿“枪杆子”，也要拿“笔杆子”。革命的文艺工作者，一手拿枪，一手拿笔，深入农村与抗战前线，以人民大众易于接受和欣赏的形式，宣传党的政策，推行党的方针，为中国共产党顺利完成不同历史阶段的中心任务和伟大使命发挥了独特而重要的作用。本套丛书收入的文献史料，主要是抗日战争与解放战争时期党报党刊中的文艺作品与文艺史料，它们鲜明生动地体现了党的历史，党领导人民争取民族独立、人民解放的奋斗历程和精神面貌，从而为学界从文艺角度研究党史和从党史角度研究文艺提供了有力支撑。

（三）作品汇编与史料梳理并行，还原革命文艺的历史场域。

“华北抗日根据地及解放区文艺大系”的编纂，全面辑录华北抗日根据地及解放区党报党刊上刊登的诗歌、小说、戏剧、报告文学、散文、歌曲、版画等文艺作品，并系统梳理当时文艺发生、发展、传播以及社会各界文艺活动的各类消息和报导，同时选编了大量的河北红色文艺作品作为补充。这种文艺史料与文艺作品的配合整理，还原了革命文艺的历史场域，有利于构建对革命文艺的科学认识。

五、丛书内容

（一）《〈晋察冀日报〉文艺文献全编》共三十八卷：

诗歌三卷

戏剧一卷

小说二卷

文艺评论三卷

文艺史料九卷

外国文艺二卷

散文报告文学十七卷

歌曲版画一卷

（二）《晋冀鲁豫〈人民日报〉文艺文献全编》共十一卷：

诗歌一卷

戏剧、小说、文艺评论一卷

散文报告文学五卷

文艺史料四卷

(三)《〈晋察冀画报〉文艺文献全编》一卷

(四)《晋察冀日报社人物志》一卷

(五)《河北红色文艺作品选》共六卷：

诗歌一卷

戏剧一卷

散文一卷

小说三卷

六、编纂体例

(一) 整套丛书题材丰富、门类众多，在体裁上不做强行统一。

(二) 丛书中所录作品均为当年报刊发表的原文。为确保丛书的文献性、学术性、专业性和资料性，丛书编辑加工的总原则为保持文献原貌，内容上不做改动。

(三) 文字的使用

1. 丛书中文字的使用以2013年教育部、国家语言文字工作委员会公布的《通用规范汉字表》为准。

2. 丛书中的古体字、通假字、俗体字，以及所涉及姓名字号、职官地理等专用字，均予保留。

3. 丛书原文字迹模糊残损，但仍可辨认或可依上下文校正，以字外加方框“□”表示；原文缺字或无法辨识，且无法校补，每字以一个方框“□”表示；如无法统计所缺字数，则以“▨”表示。

4. 丛书中数字的使用，保持原貌。

（四）标点符号及其他符号的使用

1. 丛书在不改变原文意义的情况下，将旧式标点改作现行标点符号。

2. 丛书原文中出现代表文字的符号，如“×”“△”“○”“▲”等，保持原貌。

3. 丛书原文中的着重号、专名号等不再保留。

（五）其他

1. 丛书原文中的注释，保持原貌；编者亦出部分注释，供读者参考。

2. 因为原始文献本身产生于战争年代，保存不易，漫漶不清处较多，丛书疏误之处在所难免，希望专家读者批评指正。

七、鸣谢

本套丛书得以顺利面世，要特别感谢中共河北省委宣传部、河北省社会科学院、河北教育出版社的资金支持，以及北京大学陈平原教授、中国社科院文学所刘跃进研究员、南开大学文学院李扬教授、河北师范大学文学院王长华教授等，为丛书编纂提供了多方面的学术支撑；晋察冀日报社老报人及报史研究会诸位老师，中国社科院文学所现代室、中国丁玲研究会、中国现代文学馆各位专家，也在丛书编纂过程中提出了许多建设性意见；院内外的数十位年轻科研工作者，在原文录入和校对方面付出了艰辛劳动，确保了项目的顺利进行。在此一并致谢。

把艺术交给大众（代序）

——祝贺“华北抗日根据地及解放区文艺大系”结集问世

中国社会科学院　刘跃进

由河北省社会科学院文学研究所编纂、河北教育出版社出版的“华北抗日根据地及解放区文艺大系”结集问世，值得庆贺。

文艺是时代前进的号角。1937 年 7 月 7 日，卢沟桥事变爆发，全面抗战由此而起。广大的爱国知识分子和青年学生，表现出同仇敌忾的民族气节，走出书斋，走出校园，用知识，用智慧，用不屈的精神力量唤醒民众，用实际行动担负起抗日救亡的历史重任。在此后的岁月里，延安文艺和华北抗日根据地及解放区文艺，是中国共产党领导下的两大主体，双峰并峙，展示着那个时代的风貌，引领了那个时代的风气。

随着抗日根据地的开辟，延安文艺工作团、西北战地服务团、东北促进纵队干部队、八路军总政治部前线记者团等大批文艺工作者，随同党政干部一道陆续抵达华北，东北、平津的青年学生也纷纷冒着生命危险来到边区。他们一方面积极创作大量街头剧、活报剧、街头诗、墙头小说、木刻版画、歌曲、舞蹈等革命文艺，开展抗日救亡宣传运动；一方面也通过开办文艺干训班，开展各行业、各阶层甚至全民的文艺创作与评选活动，吸引工农兵群众加入文艺队伍，掀起了“晋察冀一周”“冀中一日”等具有深化性质的群众写作运动，以及“创造模范村剧团”“穷人乐”等群众戏剧运动，为晋察冀文艺史添上了浓墨重彩的一笔。

说到这里，我想起2009年参加《北平学生移动剧团团体日记》捐赠仪式的一段往事。从1937年到1938年，在中国抗战史上唯一以大学生组成的“北平学生移动剧团”在长达一年半的时间里，历尽艰难，转辗于国民党第五战区的各个战场，演出话剧，创办报纸，宣传抗日，鼓舞斗志，谱写出响彻云霄的时代赞歌。移动剧团的成员每人一周轮流记述，用日记形式记录了那段不平凡的岁月，《北平学生移动剧团团体日记》就是这部历史的记录。它不是写给个人看的私密记录，也不是为将来面世扬名。作者完全出于一种历史责任，真实客观地记录了那段鲜为人知的历史，体现出强烈的史家意识。日记封面上有这样一段题记，“北平学生移动剧团·愿我永恒·中华民国二十七年二月二十三日始·璧华”。孤立地看这部日记，也许没有什么轰轰烈烈的战斗业绩，也没有什么感人肺腑的情感纠结。客观、平实是它的本色，正是这种本色，为那个历史年代留下一段真实。“北平学生移动剧团”的抗日活动，是文艺工作者投身抗日洪流中的一个历史缩影。

随着抗战的胜利，察哈尔省会张家口解放，晋察冀文协、晋察冀剧协、晋察冀音协、晋察冀美协、晋察冀通讯社、晋察冀边区剧社、晋察冀日报社、晋察冀画报社等文化团体随中共晋察冀中央局和军区领导先后开赴华北根据地，一大批文艺工作者也随之来到华北，开展丰富多彩的文艺活动。他们坚持毛泽东《在延安文艺座谈会上的讲话》中指出的方向，一手拿枪，一手拿笔，深入农村与抗战前线，既为切身体会工农兵的生活，也为深刻了解工农兵的需求，从而在根本上克服了自身相当普遍和严重的艺术至上主义思想倾向，为工农兵而创作，为工农兵所利用，以人民大众易于接受和欣赏的形式，普遍写人民大众的生产战斗故事。譬如左翼作家邵子南，于1938年10月随西战团到晋察冀，主持战地社日常工作，主编《诗建设》；1943年整风运动后，他到阜平任小学教员，在反“扫荡”中与群众、民兵一起转移、战斗，还直接在五丈湾跟随李勇的游击组对日寇展开地雷战；1944年5月随团回延安，在鲁艺任教，后调陕甘宁文协搞专业创作，开始大量创作反映晋察冀边区生活的小说。他以亲身体验为基础创作的短篇小说《李勇大摆地雷阵》（后改为《地雷阵》），运用阜平农民群众的语言，以口语化方式讲述了爆炸英雄李勇的抗日故事，明显吸取了民间说唱文学的优点，特别是在白话叙述中还插入不少快板式的韵白，更适合群众的喜好，因而在当时广为流传，家喻户晓，起到了很大的宣传鼓动作用。其他作品，如《荷花淀》《太阳照在桑干河上》《漳河水》《赶车传》《王九诉苦》《孟祥英翻身》《新儿女英雄传》《白求恩大夫》《我的两家房东》《穷人乐》《李殿冰》《戎冠秀》《没有共产党就没有中国》《团结就是力量》《没有土地的人们》《白毛女》等，都是成功的文艺典范，在现代中国文学史上占据比较重要的位置。

在华北抗日根据地及解放区的文艺创作成果中，还有数以万计的文艺作品和极具研究价值的文艺史料刊发在根据地及解放区所办的报刊上。很多作者，本身就是农民、战士或基层工作者。他们把自己的经历和熟悉的人和事，通过小说、戏剧、诗歌、报告文学、歌曲、绘画、舞蹈等文艺样式记录下来，语言通俗，富有生活气息。人民既是历史的创造者，也是历史的见证者；既是历史的“剧中人”，也是历史的“剧作者”。让故事中的人物自己编词、自己表演的创作方式，很好地反映出人民的心声，并让人民群众从生动活泼的艺术作品中得到教育，这确实是一个成功的尝试。

配合党的中心工作，“把艺术交给大众”，通过文艺唤醒大众，这已成为华北文艺工作者的自觉意识。他们积极响应伟大的民族抗战对文学艺术提出的时代要求，充分兼顾到广大人民群众的接受习惯和欣赏水平，创作了大量的作品，真实地反映了燕赵儿女火热的战斗与生产生活，起到了良好的宣传教育与鼓动激励效果。刘萧无编排新闻报道剧《李殿冰》，编剧与演员一起住到李殿冰家里，以便于熟悉主人公的生活，搜集真实生动的群众语言，还模仿他们的动作，理解他们的心理，甚至还让主人公李殿冰等直接参与剧本的修改和编排。描写群众的生活，邀请群众参与创作，这是当时文艺工作者走群众路线的生动体现。该剧演出后获得当地老百姓的极大赞赏，鲁中实验剧团还专门学习该剧的创作方法，创编了三幕五场话剧《过关》。艾思奇《前方文艺运动的新范例》更是誉其开创了前方文艺的新范例。抗敌剧社的《王老三减租小唱》、冀中火线剧社的话剧《我们的母亲》，也都具有这种特色。

这些文艺作品，可能略显仓促，有的甚至急就于战火中，所以在素材提炼、人物形象塑造以及语言的使用、细节的刻画等方面还有很多不足。但是，这不是一般意义上的创作，而是燕赵大地为争取民族独立、人民解放的集体记忆和行动号角，是中国革命事业的重要组成部分。华北抗日根据地及解放区的文艺，有很多这样未经沉淀的纪实作品，不管其艺术性如何，但在发动群众、组织群众、铸就抗击日寇和国民党反动派铜墙铁壁方面，发挥了无可替代的作用。20 世纪五六十年代，河北地区涌现出大量的红色经典，便是华北抗日根据地及解放区文艺的传承和发展。

2017 年 6 月，河北省社科院文学所郑恩兵所长来京与我们协商合作研究事宜。我根据所了解的信息，建议他们结合地方特色，做好地方红色文艺文献的搜集整理与编纂出版工作。“华北抗日根据地及解放区文艺大系”就是那次商讨的成果。全书由五个部分组成：第一部分为《晋察冀日报》文艺文献全编，第二部分为晋冀鲁豫《人民日报》文艺文献全编，第三部分为《晋察冀画报》文艺文献全编，第四部分为晋察冀日报社人物志，第五部分为河北红色文艺作品选。全书收录各种文体的作品六千余种，包括小说、诗歌、文艺评论、戏剧、报告文学、散文、文艺通讯、美术、书法和音乐、文艺史料，还有文艺信息、文艺广告，基本涵盖了华北抗日根据地及解放区的文艺创作情况，具有很高的研究价值。

时值中华人民共和国成立七十五周年之际，我们有机会阅读这部皇皇五十余册的“华北抗日根据地及解放区文艺大系”，更加深切地感受到新中国的建立真是来之不易，她是无数条战线的可歌可泣的人们不懈奋斗的结果。在这样一个特殊的日子里，我们感念当年那些有名无名的作者，感谢参与整理工作的学者，当然，更要感激我们这个伟大的时代。

目录

鸣谢启事

本报筹备仓卒，力薄人鲜，承党政军首长，太行、冀鲁豫、冀南、太岳各地报社及各方同志诸多赞助，得以如期出版，感荷良深！际兹创刊伊始，荷蒙党政军首长，惠赐题词，无任荣幸，谨在此一并致谢。感谢之余，谨致民主和平敬礼！

人民日报社启

（1946 年 5 月 15 日）

发　刊　词

本报——《人民日报》，晋冀鲁豫边区广大人民的报纸出版了。

晋冀鲁豫边区的人民、八路军、共产党在驱逐日寇、挽救全中华民族危亡的八年过程中，曾经表现了无限艰苦英勇牺牲的精神，粉碎了敌伪八年来无数次野蛮的蚕食、进攻和扫荡，坚持了敌后的艰苦抗战。日寇投降以后，在肃清敌伪、制止内战、争取和平的五个月的斗争中，晋冀鲁豫的人民、八路军、共产党，继续表现了无限艰苦英勇牺牲的精神，大量地肃清敌伪残余，扩大了解放区的领土，严重地打击了侵入解放区的反动派内战挑拨者，配合全国和平民主的斗争，争取了全国和平建设阶段的开始到来。晋冀鲁豫边区的人民对于民族、和平、民主是曾经有过极大贡献的。本报的出版，在于发扬晋冀鲁豫边区人民驱逐日寇、热爱民族、热爱和平民主的传统精神。

现在晋冀鲁豫的人民、八路军、共产党，正在为着巩固国内和平，坚持政治协商会的三大协议及其全部决议的实现，而继续深入广大群众反奸诉苦复仇运动、减租减息运动，深入生产练兵运动，开展整编复员，经济文化建设等各方面的工作中。然而我们感觉到：全国和平民主事业的胜利实现，这一工程是异常艰巨的，反动派内战挑拨者，正在酝酿着全国规模的内战，东北的内战在继续扩大，包围新四军五师的国民党反动派的军队，正在企图围歼第五师；我晋冀鲁豫四周的国民党反动军队，亦在忙于调动和积极的进攻准备中，这就是说内战正在威胁全国和平民主事业，同时也在威胁我晋冀鲁豫边区和平民主建设的工作。本报的出版，将要动员和组织全晋冀鲁豫边区的人民，起来坚持政协决议的全部实现，坚持群众性的自卫斗争，特别是加强边沿地区群众性自卫战争的领导与组织，准备随时击破反动派的进攻，保卫晋冀鲁豫解放区。

为着贯彻政协决定的全部实现和晋冀鲁豫边区的进一步巩固，我晋冀鲁豫边区正在展开反奸诉苦复仇运动、减租运动，这一运动还须进一步求得普遍开展和深入；今天主要的缺点不是什么“左”，而是不够大胆放手，而是少数人的蛮干，而是还有很多空白和部分地不注意掌握对于中农及其他必要的政策。生产运动有些区域并不深入，还须及时检查，求其深入，保卫边沿区的麦收，及麦收后的耕种，目前即应加以准备。练兵与整编复员工作，已在所有部队中进行，但这一工作必须与自卫斗争的准备密切结合起来，自然我们是不愿意内战、坚决主张和平的，但是一旦内战挑拨者逼迫着我们接受内战，只有起来坚决自卫，给反动派以坚决的还击，决不能因为练兵整编复员而松懈我们自卫作战的准备。我们的民主、经济、文化、交通等各方面的建设工作，虽然已经在积极进行之中，但我们认为还不够，还须进一步的展开。推动这许多方面的工作，并求其进一步的开展深入，以达到晋冀鲁豫边区进一步的巩固，将是本报出版十分繁重的任务！

我晋冀鲁豫边区的山地和平原，过去曾经被敌人长时期的分割，山地和平原的联系受到不少限制，在肃清敌伪的胜利进军中，已经把四个地区、山地和平原联成一片了，今后经验的交换和沟通，虽然增加了许多的便利，然而由于几个地区七八年来受敌伪不断封锁分割，和各地区工作基础、环境、历史、经验等的条件不同，工作上还存在许多差别。今后如何更广泛地、更充分地、更经常地，交换这个地区和那个地区、山地和平原各方面斗争的经验和工作的经验，以达到各地区步骤的更加齐一，工作的更加平衡发展，力量的更加集中，亦将是斗争赋予本报非常重要的使命！

本报——《人民日报》，晋冀鲁豫边区广大人民的报纸，在大家热烈期待和鼓励之下，在极不完备的条件之中出版了，这是值得庆幸的一件事情！关于它的发展、壮大、坚强，我们热烈希望全边区党政军民及广大读者同志们的扶植与帮助！我们的口号是毛主席昭示我们的：全心全意为人民服务！这也就是本报的方针和宗旨。

（1946年5月15日）

军区文工团演出《两种作风》

生动真实深受欢迎

【本市消息】军区文艺工作团集体创作之《两种作风》，在各部队演出，深受干部战士欢迎，均认为生动地反映了自己真实的生活，且有很大教育意义。三纵队直属队各部提出大小不同的意见，竟达八十二条。某连连长说：“看这个戏，比我政治整训一个月的收获还大。”该剧系秧歌广场剧，由江涛、史超同志执笔，经吸收群众意见修改后，内容及技巧都有很大改进，现全文已在《人民的军队》上发表。军区副政委张际春，宣传部部长任白戈，并为文介绍，说这个剧对部队整训工作有很大的推动作用。

（1946年5月15日）

新闻界的祝贺

庆祝《人民日报》创刊

正当国民党反动派调兵遣将行将揭开大规模屠杀人民的全面内战的时候，听到人民的报纸——你的创刊，我们兴奋极了！你的诞生，以人民的喉舌的资格，喊出全边区人民的呼声，代表出全边区人民的意见，我们相信你会有力地引导着三千万人民与国民党反动派进行胜利的斗争，亟早促成和平民主的实现。你们是新闻阵线上的主将，我们希望在你的指导下，为完成以上的任务共同奋斗。

冀南日报社、新华社冀南分社全体职工同贺

三千万人民的嘴巴，山地平原的桥梁。

太行新华日报社、新华社太行分社全体职工敬贺

集中人民意见，坚持人民利益。

冀鲁豫日报社、新华社冀鲁豫分社敬贺

人民的报纸要反映人民的愿望——和平与民主；领导人民的斗争——巩固和平与实现民主。

冀南书店五月九日

祝《人民日报》创刊

你代表边区三千万人民的斗志和呼声。

我们将响应你的每一号召鼓舞前进！

人民的军队报社、人民画报社敬献

（1946年5月15日）

一个欢快的茶会

庆祝本报创刊　磐石同志再三要求大家多帮助

【本报特写】半个月来，邯郸市火磨街东口的大楼经常被朋友们所访问。我们——《人民日报》的工作者，愉快而忙碌地接待着自己的客人。“大报能按时出版吧！”“十五号快到了！”这种情感洋溢的期望与鼓励，变成督促我们积极筹备的力量。

匠人们流着汗水，赶塑“人民日报馆”“新华通讯社”的门额，军区政治部艺术科的同志们亲自参加指导。军人、市民、公务员、学生们经常围着大楼伫足而观。在楼上忙于编写的人们看到这种热烈的情形，心中泛起一种欢欣感激的复杂情绪。这群众的关心，社会的期望，对于我们这些青年人，该是多么有力的鼓舞呢！

党政军首长及三局等机关的同志们几乎每天询问筹备的情况，指示一切，解决困难。磐石同志常常这么轻轻地提醒着：“不要辜负大家的期望啊！”

日子一天天地逼近了，已经到了十四号。印刷厂排字房从清晨就全体动员，编辑记者们跑到工厂里当校对，刻字工人汗流满面，精雕首长的题词。午饭不吃，午觉不睡，一直忙碌了十二个钟头。新华书店新添了许多顾客，这一天订报的有八百四十份之多。

印刷厂的机器通宵转动着。十五日上午八点钟，报纸出版了。邮局的自行车跑到报馆的门前，他们知道了报纸还在工厂时，立刻又向工厂驰去。不久，街头的阅报处挤满了人。

十点钟，在邯郸中学礼堂举行创刊典礼茶会。首长们、各机关团体的代表和本报的工作人员坐在一起，大家浮着一个相同的笑脸。刘司令员身体近日稍感不适，但也很高兴地和邓政委一起来了，用两重眼镜端详着创刊号。

磐石同志乘着这个“检阅第一期报纸”的机会，把本报筹备的经过、现在的情况和将来的计划报告了一下，他在报告的结尾说，“报纸能在今天出版，首先要感谢各方面精神上、物质上的鼓励与帮助”，因为“现在仍有许多困难，对各方面可能有照顾不周的地方，请原谅。并希望尽可能多多帮助”。

杨秀峰主席满面笑容，几次提到自己“很高兴”。他说：大报应该多多登载全区性的大问题，例如关系几百万人生命的“黄河归故”问题，就该连续、深刻地披露。第一期这样做了，“做得很好”。他认为今后应该加速传递，加强通讯工作，以发挥报纸更大的效果。

张际春同志首先把报纸及通讯社的同志鼓励了一番，提出今后要注意“帮助领导”“组织斗争”“交流经验”，“依靠大家的力量，把报纸搞得更完善些”。

邢肇棠副议长对报纸的出版，“竭诚祝贺”，并提出许多具体意见，“多宣传我们的民主运动和基本政策”；注意在宣传上，采用多种多样的形式，提高文字技术。

任白戈、陈斐琴等同志都说了话。任白戈同志感谢这个精神食粮的出版。的确，大家都很需要它，在开会之前及讲话的间隙中，每个人不是都在静静地读着它吗？但是，怎样才能把它办得更好些呢？磐石同志最后除对大家拨冗莅会表示感谢外，又再三提出“请以后随时提示意见，多多帮助”。

（1946年5月16日）

《新大众》发行增至八千余份

张容

【本市讯】华北新华书店编印的通俗大众刊物——《新大众》，是本区读者最多、销路最广的一个杂志。这杂志去年六月创刊，现在已出到十九期，起初是月刊，后应读者要求，改为半月刊。现在每期发行数量增至八千五百份，尚有不敷之感。其最大特点是“读者就是作者”“做什么写什么”。给杂志写稿的人，有小学教员、区村干部、农村剧团团员、战斗员、勤务员、交通员、理发匠等。现在经常写稿的通讯员有五百多人，每天平均能收到二十件稿子。许多读者给《新大众》写信说：“《新大众》很好懂，内容又切合实际，对我的帮助很大。”

（1946 年 5 月 17 日）

文化界的祝贺

祝《人民日报》创刊

歌颂人民，发扬人民，推进人民革命的事业，为人民而呼喊，为人民建立灯塔，照耀人民胜利的道路！

边区文协全体敬贺

为人民服务，替人民说话，是我们大家的责任。

新华书店、北方杂志社、韬奋书店

大众科学社、新大众社、儿童杂志社　　同贺

（1946 年 5 月 17 日）

《济宁日报》创刊

【新华社晋冀鲁豫总分社讯】济宁市十四万市民的号角《济宁日报》，已于五月一日出刊，现出刊至第十五期，将在二十日举行创刊典礼。

（1946年5月17日）

《文艺杂志》征求订户

《文艺杂志》即将出版第三期，内容包括故事、小说、歌剧、论文等，无不与现实的群众运动、生产、建设密切结合。文字通俗易懂，适合广大群众及干部阅读。自创刊以来，销售甚快，读者纷纷要求长期订阅，为适应读者阅读便利，特征求预定户，并可享受下列优待：

一、《文艺杂志》每一月出版一期，每期定价三十元，预定三期收洋八十元，六期收洋一百五十元。特大号临时增价，预定户不另加价。

二、出版后尽先寄给预定户。

三、可以按期收阅，因印刷不多，零购可能向隅。

（预定手续与《新大众》同）

新华、韬奋书店邮购服务股启

地址：总店——河北邯郸

分店——河北邢台、河南焦作、山西长治

（1946年5月18日）

新华、韬奋书店邮购服务股重要启事

《新大众》杂志，第二十期起，定价改为三十元一本，预定六期收洋一百六十元，预定十二期只收洋三百元。唯在六月一日以前预定者，仍照每期十五元计算。希读者注意，迅速预定，勿失良机。

（1946 年 5 月 18 日）

太岳群众翻身后　大众文化广泛发展

鲁中区成立民校九千余处

【新华社阳城讯】太岳全区文教运动，随群运与生产运动而迅速开展，据全区三十四县的统计：（一）去年冬学六三九七座，学员四六三五六三人，较四四年增加一倍多。仅阳城即由四九六座增加到一〇一九座，学员由二五六四七人增加到七三五〇二人。（二）全区小学五六九九座，较四四年增加一倍，共有学生二〇四七七五人，其中有民办四四一座。小学一般分三种类型：一种是在减租生产运动开展好的村，群众有文化学习的要求迫切，多以劳动英雄为核心设立的。如沁源曹光亮的燕家坪小学，浮山石振明的松山小学等。其特点是群众自己管理，不限制性别和年龄，学习与生产密切结合。一种是模范教员适应农村具体情况和配合群众办的，如阳城固隆小学，教员卫克成因解决本村男女去外村上学的种种困难，将固隆小学改为民办完小。第三种为人口稀少住地分散地区，教员适应群众需要轮流到各村教学，如安泽、冀氏等地皆很普遍。（三）全区中学六座学生九〇四人，较四四年增二座，学生增加五百人；师范五座。其学习方法是学生提出问题，大家讨论互相学习。（四）全区有读报组二千一百个，分为两种：一种以互助组为单位，成立读报组，在生产休息时进行读报。一种为村干部读报组，每天干部开会时读报。全区文娱也极活跃，农村剧团五百二十二个，演员一三七一人；秧歌队二千一百九十队，演员一〇九五五〇人，出演的内容都是与中心工作密切配合，演员都不脱离生产。仅阳城即有农村剧团七十五个。

【新华社莱阳十二日电】鲁中工农文化教育获得显著成绩，全区七〇七八（边沿区除外）村庄中，即有民校九千二百处，学员二十三万人左右；妇女识字班五千多处，学员约十二万人；读报组二千零八十组，人数一万五千二百，黑板报九千余所。仅鲁中大众报社，每月即能收到二千余篇工农的投稿。小学三千六百处，上学儿童有十三万九千多人。临沂尤家庄，在抗战前全庄男女文盲有四百九十人，占总人口百分之九十六，现在全庄能写信记账的有九十七人，已入小学的男女儿童五十九人，识字的占全庄人口百分之四十七。

（1946 年 5 月 20 日）

新华、韬奋书店邮购服务股重要启事

敝店前在报上登载之收换旧书办法，现因物价上涨，原来规定之价格过低，为照顾读者交换便利起见，从五月一日起，特再增价两倍收换，希各地读者踊跃将所存之书，按收换书志目录中所列书籍寄来本股，以便转让他人阅读。

（1946 年 5 月 21 日）

加强地方报导　太行《新华日报》改版

【本报长治讯】太行新华日报社十七日讯：本报于今日改版，恢复去年日寇投降前之间日出版四开一张。改版后，本区地方新闻之报导加强，国内外大事减少，采综合评述编辑法，并力求通俗易懂，以与《人民日报》分工合作。

（1946 年 5 月 22 日）

《人民日报》创刊纪念

茫茫大地，明星诞生，启聋振聩，万众响应。群众导师，人民先锋，诛奸伐凶，立场严明。解放事业，日升月恒。

冀南行署敬祝

（1946 年 5 月 22 日）

西安国民党当道　压制民盟活动

名教育家李文仁遭特务杀害

【新华社延安十八日电】西安讯：四月三十日，横遭特务暗杀的《民众导报》主编名教育家李文仁氏，因伤重不治，已于本月三日在咸阳寓所逝世。前日此间盛传李文仁与《秦风·工商日报》法律顾问名律师王仁两氏之惨遭暗害，不仅由于他们平日主张和平民主，且因他们加入民主同盟，致遭国民党当局嫉忌。闻西安国民党当局现已下令禁止民主同盟在陕活动，并将若干被他们认为是民主同盟盟员的民主人士列入暗杀黑名单中。

（1946 年 5 月 23 日）

边区文协举办延安木刻展览

【本市讯】边区文联已于本月十九日上午九时假市民教馆大楼展览新从延安带来的木刻、画报，前往参观者，极为踊跃。在那些精致的木刻与生动的画报上，呈现着解放区丰衣足食、欣欣向荣的景象，颇得观众好评。

（1946 年 5 月 23 日）

联政、人民两剧团在本市先后公演

【本市消息】新从延安抵此之联政剧团，于二十、二十一两日在本市参议会大礼堂公演《抓壮丁》等名剧，招待军政各界观看。按：《抓壮丁》乃四川话话剧，反映国民党在大后方腐败的兵役政策的内幕。过去在陕甘宁边区演出时，曾获观众好评。

【又讯】为配合反奸复仇运动的开展，后勤部人民剧团将于本月二十五号左右在本市火车站公演《三个女婿拜新年》独幕秧歌剧。剧情是写一个国民党特务在解放区人民的监视、帮助及宽大政策影响下逐渐觉悟，终至坦白走上自新之路。

（1946 年 5 月 23 日）

西北联大学潮扩大　法西斯反动派竟施镇压

【新华社延安二十日电】西安讯：西北联大学潮更加扩大，当局竟于上月二十四日拨派大批军警特务，将城固四门紧闭，搜捕该校学生。上月初，西大同学因反对校长刘季洪勒令解散自治会，掀起驱刘运动后，刘竟非法提用公款两千万元，企图把全校学生活活饿死，并于十九日指示特务学生张子正、梁尚德及庶务主任郭君实等三十余人，携带几十支手枪，组织所谓“护校团”，在当地军警协助下，包围西大法商学院，大举捕人，并强迫学生参加“护校团”。法商学生纷起反抗，一部分学生并突破军警包围，冲出校门，特务孙其仑等竟开枪追击，被追击的学生因尚有同学被围在校，乃回头呼吁释放，时值校本部学生亦往探问，特务等复紧闭校门，大肆鸣枪，乱掷砖石。至二十四日，城固军警又配合该校宣布全城戒严，由特务领着军警，分赴学生宿舍及公共场所，大举捕人。闻自治会主要分子多已被捕。

（1946年5月24日）

美术音乐工作者座谈　活跃本市文娱生活

【本市讯】为活跃本市文化娱乐工作，边区文联特于本月十九日上午，召开美术音乐工作者座谈会，到有边府教育厅、文联、人民画报社、新华书店和邯中，第一、二完小教职学员等。会中检讨了本市的美术工作，提出今后的具体任务与要求；成立美术训练班，组织歌咏队，决定星期二、四两日下午四时至六时为学习时间。

（1946年5月24日）

《人民日报》创刊

集中三千万人民的心声，又指导三千万人民的行动，保卫和平民主，做旋转历史的轮轴。

太行区党委敬贺

（1946年5月24日）

本报征求各种图书杂志启事

本报创刊伊始，亟需各种新旧中外图书杂志，以供报纸参考，深望各界贤达，各机关团体同志，踊跃捐赠，倘愿出售或以同等价值之书报交换亦可。

本报资料室谨启

（1946年5月25日）

《冀鲁豫日报》总结一年通讯工作

临泽等八县荣获奖章

【本报荷泽讯】最近冀鲁豫日报社总结一年通讯工作，嘉奖模范通讯员，临泽、鄄城、宁阳、南乐、观城、濮县、卫河、单虞八县，荣获银质奖章。自去春南乐的通讯运动促进了工作的开展，提高了干部文化水平，也促进了上层同志更加深入工作。加强调查研究后，继之观城的通讯工作在李政委领导下开展起来。李政委曾给通讯员改稿到半夜，全县干部掀起了“一篇稿运动”。接着濮县、临泽、卫河、鄄城、宁阳、单虞各县，每月均来稿百件以上，临泽三月份来稿一百八十篇，在去年的反攻大进军和生产、群运中，全区通讯员写了将近一万件稿，喊出了人民的呼声。《冀鲁豫日报》近在《以大力开展通讯工作，推动当前群众运动》的社论中，号召“每个通讯员，树立为工农兵广大群众服务的写作观念，并要求提高一步，不能有任何骄傲与自满”。报纸并以银质奖章二百枚，稿纸五千份，奖与九百个模范通讯员及其领导者。现区党委已决定开办通讯工作训练班，五月十五日已开学。

（1946 年 5 月 25 日）

荷泽社会教育活跃　焦作市成立文联

【本报荷泽讯】在民主政府扶持下，荷泽市社会教育已有很大开展。社会教育馆，现藏书一万五千余册，并有各解放区各种报纸、杂志、书刊，从早到晚，读者拥挤不断。延安《解放日报》，读者特别踊跃；不少仪器标本亦颇引人注目。新华体育场正在建设中，各街已成立了男女识字班，西街仅妇女识字班就有三个。东大街有读报组，是贫民和小贩联合成立的，他们拿斗争粮食订了几份报，在合作社里放着经常看。全市每个十字街头一块黑板报，由荷泽市民自己推人编写，不断写着时事和配合当前工作的消息。当公审汉奸孙华剑时，板上写着“去！去！去报仇”等生动字句！黑板前围满人，小贩的篮子都被挤坏了。荷市现有八处小学，每处都附设成年班，是专门教育贫苦农民和小贩的。荷市不少小贩的篮子上都贴着字，曾有一个卖油条的小贩，在篮子上贴着“毛主席”和“油条”等字样，学习识字。他们也组织了秧歌队和民友、大众等剧社，还不断出演合于市民口吻的话剧。

【本报长治讯】焦作市文化知识界，于本月八日成立焦作市文化界联合会，以活跃该市文化娱乐生活，组织学术时事的研究，并将出版一综合性的通俗刊物，叶枫、张振亚等十二人当选理事。

（1946 年 5 月 26 日）

北方大学举行盛大晚会　欢迎新来教授同学

王鹤教授说：解放区的和平民主，在国民党统治区是看不到的。

【本报邢台讯】北方大学于日前举行千余人盛大晚会，欢迎新从平津、昆明、西安、东北等地来此执教的陈、王、余、关、谢诸教授和自大后方来学习的诸同学，首由北大罗秘书代表全校师生向他们致敬。继由范校长说明北大与大后方学校的不同，说明解放区的学校有言论、出版、集会的自由，大家有意见尽量提出，共同讨论研究，在我们共同努力下，有信心把北大办成一个民主、自由、为人民服务的学校。最后诸教授推选王鹤先生致答词，他说：“我到解放区有两种不同的感觉：（一）解放区是一部新字典，内有‘革命’‘民主’‘和平’‘积极生产’‘劳动’等，这在国民党统治区腐败落后的老字典里是找不到的。（二）希望大家在共同研究互相学习的基础上能够造成三种兵——‘政治兵’‘经济兵’‘文化兵’，以便担任新中国的和平建设任务。”后由北大和平原两剧团共同表演游艺节目，全场充满民主团结的愉快空气，夜十一点方散。

（1946年5月27日）

东京成立日苏文协

【新华社延安二十五日电】东京讯：日苏文化协会，已于二十一日在东京成立。

（1946年5月28日）

祝《人民日报》创刊

无限的热爱人民利益，

无情的诛伐人民敌人。

太行行署

高擎新民主主义的火把，辉耀新中国的前途！

除衷心祝贺你的成功外，并愿与你共同为普及大众的文化教育而斗争！

新教育社谨贺

是人民的喉舌，是民主的灯塔，是和平的堡垒，是反对法西斯专制独裁的有力武器！

晋冀鲁豫边区参议会驻会委员会太行办事处祝

（1946年5月28日）

冀鲁豫、冀南两区印刷出版业日益发展

共出报纸杂志近二十种

【本报荷泽讯】冀鲁豫区印刷业，自抗战胜利后，日益发展。冀鲁豫印刷厂的前身为冀鲁豫书店，该厂原有石印机三部，四开铅印机一部，现已发展到九部铅印机，十三部石印机，一部电力石印机，资金数额为三千五百万元。该厂每日印刷《冀鲁豫日报》一万八千份，书籍出版从去年六月起至年底共出版冬学课本五十万册，小学课本十万册，及宣传品几十万份。其次为战友报社，该社创始于一九三七年，初为小型油印报，后改为石印报，四五年改为铅印，规模较大，报纸每期发行四千余份。该社现有脚蹬机两架，石印机一架，小八开机一架，现已出版到二百期以上。该社并出版《战友三日刊》《战友文选》《战友画报》《文化生活》等数种刊物。报纸方面，还有济宁市最近出版的铅印四开《济宁日报》，暨二分区《挺进报》《湖西大众报》，一分区《烽火报》，五分区《群众报》等报纸。

【本报威县讯】冀南区的文化出版印刷事业已获得很大成绩，现全区出版计有《冀南日报》《团结报》《铁流报》《先锋报》四种新闻报。定期刊物计有《工农兵》半月刊、《北丰》半月刊、《大众通讯》季刊、《冀南民汇》四种。书店计有冀南书店、鲁西北书店、大众书店、南宫书店、平原书店等，均附设印刷厂，此外尚有冀南行署印刷厂以及其他散处于各地之小规模农民读物印刷厂甚多。《冀南日报》为冀南地方报，原为石印，发行额达六千份，本年元旦改为铅印，已发行至一万三千份。自改铅印后，共发行五十三万八千份。该报印刷厂除印刷报纸外，并印有书籍及承印布告等，平均每日印一千七百册。冀南书店系今年元旦成立，有铅印机三架，石印机二架，自成立后，已出版干部读物十六种，《工农兵》半月刊共出版五万二千册，教科书一万册，初中课本五万册。冀南行署印刷厂有脚蹬铅印机二架，石印机六架，主要是印刷小学课本，仅本年一月至三月，共印小学课本八册，计七万四千八百一十本；印干部读物四种，共五千册。其他各专区都设专区印刷厂，印刷课本。

（1946年5月28日）

国民党当局倒行逆施颁布艺员登记法

沪戏剧界将以停业抗议

【新华社延安二十五日电】沪讯：国民党当局最近宣布实[行]“艺员登记”的反动措施后，立即引起沪市戏剧界的猛烈反对。伶界联合会、游艺协会、电影团、上海剧艺社、剧作者联谊会、上海艺术剧团、新华剧艺社等十七个戏剧团体，已于日前联合成立上海全市剧艺界拒绝“剧员登记”委员会，请政府立即收回这一违反民主、破坏人身自由的荒谬办法。如不取消，则全市的电影院、平剧院、话剧院、越剧院、游艺场等全体停业，以表示坚决抗议。

【新华社延安二十五日电】沪讯：国民党当局为进一步剥夺艺人自由，最近由市警察局颁布所谓“艺员登记”法，规定全市戏剧界人士，不论电影、话剧、平剧、杂耍均须于“国民身份证”之外，再领“艺员登记证”一份。在领证时，必须登记、填表、[贴]照片。证上有规则多条，注明给艺员随[身]携带，以备随时[调]查，无证不得登台献艺等。该证与舞女娼妓执照相同，每月须到警局盖章一次，否则不准上演。

（1946年5月29日）

本报征稿启事

本报创刊伊始，亟需下列稿件：一、反映各种实际工作的新闻通讯；二、工作经验及工作研究；三、反映工作及社会问题的意见或批评与建议；四、文艺报告、通讯、特写、速写、小说、故事、诗歌、民谣、民俗介绍、木刻、漫画、短剧、杂文及文艺理论与批评……关于新闻通讯，希本市通讯员踊跃寄稿。新发生的事件，本身可构成一新闻者即可迅速写寄，本报尽量设法登载。外埠通讯员希多作综合与典型报导，尤希多写工作经验、工作研究的文章。文艺性作品以能反映实际工作及人民生活者为主。来稿请径寄本报采通科为荷！

（1946年5月30日）

陕甘宁边区政府颁布《三年建设计划方案》

加强经济文教建设，做到家家丰衣足食，提高干部、群众文化。

【新华社延安廿六日电】陕甘宁边区一九四六年至一九四八年建设计划方案，业经边区三届参议会第一次大会通过，日前边区政府特予公布，并令各级政府各部队各机关学校确实实行。该计划分为经济建设与文教建设两大部分，其经济建设部分在农业方面：为了增产粮食，要多耕多锄，施粪积肥，防治病害虫，推广良种，并移民垦植，期于三年内达到家家丰衣足食，年有余粮。为了增产棉花，要提高产量至每亩平均收花十斤，植棉亩数基本上维持三十五万亩，争取三年内达到四十万亩。边区为发展经济价值较高之农作物，今后将推广种植油类作物、糖萝卜、白麻和苜蓿。为增加农民收入，还应开发山货，提倡副业，如采集药材、养蚕、养蜂等。此外还要兴修水利，改良土质，植树护林，发展果木，繁殖牲畜，防疫治病。该计划认为要推进各种农牧林事业的发展，必须在各地继续推广各种劳动互助组织，并逐渐提高其作用，制订农户计划，改造二流子，安置移难民，吸收妇女参加生产，并继续开展劳模运动。在工业方面：公营工业将发展石油、毛纺组、制革、火柴、肥皂等，本年内并拟设机器修理制造公司。民间手工业及家庭副业，如已有部分发展的纺织、毛毡、毛袋、栽绒毡、硝皮、制革、造纸、榨油、丝织、草帽、瓷器等。尚待提倡和发展的如旱烟叶制烟、榨豆油、铸制铁用具、精炼糖提蜂蜜等，民主政府对这些民间手工业，将有计划地协助其发展。在合作事业方面：今后将切实面向农村，以生产为主，并与农村各种家庭副业相结合；对现有合作社，今年内将切实整顿，从新登记。在贸易方面：今后任务为扩大土产经营，扶助工业发展，调剂内外市场，扶助合作事业与支持财政等。在金融方面：今后为使其能配合与协助农工商业之发展，必须努力做到稳定金融，发展经济，扶持财政。

文教建设部分：关于大学教育，延安大学之任务，为培养本地较高级的知识分子，与提高边区中级的现任干部。关于中等教育，边区各中等学校，应有计划地培养边区中级知识分子，与提高边区现任区乡干部的文化。关于国民教育，各完小及公立普小的教育，应从提高师资、按时供给课本及克服学生流动现象等方面来提高其质量。关于国民卫生，要动员全边区人民，同疾病死亡作斗争，广泛进行预防疾病瘟疫的卫生宣传教育，尽可能地加强全边区的医药设备与治疗工作。关于群众文艺，将利用群众所喜见乐闻的各种形式，逐渐提高边区人民的文化生活，并加强边区文协与各地方剧团。关于大众报纸及出版发行，为加强地方报纸，注意培养本地新闻工作干部，加强边区书店与边区出版机关。

（1946年5月30日）

《文艺杂志》筹辑胜利专号

【本报长治讯】为使太行人民八年抗战的伟大史诗永垂不朽，本区文联出版之《文艺杂志》决于“九二”抗战胜利纪念日，出胜利专号，收辑描述本区八年间战争减租生产与教育的作品，并拟出版丛刊。为此太行区党委特号召党内外文艺工作者，努力参加并完成这一伟大的文艺创作计划。

（1946年5月30日）

本市民教馆展览“延安生活”

【本市讯】边区文联，新近获得从延安运抵此间之“延安生活”影片百余幅，计有：领袖肖像、秧歌、戏剧活动、生产建设运动及劳动英雄、学校生活等，全是延安联政电影团摄制。自五月廿八日起，假本市民众教育馆展览一周，供各界欣赏。

（1946年5月31日）

太行《新华日报》新华分社号召通讯员扩大新闻圈为本报写稿

【本报长治二十七日讯】《人民日报》出版后，太行新华报与太行新华分社，特号召全体通讯员，扩大新闻圈，提高质量，完成新的任务。略称：为了扩大新闻圈，完成对《人民日报》稿件的充分供给，我们特号召：（一）每个通讯员同志特别是骨干通讯员同志，要明确自己报导不仅是为了供给太行《新华日报》，而且应供给《人民日报》稿件，延安总社对全国广播的稿件。（二）通讯工作薄弱的部门如工厂、矿山、银行、商号、兵营、文化教育、医药卫生、交通、司法以及薄弱的地区，要求能迅速加强通讯报导工作，大力前进，迎头赶上。尤希各级领导同志亲自动手组织或写稿，经常检查推动，把太行区各个部门、各个地区的工作动态都反映出来，把工作经验都交流出来，提高新闻质量，多作典型综合报导。须知只有新闻质量提高，才能扩大反映范围，不然有限的篇幅，就很难达到“内容多样而又中心突出”的要求。

（1946年5月31日）

蔡畅邓颖超丁玲三同志当选国际妇联理事

【新华社延安二十九日电】国际妇女民主联合会，将于下月二十七至二十九日在巴黎召开理事会，代表中国解放区五千万妇女之利益与意志的解放区妇女筹委会曾接受其邀请，慎重选出蔡畅、邓颖超同志为该会正式理事，丁玲同志为候补理事。现该会已将开会时间通知解放区妇联会，妇联会决定派理事赴会，并加紧准备工作。

（1946年6月1日）

为正义的顽强战斗者柳亚子六旬大寿

《晋察冀日报》专刊庆祝

【新华社张家口二十九日电】此间《晋察冀日报·副刊》（由著

名女作家丁玲主编）昨日为庆祝柳亚子先生六旬大寿，编刊专页，载有作家萧三、杨朔，新华社晋察冀总分社社长邓拓，边区行政委员会主任宋劭文，边参会副议长于力诸氏之祝贺文字，一致盛赞柳亚子先生丰富的正义感与顽强的战斗精神。萧三之专文中，对柳亚子先生为革命奋斗四十年如一日的崇高人格和热情奔放独树一帜的诗与文字，推崇备至。

（1946 年 6 月 1 日）

国民党当局阴谋扩大内战
竟非法封闭北平《解放》报暨新华分社

我边区新闻文化界通电抗议国民党之倒行逆施

要求立即恢复北平《解放》报新华社出版发行自由

【新华社延安三十日电】北平二十九日夜急电：中共新闻机关《解放》报与新华分社，已于二十九日下午八时被国民党当局非法封闭。平市警察局长陈焯所发表之勒令停刊令中声称：此举系奉“中央电令”。按：《解放》报与新华社北平分社，系于本年二月二十二日发行，《解放》报在发刊词中声明：“以努力和平民主团结建设”为宗旨。出版以来，深得社会各界欢迎，销数达五万份，打破平津报纸发行额的最高纪录，但却遭国民党法西斯派的痛恨，第二期起即不断发生报贩被殴、报纸被撕毁事件。四月三日黎明前，北平当局曾派大批军警特务，将该两社社长钱俊瑞以下三十余人非法拘捕，被扣押达二十九小时。经各界抗议，当局自知理屈，始予释放。警察局长陈焯曾当面向被捕者道歉。不意事隔仅月余，终又毫无理由地在南京国民党当局的指令下，将《解放》报与新华分社封闭。国民党内反动派此种非法行动，不仅是对全国言论界的无理进攻，而且也是扩大内战的阴谋的步骤。

【本报邯郸三十一日电】此间晋冀鲁豫边区新闻界联合会暨人民日报，新华社晋冀鲁豫总分社，人民的军队报，晋冀鲁豫边区文联，文协会，北方杂志社，文艺杂志社，人民画报社，太行、太岳、冀鲁豫、冀南各报纸通讯社，新华书店，韬奋书店，闻悉北平《解放》报、新华社于二十九日被国民党非法封闭，咸表无限愤慨。特致电全国言论界，抗议国民党此种倒行逆施，呼吁全国言论界以百倍的警惕，注视国民党此一反动措施，指出这一事件是中国法西斯向中国人民新进攻的又一个信号。全国人民、全国言论界须要一致动员起来，粉碎国民党此种阴谋，把中国法西斯派的凶焰打下去，为保卫民主、保卫和平、保卫言论出版自由、保卫北方人民喉舌《解放》日报和新华分社而战斗到底。要求国民党当局立即恢复北平《解放》报新华社的出版发行自由，赔偿停刊所造成的损失，停止全国各地特务对新闻文化事业的摧毁与压迫，实践四项诺言。该电最后警告中国法西斯分子说：你们给予中国人民的压迫，是阻止不了中国人民的前进的，和平民主的灯塔——北平的《解放》报与新华分社将永远照耀着北方。

（1946 年 6 月 2 日）

延安《解放日报》社论：论北平《解放》报事件并警告反动派

【新华社延安三十一日电】《解放日报》今日社论题《论北平〈解放〉报事件并警告反动派》，全文如下：

国民党当局于本月二十九日竟将北平《解放》报及新华分社非

法封闭，国民党内反动派这种倒行逆施，不仅是对全国言论界和人民自由权利的疯狂进攻，而且也是扩大内战的具体步骤。自政协会以后，国民党当局即不断破坏协定，违背四项诺言，摧残言论自由，全国各地代表人民意志主张和平民主反对内战独裁的公正言论机关和正义人士，即不断地遭受着暴力的侵扰，从破坏发行捣毁报馆殴打报人暗害新闻记者，直到最近西安《秦风·工商日报》的被迫停刊，李敷仁、王任两先生的遇害，前后达百数十件，《解放》报及新华分社是这些公正的言论机关中最表现坚决英勇的一个。北平《解放》报从出版的第二天起，即不屈不挠地与国民党当局的特务破坏和非法暴行进行战斗，国民党当局以指使特务殴打报贩恐吓记者威胁印刷所停止邮寄破坏发行甚至于直接逮捕工作人员以及一切其他无耻手段，来打击这一个人民的言论机关，但国民党当局的这一切暴行，都不能达到绞杀北平《解放》报的目的。在广大人民群众的拥护之下，北平《解放》报打破了一切封销压迫的限制，销数日愈增长。四月三日国民党当局逮捕《解放》报及新华分社工作人员之后，销数反而激增至四万三千份，打破了平津一切报纸销售的最高纪录。在出版以来，仅三四个月的短短时期中，北平《解放》报已不但在平津一带为广大人民群众所争购爱读，而且在全国甚至海外各地也声望日高，成为国民党统治区里最明亮的和平民主灯塔之一，但这就会更遭受到国民党当局的嫉恨，使它竟不惜撕毁一切假面具，在全国人民及民主人士的众目昭彰之下，将北平《解放》报和新华分社封闭。北平《解放》报和西安《秦风·工商日报》等被摧残的事实，证明国民党当局的法西斯政策，谁主张和平民主，谁就在被封闭之列。如果我们看一看当前严重的时局，更值得全国人民大大地警惕！北平《解放》报与新华分社的被封闭，适在北平国民党十一战区司令长官部下机密命令大举进攻冀东解放区之时，适在国民党当局在东北坚持武力接收东北继续扩大东北内战，和在关内各地对解放区加紧封锁和武装侵犯焚烧抢掠积极破坏解放区和平建设之时。尤其值得注意的，这一事件适值蒋介石仆仆风尘往返于北平沈阳长春之间，亲自指挥东北反人民内战与布置华北内战之时。封闭和平民主的灯塔——北平《解放》报和新华分社，正是为了把人民的眼睛和耳朵蒙蔽起来，以便肆无忌惮地扩大内战，难道这还不够明白吗?!这一事件不仅是对于全国正义言论界和人民自由权利的疯狂进攻，而且也是和国民党当局扩大内战的行动分不开的，难道这也还不够明白吗!?国民党内反动统治集团加紧绞杀人民言论机关和摧残人民自由，例如最近在上海等地施行法西斯的“警管制”的事实，说明这一向来以荼毒人民为能事，对于抗战丝毫没有功劳的反动集团，在抗战胜利以后，对于自己的法西斯独裁是怎样锲而不舍；对于抗战中牺牲无数头颅鲜血和今天迫切要求和平民主的中国人民，是如何仇视痛恨；对于政协会决议所规定的起码民主改革，是怎样蔑视蹂躏，一项也不愿意实行。国民党内反动派的胡作妄为，并不表示它的力量强大，相反的，恰恰表示它的统治的极端腐朽，它在全中国人民要求和平民主的怒潮之前，不得不乞灵于最野蛮的法西斯手段，以维持和巩固法西斯独裁统治，甚至于妄想在外国的援助之下，扩大内战，一鼓而完成其“为抗战所中断的消灭共产党与民主运动”的卑污打算。然而，我们要再次警告你们这些老爷们：你们的主观愿望，是决不能实现的！中国人民的空前强大力量，是无法消灭的！全中国和全世界的民主潮流，是无法抗拒的！历史的车轮，是无法扭转的！你们如果一意孤行坚持独裁内战的方针，不惜进一步作孤注一掷的冒险行动，那对于你们自己是极端危险的！你们的冒险行动的后果，将完完全全和你们的主观愿望相反！

北平《解放》报被封闭事件，及今天中国的严重局势，将唤起中国人民更加警惕，团结起来，再接再厉为粉碎国民党内反动派的独裁内战政策而奋斗，为实现被反动派破坏的三大协定而奋斗，为争取人民言论及各种自由而奋斗！中国人民在抗战中表现了无比的英勇和伟大的力量，击败了日寇，取得了抗战的胜利；今天中国人民有充分的信心，粉碎法西斯反动派的阴谋，保卫抗战果实，争取和平民主的胜利。

（1946年6月2日）

北平八大杂志呼吁停止内战实行民主

坚决反对以接收为名而打内战

【新华社延安三十日电】北平讯：平市集纳社、新闻评论、新星画报、人言周刊、人民文艺、民主周刊等八大杂志，为呼吁迅即停止内战，实行民主，近特联合发表宣言称：内战一时不彻底停止，我们一天不停止反对内战的呼吁。这是中国人民的唯一生路，一定要坚持到底，不达目的誓不罢休！宣言要求：（一）立即无条件停止内战；（二）一切问题用政治方式解决；（三）立即实行政协决议；（四）撤换坚持内战的将领和官吏；（五）根绝特务。

【新华社延安廿九日电】《北平新闻评论》第十二期在社论地位刊载《谁在推延？谁在背信？》一文，历数国民党当局违背政协决议的事实，继而指出“东北内战不制止，必然席卷全国；东北局面若不安定，必然会扰动全世界”。但东北问题如何解决呢？该刊认为“只有和平协商之一途”，因为“全国政治问题要协商……东北也不能特殊化”。而国民党所坚持的，是政府有权进兵接收东北，“政府对于东北九省，只有接收主权，进行国家行政权力”，否认东北民选政府等等。“但从我们老百姓的立场说来，接收不该成为内战的旗帜，以接收为名而打内战，是我们坚决反对的”。

（1946年6月3日）

伦敦庆祝苏英同盟群众大会
坚主加强英苏人民友谊

女作家雪尔莱说：英国的安全，主要是红军英勇牺牲赢得的。

【新华社延安三十日电】塔斯社伦敦讯：伦敦庆祝苏英同盟四周年的群众大会，于二十六日举行，许多名作家、教授与社会名流，在大会上发表演说，一致强调建立在英苏条约上的两国人民的友谊，是战争胜利的最大因素之一，也只有这种友谊才是和平安全的可靠保证。作家斯洛思说：英国同意保守原子弹秘密，并拒绝与苏联合作制裁法西斯残余分子，这样便破坏了英苏条约。女作家雪尔莱呼吁英人与英国的反苏宣传作斗争。她说：英国的安全，主要是由于红军的英勇与牺牲。她问道：英国已忘了其战时危境吗？他们忘了斯大林格勒日子里，苏联人民以死来保卫他们的国家和英国吗？那个时候，我们一切人不都是苏联的朋友吗？假使我们容忍反苏论调而不抗议，岂不对不起朋友？雪尔莱结语称：没有苏联人民，英国不能赢得战争，也不能阻止新的战争。大会通过决议，要求英政府执行与英苏同盟条约相符的政策。

（1946年6月3日）

北平《解放》报新华分社为遭受非法查封
告全国同业及各界同胞书

控诉国民党反动派极端横暴与无耻的法西斯罪行

希望全国同业各界同胞支援坚决为和平民主奋斗

【新华社延安一日电】《北平〈解放〉报、新华分社为遭受非法查封告全国同业及各界同胞书》，全文如下：

延安新华总社转全国各报馆、各通讯社及全国各界同胞公鉴：当全国人民渴望和平团结，实行政治民主化，国民党当局高声宣称“新闻自由”“宣传休战”的今天，我们北平《解放》报和新华通讯社北平分社，突于今日（五月二十九日）上午二时半夜深，被国民党当局在所谓“未经中央核准”“于法不合”的无耻借口下，勒令停刊，并于当天下午八时，由北平市政府贴上布告和封条查封了；而在同一天内，北平报纸杂志通讯社被勒令停刊者，竟达七十五家之多。国民党当局在光天化日之下，在文化古都军事调处执行部所在地的北平，竟干出如此无法无天史无前例的摧残言论出版机关的暴行来，怎不令人发指眦裂!？我们为此特向国民党当局提出严重抗议！并在全国同胞和全世界民主人士面前，控诉国民党反动派这一极端横暴与无耻的法西斯罪行。

国民党当局以所谓“未经中央核准”“于法不合”的罪名来查封我们，这完全是反动的无耻借口。政治协商会议早已决议，废止和修正各项限制人民自由的法令，一月二十八日国民党最高国防委员会也已决定，并命令公布修正了出版法及其施行细则（决议丑项一则），可知旧出版法业已取消，新出版法迄未颁布，试问“于法不合”究竟指的是什么法？退一万步说，即使按照旧出版法规定，亦只须依法申请登记，不必核准，即得发行（见该法第七条）。北平《解放》报和新华分社，早在二月十九日及三月五日，先后依法填表申请登记，照旧出版法，亦早已取得了完全的合法地位，因此，所谓“于法不合”，只是国民党当局摧残民主言论的一种借口，这还不明白么？

国民党当局此次查禁本报社和其他七十多家言论机关，充分暴露了他们一贯要推翻政协决议，全力阻难政治民主化的反动企图。他们为了保持和巩固其法西斯独裁，就不惜自食其保证四大自由的庄严诺言，撕毁《和平建国纲领》所规定的人民所应享有的“身体、思想、宗教、信仰、言论、出版、集会、结社、居住、迁徙、通讯之自由”。配合着他们在全国的大反动，他们在北平先后发生了无数次非法搜捕及其他侵犯人权的行动，而到今天竟发生这一旷古未有的摧残舆论的大暴行，希特勒、墨索里尼且亦望尘莫及，这就说明了中国反动派统治的法西斯本质，是何等残忍和黑暗！

其次，国民党当局这一暴行，又充分说明了他们所允诺的所谓党派平等合法，完全是一句假话。谁都知道，北平《解放》报和新华分社，是中国共产党在北平的机关报和机关通讯社，我们的宗旨是“全心全意为人民服务”，是“作为人民的喉舌，来和各界同胞共同勉励，以致力于和平民主团结建设新中国的神圣事业”（《解放》报发刊词）。但国民党当局，却把我们当作眼中钉，自从本报创刊以后，就没有一天不遭受军警宪特的非法迫害。他们殴打报贩，撕毁报纸，四月三日更非法搜捕我报社工作人员。而最无耻的，他们可以容许十家二十家国民党自己的报纸通讯社像雨后春笋一样“合法”地办出来，让他们对中共及其领袖毛泽东百般造谣污蔑，而对于中共的《解放》报和新华社，虽早在三个多月前已申请登记，其间又经过多少次的催询，而最后的答复，则是“未经呈准登记”而勒令停刊和查封，但若干国民党报纸如《新生报》等，申请登记和出版比《解放》报迟得多，但它们却很快获得了呈准。还有几种他们出版的专以反共反民主为职志的特务性刊物，如《政治向导》《解放区》《大同新闻》《天坛》等，就根本不经登记手续，而仍准予出刊，并未列入被查禁的七十七家之内，难道这就叫作“各党派在法律前一律平等”？当“四三”事件之后，北平国民党当局一再宣称，对中共机关报和中共人员，决不歧视，如此作为，难道就叫作“并不歧视”么？

最后，我们必须指出：国民党当局之在今天发动这一非法暴行，决不是偶然的。当他们今天仍然在东北坚决扩大内战，在华北首先是平、津、保三角地带企图立即发动大规模内战的时候，他们就必须扼杀如同《解放》报和新华社一样的人民喉舌，使他们的阴谋无人揭露，使人民的呼声无处可申诉，这样他们就可以肆无忌惮地镇压人民，放手进行内战。

今天我们是被非法查封了，我们坚决反对国民党当局这一完全非法无理的荒谬措施！我们希望全国同业和各界同胞更加警觉起来，紧急动员起来，支援我们和北平今天被查禁的七十五家言论机关，坚决反对国民党当局这一滔天罪行，为停止内战、争取和平、确保人民权利而奋斗！我们坚决相信，在全国人民不屈不挠的努力下，反动派坚持独裁内战的阴谋一定被粉碎，中国和平一定能胜利。作为和平民主之号角的我们北平《解放》报和新华分社，是永远扑灭不了的！在全国人民的支援下，我们一定不久就会更加坚强和更加充实地与平津和全国广大读者见面。

中国人民的民主自由万岁！

和平民主团结的新中国万岁！

（1946 年 6 月 4 日）

冀鲁豫区成立文协　行署拨给廿万文艺奖金

【本报荷泽讯】五月廿九日，冀鲁豫区各文化团体，荷泽市各机关以及各地文化工作者，假行署办公室举行文艺座谈会，到会者四十余人。会上报告边区文协成立经过与今后的工作方针，接着对如何开展冀鲁豫文化工作加以详细的讨论。大家一致认为有成立冀鲁豫文协的必要，遂于该会上选出鲁西良、罗定枫等十一人为理事，并互推鲁西良、巩固为正副理事长，并决定将冀鲁豫文化生活社出版之《文化生活》杂志，归文协编辑。

【另讯】冀鲁豫行署为奖励与提倡文艺创作，已决定于本区文教经费中拨款二十万元，作为本区本年度文艺奖金。

（1946 年 6 月 5 日）

邢市戏院观众满座

【邢台讯】本市电影院，自上月恢复以来，每晚满座。最近该院又添演京剧，更加热闹。此外南关一个大戏院和两个小戏院，每天观众拥挤。每天售票均在两千张以上，有时三四千张。

（1946 年 6 月 5 日）

通联工作座谈纪要

李庄 整理

边区文化工作座谈会的新闻组，曾专题讨论报纸的通联工作问题。《冀鲁豫日报》《冀南日报》、太行《新华日报》暨太岳《新华日报》均有代表参加。兹将座谈纪要初步概括整理如下：

一、结合实际是做好通联工作的基本关键

我们的报纸是为人民服务的。我们的基本方针是“全党办报”，就是动员所有的实际工作者与广大群众，来参与和支持报纸工作。其中最主要的一环是给报纸写稿。只有大家动手，才能将解放区广大人民的要求、意见，各种实际工作的情况、经验反映到报面上来，从而推动与指导实际工作。但是，要做到这一点并不是很容易的。广大群众与实际工作者都非常忙迫，他们过去大多没有参加报纸工作、给报纸写稿的习惯。所以首先必须帮助他们明确一个思想：参与报纸工作对于自己的切身工作是有好处的。太行已经获得部分经验，就是由比较积极而有些基础的通讯员，帮助实际工作者、工农同志写稿，以自己的经验打通他们“怕丢人”“不会写”等顾虑，用集体创作的方法，帮助他们打破不敢写稿的第一关。久而久之，他们会感觉到写稿会提高自己的文化水准，提高自己观察分析问题和总结工作的能力，自然会成为报纸的积极通讯员。就报纸工作者说来，应该尽量使自己的报纸能对实际工作有所帮助，以求得实际工作者重视与帮助自己。报纸工作者的群众观念的重要一面，在于他重视实际工作同志的稿件，学习它们，慎重地处理它们，因为这些稿件是从实际中产生，最能反映与推动实际。报纸能广泛采用这种稿件，自然会和实际密切结合，为广大群众及实际工作者所爱读。

二、首长负责，特别是具体帮助

经验证明，一个地区的通讯工作如果没有首长负责，是很难开展起来的。让不很识得字或从来没有写过稿子的工农分子动手写稿，是一件翻天覆地的事。必须领导上非常重视，认真负起责任，才有可能把通讯工作真正推动起来。但是首长负责绝不能仅止于单纯的鼓动与号召，特别要给予自己的干部以具体的帮助。太行黎城、长治的通讯工作好，主要原因之一是负责同志的具体帮助，××、××等县的负责同志虽然经常号召、督促，却因为不能给干部指示一些具体办法，很难获得实效。首长具体帮助，至少应该做到：甲、提示报导线索，指出报导重点及领导意图。乙、帮助搜集材料，给予必要的写作条件（如阅读一定文件，参加必要会议，给予一定时间）。丙、用参加报导工作可以提高自己的政治文化水平的具体事实打通干部思想。至于能做到帮助修改稿件、总结经验就更好了。许多经验证明，领导上注意通讯工作同样会帮助与加强自己的领导，特别是县一级专门负责通讯工作的同志会成为自己发现问题、总结工作、搜集材料的有力助手。像太行许多县份依托联合办公室来多方搜集材料，集体研究集体写作的方法，是一种很好的通讯工作的组织形式，今天在全区说来还是一个奋斗目标。

三、骨干通讯员问题

骨干通讯员的作用已由延安及本区的经验屡次证明，是搞好一个地区通讯工作的重要关键。骨干通讯员的产生需要地方党委及报馆有意识的培养。当积极通讯员在实际中被发现后，地方党委应对其加强政治教育，给以采访写作的必要的便利，报馆则应加强业务指导。

没有骨干通讯员，很难组织健全的通讯小组，最初的骨干通讯员多半是知识分子，报馆应再三提醒他们，使他们很好地帮助与团结工农分子。提倡集体创作，互助写稿。在这种互相帮助的过程中，提高工农分子的文化水平，并使知识分子逐渐结合实际。骨干通讯员要特别注意涵厚，在一般稿件上多帮助工农同志写，自己则注意撰写全面的、典型的及报馆特别委托的稿件。

通讯工作逐渐深入，许多工农同志成长为骨干通讯员，这些同志深受互助写稿的好处，集体观念较强。报馆要特别照顾他们，加强其业务知识，使之逐渐成为报纸的坚实基础。

太行不只一次地发现过因为二三积极通讯员的工作调动而使全县通讯工作暂时垮台的现象。其原因不外：（一）通讯工作没有组织起来，没有形成以骨干通讯员为核心的通讯小组，并在这些小组中培养第二、第三的积极分子，以便代替这些调动工作的骨干。（二）领导上没有注意开展群众性的通讯运动，只满足于二三骨干的活动写稿，等这些人走了，全县范围的通讯工作也就消沉了。须知骨干不能代替一切，只有广大群众的一般稿件与骨干通讯员的典型稿件配合起来，才能全面地生动地反映一个地区的实际工作。而且只有开展群众性的通讯运动，才能培养与产生更多的骨干通讯员。

四、报馆对通讯员的联系

许多通讯员常常发生一种报馆“只要不给”的感觉。就是说，报馆只是给任务、要稿件、要材料，却很少帮助。这种感觉的产生当然有各种原因，但就报馆说来，过去对通讯员帮助不够，实是一亟待补救的缺点。

现在通讯员中工农分子成分甚大，提高这些同志的业务知识，是一个迫不及待的问题。

报馆应该做些什么呢？

甲、定期提出采访要点。最好在一个主要运动之前，能较详细地提出报导这一运动的要求、重点、方法等。

乙、新华总社的指示、意见，择其对通讯员有直接的教育意义且可适当公布者，发给骨干通讯员。

丙、通过一些具体稿件，概括当前报导中的主要问题、偏向及优缺点，在报上发表或印成小册子，散发给通讯员参考。既可提高通讯员，又可更好地完成当前的报导任务。

丁、具体地分析与研究一些具体稿件，从现实的事例中进行五个W的教育。

戊、编印新闻通讯范例读物，赠给通讯员。

（1946年6月5日）

新华书店、韬奋书店各种刊物预定办法

本店出版的：

《新大众》半月刊已出二十期，每期定价三十元，预定六期一百六十元，十二期三百元。

《大众科学》月刊六月一日创刊，每期定价三十元，预定三期八十元，六期一百五十元。

《北方杂志》月刊六月一日创刊，每期定价六十元，预定三期一

百六十元，六期三百元。

《儿童杂志》月刊六月一日创刊，现正编印，定价与预定办法待出版后告知大家。

本店代定的：

《文艺杂志》月刊已出版三期，预定办法与《大众科学》同。

《新教育》月刊，第三期即将出版，定价每期二十五元，预定三期六十五元，六期一百二十元，十[二]期二百四十元。

《工人报》已出六期，每期定价二十元，预定五期八十五元，十期一百六十元。

以上各种杂志，内容丰富，形式活泼有趣，因印刷不多，零购可能向隅，希各地读者踊跃赐款预定，无任欢迎。

附言：

来款请到当地邮局或银行兑成汇票，用挂号信寄给新华、韬奋书店邯郸总店或长治、焦作、邢台各分店邮购服务股，即可订到。

本办法自公布之日起执行有效。

（1946年6月5日）

本报征求图书资料启事

启者：本报兹征求图书杂志，举凡战前各书店出版之图书、世界知识等刊物，延安及华北新华书店、延安解放社过去所刊印之书志均为本报所切需，深望各界贤达、各机关团体同志慷慨捐赠。倘愿出售或以书报交换，均所欢迎。

（1946年6月6日）

愤慨与抗议

——为北平《解放》报及新华分社被封闭事件而作

杨秀峰

法西斯好战分子最残暴也最愚蠢。

为了掩盖他们见不起人的丑行与为全中国人民所痛恨的罪行，不惜采取种种残暴而卑污的手段来企图达到使老百姓不知不闻。

然而“其心虽巧，其计诚拙”。残暴徒然激起人们更大的愤怒，“防民之口甚于防川”，法西斯祖师莫索里尼和希特勒之威风而今安在？天皇的禁地不已成为万人怒吼的场所吗？中国法西斯好战分子，你们竟连一点领取历史教训的智慧都没有了，你们以为封闭了报馆通讯社，打死记者，镇压报童，撕毁报纸，禁止开会打讲演者等等手法，就可以使老百姓对你们的丑行与罪行不知不闻以至不问吗？就可以把一党专政“巩若金瓯”以至“万世一系”吗？如果你们这样做是由于“恼羞成怒”而“孤注一掷”，或者企图“侥幸一时”而“铤而走险”，那还可说是次一等的愚蠢；但如果你们以为这样就真可以“绝人视听”，使四万五千万人民会成了“阿斗”，那真是“其愚为不可及”了。

鲁迅说过：“暴君的专制使人们变成冷嘲。”你们是否也看出了中国人民对你们凄绝的“冷嘲”？雪片般的文电，潮涌般的示威，与其说是对你们残暴的抗议，毋宁说是对你们愚蠢的冷嘲！你们无数件的“三洋开泰，五子登科”“认敌作父”“以伪为友”的丑态，再接再厉的，“不恤民命”“背信弃义”“好战性成”的罪恶，使人们连写电报抗议示威都来不及了，都感到憎恶了，“冷嘲”的情感已转成了愤恨的“苦笑”，转成了伟大的反抗力量！今天比鲁迅当年时代又进了一大步，“敢说、敢哭、敢怒、敢打”的“真要活下去的人们”大大地增多了，多到你们无可计量也不敢计量，多到有力量“在这可诅咒的地方，击退了可诅咒的时代”。

你们应该有些觉悟！以为封闭了人民喉舌的《解放》报与人民耳目的新华社，就可以使你们的“丑行”与“罪恶”，不致远听，使你们的“罪恶”无人知道，使你们的“一党专政”可以苟延残喘。你们错了，“十目所视，十手所指”“万夫所指，无疾而终”，自古已然何况今日！正告中国法西斯好战分子们，亿万人的“冷嘲”与“愤怒”是可怕的，你们祖师所遭遇的教训，如果你们还聪明些是应该领取的。全中国爱好和平、素尚廉耻的人民在等候你们的悔悟！

（1946年6月6日）

抗议北平“七七事件”
解放区新闻文化界同声愤怒

【新华社延安三日电】北平《解放》报新华分社等，与北平七十七家报纸杂志及通讯社，横遭国民党法西斯派非法封闭的空前暴行传出后，引起了解放区新闻界、文化界的同声愤怒。除已报导者外，陆续收到山东、晋察冀、华中、晋绥各解放区新闻界文化界的抗议电文。山东通电中指出：“这是秦始皇焚书坑儒的再版，是希特勒的借尸还魂，是国民党法西斯派发动全面内战的信号。如果让这种法西斯瘟疫蔓延而不加以扑灭，则整个中国将成为没有正义呼声与进步文化的野蛮之邦。”同时坚决表示，“只要有我们的笔在，我们就要写下当代春秋；只要我们有喉咙，我们就要吼出人民的呼声。”晋察冀通电指出：“这是国民党当局，企图彻底撕毁政协决议的公开表示，是对和平民主的直接宣战。”“国民党当局，想借此来堵塞人民的耳、目、心、喉、舌，便于发动全国内战而无所顾忌。”华中通电指出：“这一骇人听闻的荒谬罪行，愈足说明国民党当局自知造谣诬陷不足以取信于人，所以干脆禁止人民说话。”晋绥通电指出：“这一事件比从前任何一次同类事件，都更彻底地揭去了法西斯派的伪装和平民主的假面具，让全国人民更清楚地看透了它们丑恶的真面目。”他们一致呼吁全国新闻界文化界及一切民主人士，警觉起来，团结起来，不仅用抗议而更要用实际行动，保卫民主进步的新闻文化事业，为抵抗与制止法西斯野兽的进攻作殊死斗争。署名于上述通电者，晋察冀有解放区新闻记者联合会晋察冀分会，新华社晋察冀总分社及冀中、冀晋、冀东、冀热辽、察哈尔各分社，晋察冀日报社及察哈尔报社，冀中导报社，冀晋日报社，冀东日报社，冀热辽日报社，军区子弟兵报社，边区群众报社，内蒙古周报社，工人报社，时代青年社，北方文化社，中华全国文艺界协会张家口分会；山东有新华社山东总分社暨各分支社，山东大众日报社，胶东大众日报社，滨海农村社，渤海日报社，鲁南时报社，鲁中大众社，新威日报社，伊斯兰报社；晋绥有新华社晋绥分社，抗战日报社，大众报社，人民时代社，人民画报社，吕梁出版社；华中有解放区新闻记者联合会华中分会等数十团体。

（1946年6月6日）

我们的抗议

中国法西斯在上月二十九日晚，非法查封了北平七十七种（包括北平《解放》报及新华社）报纸、杂志及通讯社。北平一切主张民主、反对内战的文字，统统遭受到法西斯残暴无耻的摧残！这说明了屠杀人民的刽子手为了扩大东北和全国内战，想一只手掩盖住人民的耳目，一只手扼死人民要求民主和平的呼声！

中国法西斯这种摧残文化的举动，不过是内战时期残暴无耻的传统之继[续]，其祖[宗]秦始皇与德[意]法西斯“焚书坑儒”的翻版，原不足怪！但如果我们没有足够的警惕，不给予严重的警告，不向全国人民全世界人民紧急呼吁，那我们中国的民主事业将遭受到更大镇压与摧残，而中国全国的内战危机还将威胁到远东及全世界的民主和平事业！

不过，经过了八年抗战，人民的力量在艰苦的斗争中锻炼得强大了，全国民主阵线一天比一天扩大了，人民的眼睛是雪亮的。我们看得很清楚：当法西斯在那里摆动那骚臭的狐狸尾巴的时候，就早准备好，并且知道在哪里打它才打得它痛，还准备好用它自己掘好的坟墓去埋葬它！

我们向全边区文化工作者紧急地呼吁：我们所有的文化工作者紧急动员起来，拿起我们的武器来，给法西斯以无情的揭露，予无情的打击罢！

我们向全国文化界紧急呼吁：给疯狂的法西斯以痛快的迎击罢！中国新文化的战士从来也没有被法西斯以活埋、枪杀、监禁、封锁的“围剿”而吓倒过，我们在二十年来的民主斗争中是见过血、流过血的！然而我们的队伍从来在血泊中都屹然不动，并且壮大起来！我们为人民的要求、为人民的生存而呼号，人民将是我们的坚强的后盾，我们继续为民主事业而奋斗前进罢！

全国文化界一致紧急动员起来，制止全国内战的危机，制止法西斯镇压民主文化的暴行！要求国民党立即真正撤销全国一切封锁镇压人民言论出版自由的非法措施！要求国民党惩办北平非法查封报纸杂志及通讯社的北平警察局！要求国民党立即取消全国一切特务组织！要求国民党立即停止东北内战，召开政协代表会议，彻底执行政协会议决议！并且呼吁美国文化界动员一切舆论，制止继续以美国武器输华，扩大中国内战！

晋冀鲁豫边区文化界联合会

中华全国文艺协会边区分会

六月四日

（1946年6月6日）

大家来做个积极的工作者和通讯员！

张际春

报纸要真正成为“集体的宣传者与组织者”，就必须要建立广大的通讯工作才可能，这就是说：要有很多的同志来做报纸通讯员的工作。所谓“全党办报”“全军办报”或“大家办报”，也就是说大家要来关心报纸，替报纸写稿，做通讯员。党、政、军、民、学各方面工作的同志，大家把他工作过程中所遇到的情况和经验具体生动地介绍出来，给大家学习参考，教育大家，这是替报纸服务，实际是替工作服务。大家是个积极的工作者，英勇斗争的战士，同时也是个积极的通讯员，这样我们的报纸就一定会办好，我们各方面的工作也一定会做好；这样报纸就真正起了“集体宣传者与组织者”的作用。

（1946年6月7日）

文教简讯

本市庞村小学提倡学生自治

邯郸市庞村小学，十几年来都是老先生老教法，打手板罚跪，学生年年减少。今年换了教员，废除体罚，改变教法，让学生自己管理。学生反映说："我们也得到解放了。"学习情绪很高，学生增加十几个。（伯纲）

邢台市成立联合歌咏团

邢台市各校学生课余文化生活日渐活跃，追悼"四八"烈士时，北大、邢师两校男女学生百余人之挽歌大合唱，曾引起各界好评。四月由平原剧团发起成立邢台联合歌咏团，各校参加队员现已五百零二人，以各机关学校为单位成立了九个队，选出李敏、周沛然同志为正副团长，现正练习《军民一家》《主人翁》等歌。今后邢台文化娱乐生活将更活跃。（余淼）

（1946年6月7日）

剧坛杂俎

邯郸人这几天眼福极好，文工团排演的历史名剧《逼上梁山》，于二日晚在参议会大礼堂预演。四、五两日继续演出慰劳部队。从九日起，将在邯郸剧院公演。看过一、二两次演出的人，都发觉一次比一次演得好些。预演时"刺配"及"野猪林"两场表情不够十分逼真，五日这一次就有了进步，今后因熟生巧，优良效果自在意中。闻该团不久尚拟排演《蔺相如》与《血泪仇》，以飨观众。

★★★★★★

邯郸剧院现正昼夜赶工，九日可供文工团公演《逼上梁山》，月底将正式开业。该院经理吕班氏说：一俟全部工程完竣，即可供各剧团租用。他说：电影放映机不久即可运到，唯影片比较困难。他还计划邀集本市戏剧工作者，成立一个业余剧团。也许，他们自己可能延聘一个平剧团。

★★★★★★

城市里的人究竟爱看什么戏？新华剧团排演了《木兰从军》《二流子转变》《春桃》三剧，大受群众欢迎。《二流子转变》的戏目贴出后，戏票马上多卖了三分之一。但是，新戏究竟太少了，目前绝大部分还是皮黄、梆子、平剧，这些剧本的内容，有许多在今天已经不宜演出了。对于戏剧富有经验的某君说，改变这种现象有两种办法：一、把出神出鬼的地方删去，某些不适宜的词句加以修改，至于诲淫诲盗、宣传封建思想的剧本则禁止演出。二、用新的观点方法多写些新内容的平剧剧本如《逼上梁山》者。这个问题是很大的，希望广大的戏剧工作者急起努力。

★★★★★★

据估计，邯郸每日销售戏票，很难超过两千张。以每张二十五元计，为五万元，现在长驻本市的"新华剧团"去了峰峰，冀南的"新生剧团"、太行武安的"人民剧团"到了邯郸。"新生"于三日开始公演，一场就卖了三万余元。

★★★★★★

太行剧运活跃，光明剧团新编《组织起来》，上月底在行署驻地上演，获得各方好评。该行署与区党委悬奖征求《甲申三百年祭》《窃国大盗袁世凯》两剧作，前者已收到王否定、苗培时、董树等所写的三种，后者已收到穆周所写的一种。苗本《甲申三百年祭》已在邢台市试演五次。

（1946年6月8日）

安东、山东、晋绥各界抗议北平“七七”事件

誓为保卫民主文化奋斗到底

【新华社安东六日电】北平《解放》报与新华分社等七十七家言论出版机关被国民党当局非法封闭消息传到此间后，身处国民党飞机大炮威胁与摧残下的辽东人民，对此暴行益感痛愤，辽东日报社、新华社辽东分社、辽东大众社、辽东建国书店、白山杂志社、白山艺术学校、安东广播电台等通电中称：“国民党法西斯派敌视人民，实无分关内外，我们不愿屈服于暴力之下，愿与关内同胞团结一致，粉碎法西斯派的军事进攻与文化进攻。”

【新华社兴县六日电】晋绥各界人士对国民党当局非法封闭北平《解放》报、新华分社等七十七家报刊，咸表无限愤慨，一致认为这是国民党法西斯派阴谋向全国人民进行大屠杀的信号。边区高等法院院长孙良成先生、边区参议会副议长刘少白先生及各界代表均发表谈话，边区各群众团体联合通电，一致呼吁全国人民团结起来，制止法西斯的暴行。

【新华社临沂六日电】中华文协山东分会、山东省文协，顷通电慰问横遭迫害之北平七十七家报刊及通讯社：誓为后盾，团结一致，为保卫民主进步文化奋斗到底。

（1946年6月9日）

北大学习空气紧张

全校员生实践范校长讲话

【本报讯】北方大学开学以来，学习空气十分高涨，范校长的讲话，已成全校实际行动的指针。在四月二十日全校教职学员大会上，范校长曾作了一次重要的讲话（该讲话全文将载《北方杂志》创刊号）。他以国际国内的现实，说明了今天的时代是“人民的时代”，希望大家认识这个时代，把握这个时代；宣布北大“全心全意为人民服务”的宗旨，“实事求是”的校风，“理论与实际相联系”的教育方针；并着重指出在教学双方均须养成老老实实的科学态度，互相学习的民主作风。当时全体教职学员均极为振奋，他们都为这种新型的教学抱着无限信心。目前事实已经证明，范校长的讲话，在全校教职员中，已经成为力量，成为他们的实际行动。一进校内便有一种生气勃勃的感觉，教员学员随时随地都可以提出问题互相钻研、互相讨论，教员们随时随地都在为保证教学计划的完成而努力研究，全校都充满着热烈的学习空气，一个新型的大学正在成长。

（1946年6月9日）

邯郸市委宣传部指示加强通讯工作

萧方

【本市讯】本市的通讯工作，自《人民日报》发刊后，在报社同志的帮助和爱好写作同志的努力下，收到不少成绩。已建立的通讯组织，除中心小组外，有市政府与市救国会、民众教育馆、南关区救国会、南城区救国会、公安局城里派出所等，此外尚有城郊区、中学、公安局、北城区救国会等机关的个别通讯员，总计通讯员已发展到四十名，五月份共写了三十余篇稿件。有的通讯员写稿情绪很高，如公安局福祥同志一共写了□篇。日前市委宣传部发出指示：（一）中心组过去还没有起到应有的作用，在六月份，每人应写一篇稿子。（二）有些同志在思想上还存在轻视通讯工作的糊涂观念，今后应认识到“全党办报”的重要，把写稿看成工作的一部分。（三）组织方面还不普遍，今后应以已有的个别通讯员为基础，迅速建立起通讯组织，多采用集体创作及研究的方式。最近南城区发挥了这一点，值得学习。

（1946 年 6 月 9 日）

政权干部应多多写稿

杨秀峰

《人民日报》是晋冀鲁豫边区广大人民的报纸，是边区广大人民的宣传者与组织者。在目前，它担负着动员组织全边区人民，坚持政协决议的全部实现，争取与巩固和平，保卫边区这一伟大任务。同时并为进一步巩固边区，推动反奸诉苦复仇运动、减租运动、练兵及整编复员运动及民主、经济、文化、交通等各方面的建设工作；交流平原山地各方面的斗争经验与工作经验，以便集中力量，使工作发展达到平衡。每个政权工作同志，除在报纸上取得工作指示，把自己的工作做好外，还更应将自己在实际工作中的经验，综合地或片段地反映到《人民日报》上，使自己的经验传布出去；同时也吸收别人的经验来丰富自己的知识，改进自己的工作，也就是使自己能更好地为人民服务。因此每个政权工作同志，应将为《人民日报》写稿作为自己的工作任务之一，而重视这一工作。

同时，每个同志应该在思想上明确认识，为《人民日报》写稿是为了工作，为了为人民服务的。将自己的斗争经验传布与吸收别人的斗争经验，推动工作前进，这是写稿写通讯的主要意义。有些同志认为工作繁忙，抽不出时间写稿，或者以为自己写不好稿子就不去写，这些都是对写稿是为工作、为人民服务的目的不明确。如果认识了写稿是为了工作，既是工作，那么时间问题，写好与写不好问题就都解决了。因为它并不是为写好能出一时“风头”，而是写了指导工作的前进。我们各级政权工作同志，应该大家多多写稿，将自己的经验与实际工作经验，很好地反映到报纸上，有组织地形成为《人民日报》写稿的群众性的运动。各地联合办公室出版的小报，更应该与《人民日报》多联系，作为对报纸组织稿件工作之一。总之要真正达到大家看报、大家办报、交流经验、推动工作这一个任务。

（1946 年 6 月 9 日）

《人民画报》将于“七一”出刊

【本报讯】六日，人民画报社邀请各报纸、杂志、通讯社于邯市该社举行座谈会，征求对画报出版意见。该报内容以宣扬和平、民主、团结及我边区军民八年来的斗争为主，拟发行边区及边区以外其他地区。形式有照片、木刻、漫画，除正刊以外，尚有特辑以补正刊不足。经积极筹备，第一期现已编辑完备，内容方面有表现边区民主生活、人民翻身运动、经济交通建设、群众部队生活、文化教育等名贵照片多幅，现已着手制版，将于“七一”与读者见面。

（1946 年 6 月 9 日）

文教零讯

唐伯弢等抵张家口

【新华社张家口二日电】张市文协会旧剧联合会，于上月二十九日设宴招待日前来张的前北平戏剧学校教授唐伯弢及南国社名演员俞珊等，席间剧联同志介绍张市旧艺人状况，他说："张市旧艺人生活已大为改善，营业极为发达，社会地位空前提高。"俞珊、唐伯弢两先生讲话中称赞这边做得很有成绩，并着重指出应改革旧剧，使之服务于张市人民。将于十一、十二两日假人民剧院演出义务戏。

华中新闻专科学校学员开始实习

【新华社淮阴二十一日电】华中新闻专科学校，现开始实习，除分配华中新华日报社、新华社华中总分社各部门及各分社实习外，并有四十余人由本社记者率领，分组赴盐城、如皋、高邮、天长及淮北现场实习采访，预定六月中旬返校，即行结束学业。第二期定七月半开始招生，八月初开课。

邯郸市委号召干部时事学习结合群运

【本市讯】目前国内形势紧张，干部群众思想上都存在着麻痹现象和糊涂观念，市委宣传部特号召加强时事学习，研究形势发展，并注意与当前运动结合起来。(萧方)

邯郸市府召开"六六"纪念会

【本市讯】市政府于六日下午，在市府俱乐部召开"六六"教师节纪念会，到会者有市立中学，第一、二完小留校教职员及教育厅、市府教育科等三十人（因正值麦假，大部分教员均回家）。席间座谈学校的民主管理方法和明确为人民服务的观点等问题，最后教育厅崔副厅长提出今后要开展教师爱生运动，把邯郸教育办得更好。

邯郸留校师生利用麦假参加群运

【本市讯】本市中小学，于本月一日起放假两周，一部分留校教职员学生，利用假期参加群运。四日王市长特向参加群运师生作报告，介绍情况和政策，并勉励大家为人民服务、向群众学习等，后即由市府分别介绍到车站、南关、城南等区，参加工作。

（1946 年 6 月 10 日）

山东群众翻身后文教建设飞跃发展

【新华社临沂七日电】山东解放区广大人民政治经济翻身后，文化教育事业在全省有飞跃发展。据现有部分材料统计：滨海区有建国学院一处、中学三处、各县干部学校十三处、小学二十余处。全区有教员四千余人，男女学生九万余人；儿童团、识字班等村学六千五百九十处，学员达三十余万人。此外农村剧团、秧歌队、俱乐部、黑板报、墙报遍及全区。工农通讯员有千余人。威海市有威海、建威中学两处，学生一千零六十九人，比敌占时增加了百分之三十五。小学十一处，学生三千九百人，增加了百分之四十六。社会教育方面，有民校二十八处，学员三千五百人，群众教师十六人，学习模范八十六人，市内各处均设立黑板报。《新威日报》每期销出二千七百余份。全市剧团二十七个，新华电影院演出苏联名贵影片十二部。新华书店每日售书平均二百余册，大众教育馆借书者四百余人。

（1946 年 6 月 10 日）

文教简讯

克风

太岳《新文艺》创刊

【本报讯】太岳区的纯文艺刊物《新文艺》创刊号，已于六月一日出刊。该刊筹备虽短，而内容尚称生动充实，在创刊号中，有太岳军区副司令员孙定国《关于写作中三个问题的意见》一文，对太岳区过去的新文艺运动作了概括的叙述，特别是对今后如何去向毛主席所指示的文艺方向努力，提出许多具体意见。其他有以太岳区正在轰轰烈烈进行的群众运动为主题的《剜穷根》和八年抗战对敌斗争为主题的《在战争中》等短篇小说与报告。该刊为三十二开铅印，每期约三万字。该刊之出版，实为四月边区文艺座谈会开展新文艺运动决定在太岳区具体实现的开始。

《甲申三百年祭》第四种应征本编就

【本报长治讯】太行文联前征求将《甲申三百年祭》改编为戏剧，现已有第四种应征本编就。晋冀鲁豫军政大学焦一民、韩庭佐、田未明、庄耀明四先生集体改编，本定名为《十八天江山》，为京剧形式，全剧三十多场，穿插群众场面很多，描写李自成由成功到失败的全部过程，颇为详尽生动。现已试演成功，该校特组织一研究组，根据试演时观众反映进行修改，一俟定稿后，即寄至太行文联应征。又太行军区政治部宣传队现正排演四幕大剧《同志，你走错了路》，定“七一”纪念日公演。

边府干部积极为本报写稿

【本报讯】扬主席号召大家给报纸多多写稿，边府及各直属系统很多同志，都积极响应，三十余人自动愿给报社写稿。孙秘书长亦给大家鼓励，谁写稿写得多，给谁记一功，大家情绪更高。目前民政厅已给报社写稿六篇，参加翻身队的同志，下乡后，保证多写稿并互相竞赛，使报纸成为真正“大家看报大家办报，交流经验，推动工作”的武器。

（1946年6月17日）

文教简讯

太行区党委号召为本报写稿

【本报长治讯】太行区党委宣传部，日前通知所属各级宣传部，号召加强通讯工作，积极为本报写稿，并把过去半年工作作一检查总结。在报导方法上，指出应掌握重点，但也应有全面观点。

（1946年6月18日）

本报与新华总分社邀翻身队通讯员座谈

【本报讯】为了及时有力地报导此次边区级农民翻身队下乡后的农民翻身运动，本报与新华总分社曾在农民翻身队的学习期中，进行通讯工作的组织。参加翻身队的同志们，多自动报名做本报的通讯员，并经常与本报参加翻身队的同志研究群运报导问题。十三日下午，本报与新华总分社曾备茶点，邀翻身队的通讯员举行座谈，到会四十余人。大家对下乡后怎样报导等问题，均踊跃发言，认为报导群运是群运工作的一部分，是每个参加翻身队同志的应尽义务，都愿在工作中，把当地群运中所存在的问题，成功与失败的经验，农民在翻身前所受敌伪残余势力及封建统治的摧残与剥削的痛苦，农民怎样团结起来进行斗争，以及农民翻身后的新生活等，作典型连续的报导。其次是对如何搜集材料及写作方法的讨论，检讨过去群运的报导多陷一般化，这次要随时随地搜集材料，集体研究与写作，报导形式不必尽用新闻，可采通讯、报告、故事、工作研究等形式。

（1946年6月20日）

彼此团结、互相帮助

本市全体艺员座谈

成立邯市戏剧工作委员会

玉

【本市讯】本市各剧团，娱乐场所全体艺员，于十八日假新华剧院举行扩大联欢座谈会，到有新生剧团、新华剧团、群众茶社及大众艺术研究会等百余人，各机关团体宣教负责同志亦都参加。会在洋溢着愉快的空气中开始，首由军区政治部宣传部任部长讲话，他说：在解放区，戏剧工作者首先要认清演剧的目的是为群众服务。今天是群众翻身，我们演戏要为老百姓打气和加油，我们对那些宣传封建迷信的旧戏，要加以改良。他强调说：大家要团结，要打破“同行是冤家”的旧观点，互相帮助，事情就能做好。电影院经理吕班先生，根据任部长的发言，用许多生动的例事，作了更具体的说明。继由新生剧团、新华剧团诸代表发言，一致认为今后彼此要团结，互相帮助进步。会中成立邯郸市戏剧工作委员会，聘吕班、史若虚、姚耕，民教馆傅运起，文艺工作团裴东篱，文联荒煤、夏青，边府教育厅皇甫束玉，市府郝长江，市政处赵部长等为委员，并推吕班、傅运起为正副主任委员。今后本市的文娱工作，将有一番新气象。

（1946年6月21日）

文教零讯

邯市第一完小麦假期满开课

【本市讯】本市第一完小，麦假期满复课，十八日举行开学典礼。该校名誉校长高振五老先生、冯副市长等都亲临讲话，勉励大家努力学习、团结互助、争取学习模范。

滏阳剧团赶排《血泪仇》

【本市讯】本市新华剧团现易名滏阳剧团，归邯郸剧院领导。现正赶排《血泪仇》。闻本区剧坛名流吕班、史若虚诸氏均将参加演出，预料演出时必有一番盛况。

张市工人学校万人参加学习

【新华社张家口十二日电】张市工厂八十余家，现已创办工人学校识字班等五十余处，学生达一万余人，教员多从工人中选聘，各校除一般政治文化学习外，并设有技术课程，研究学习业务。边区总工会主办的《工人报》四个月来已收到工人六百六十五人投来的二千余篇稿件，多半都发表了。张市电话工人写一文，题为《开展回忆运动》，在该报上登出后，不久即有成百个工人投稿该报，申述其过去的辛酸生活与现在在民主政权下的欢欣；各厂通讯小组，都出有墙报与黑板报。此外各厂均设有俱乐部剧团秧歌队等，休息时并举行联欢会。

晋绥剧运活跃群众自编自演

【新华社兴县电】晋绥剧运发达，除有由专门戏剧工作者百余人组成之十余个职业剧团外，尚有平剧、梆子等民间旧剧团八十余个，兴县、临县、宁武、五寨等地散布半业余性质之道情班子为数更多，晋中新解放区停顿多年之灯影秧歌班已恢复四十余个。在职业剧团帮助下，许多群众剧团自编自演，一年中创作剧本送文联者达百余种。

（1946 年 6 月 23 日）

晋察冀出版业发达

报纸十二种，销行数达十万份

【新华社张家口电】边区新闻出版阵地日益扩大。各地出版的报纸，有《晋察冀日报》《冀晋日报》、冀东及冀热辽日报、《冀中导报》《新察哈尔报》《工人报》等十二种，销行总数在十万份以上；杂志有《北方文化》《时代青年》《教育阵地》《冀晋新群众》《内蒙古周报》、《群众》杂志、《商业月报》等。其中《晋察冀日报》，自去秋移张改出对开两大张以来，销数已突破三万余份。《北方文化》为文化界老战士成仿吾、丁玲、沙可夫、周扬、吕骥等主编，内容着重反映解放区文化经济等建设，月销八千余份。《内蒙古周报》，系察蒙人民用自己文字出版的周刊，由驿站传送，风行于辽阔的草原上。书籍出版方面，半年来晋察冀新华书店总店，已印行政治、理论、文艺、通俗读物等书籍一一六种，共五十八万本。各地分店尚刊印有数十种毛主席名著，销售迅速。此外文化界先进郭沫若著《甲申三百年祭》《屈原》等名著，亦盛行一时。现新华书店、北方文化社等，正敦请平、津、沪、汉等地知名前进作者，踊跃赐稿。

（1946 年 6 月 25 日）

大花元头村群校办得好　已达到全村都认识字

【本报威县讯】冠县大花元头村的群校，由于实行新教育方针，彻底做到了与家庭结合、与生产结合、与社会结合，故群众入学是自愿的，收效极大。全村由两个认字的，达到全体都会认字，一般男子能背写三百五十字，女基点组能看报，女子能写四百多字，政治文化水平大大地提高了。群校的发展过程：一是小学教育的影响。由于教员本着为人民服务的精神，自编自写，白天教，夜间写，每天下午还领着学生分组拾粪、拾柴、推磨，在这样情况下，全村男女儿童全部入了学。二是从冬学基础上发展。在冬季农闲时，政府积极号召群众入冬学学习，并将小学优秀儿童，参加成人组指导，冬学工作迅速开展，也即打下了群校基础。然后，政府根据该村教育的进度与群众的觉悟程度，提出了由冬学转群校的号召。该村教育委员到王庄群校参观，并将王庄群校的经验成绩向群众介绍，更刺激、兴奋了群众，群众便自动募捐修筑校舍，全村所有青年男女无不争先恐后报名，根据自愿结合的原则划分小组。有的按原有冬学组织成一组，有的根据生产需要为一组，有的自由结合，识字多的成一基本组。全村成年人共成立了十三个组，男六组，四十三人；女七组，五十三人。小组以上为两个大队，每大队设队长一人，领导小组长。采取自编自学、互教互学的教学法。教材的编辑，主要内容为时事问题、工作中心、生产常识等。所编写的材料，是根据本村情况，适合广大群众要求，亦极通俗易学，如生产常识材料。妇女生产单元中编的课有“刘淑香真可夸，一天纺了五两花”，男子生产单元中编的课有“出猪圈，掘灰坑，草粪[性]长小麦子，灰土大粪上花生”等。教育方式：成人部各组长集合到校部，配合小先生把字念会，然后小先生与组长再到组里去教；在管理上启发学生自觉，引导学生互助监督，用民主方式讨论优劣。儿童部为解决文具的困难和贫苦学生生活，种了十亩地，此外还有个合作社，赚了钱，学生一般的困难都得到了解决。

（1946年6月26日）

民办公助、学制灵活多样

晋察冀小学增至二万座

陕甘宁边区民间艺人韩起祥，说书转变了二流子。

【新华社张家口二十日电】晋察冀边区小学教育空前发展，现共有高初级小学二万三千三百余处，入学儿童一百四十六万四千七百名。察哈尔省全境解放时仅有小学校一千五百余处，现已增至六千二百余处。在抗战时期艰难缔造起来的冀晋老区小学教育，现也有进一步的巩固和扩展。边区学校教育迅速发展的原因：（一）“民办公助”教育方针在新解放区普遍贯彻，特别是民主政府努力培养了大批为人民服务的新师资。（二）根据群众生活情况，采取整日、半日制、午夜校、轮回教学、分组教学等多样学制，使占人口大多数贫农子弟均获有入学机会。（三）教育内容与群众需要密切结合，教育儿童生产知识，使儿童青年参加劳动，帮助家庭生产。涞源县小学由于增加生产知识的教育，取得了群众的热烈称赞。

【新华社延安二十一日电】陕甘宁边区民间说书艺人韩起祥，最近在绥德米脂一带乡村说新书，所说的书中，以反映我边区民主生活的现实为主题。如《刘巧团圆》《劝人识字》及由旧书改编的《四岔捎书》等，受到群众欢迎。在米脂有几个二流子听到了他说的书

《二流子转变》以后，决心学好。他在绥德、米脂两县，还教会了十二个瞎子说新书。按：韩起祥系在去年初，在陕甘宁边区文协帮助之下开始创作新书的，一年多来创作了数十种，内容能反映群众现实生活，说书时常用民间小调作插曲，颇受群众欢迎。边区文协已将他的创作记录出来，并已出一部分单行本。

（1946年6月26日）

目前采访报导提要

本报采通科

一、国民党反动派正积极布置全面内战，阴谋向我大举进攻。我们应严密注视国民党军的军事调动、内战部署、特务活动，详细具体地揭露国民党军及伪军的各种暴行，充分表达群众要求和平、反对内战、痛恨伪顽军的情绪与行动。宣扬解放区军民在自卫战中的新英雄主义，介绍各种模范人物与模范事迹，大力报导后方群众支援前线的各种情形及我军恢复城镇后的群众情绪和恢复工作的进行状况。边沿区的通讯员同志们并应多注意国民党军在其占领区的横暴行为和当地群众的生活状况。我军练兵情形必须大力报导。

二、各地群众运动正逐渐普遍深入，翻身队也下了乡，充分反映这一如火如荼的翻身运动，是本报今后的长期任务。我们应该充分揭发汉奸非法恶霸地主在政治上、经济上对农民实行的各种残酷的压迫与剥削，报导群众要求翻身的情绪、翻身运动的规模和进行情况，宣扬群众在这一运动中的各种创造，介绍群众翻身后欢欣鼓舞的情绪、积极生产发家的情况和社会风气的各种变化。报导方法请多选择典型，通过一个斗争、一个运动、一个会议或一个农民的翻身过程，以表达这一个具有伟大意义的社会改革运动。重要而精彩的事情可采用连续报导。介绍经验时最好通过具体事实，只要把一件事情的详细过程、怎样做的、结果如何等说清楚了，经验即自在其中。

三、今年的生产季节已过了一半，那么老解放区在互助生产中有些什么新的创造，新解放区在大生产中存在些什么问题？怎样解决的？翻身运动和生产运动以及自卫运动是如何结合进行的？我们要通过具体事实答复这些问题。在生产运动中有些旧富农业经改造，有些新富农陆续产生，农村的面貌经过群运与生产而有巨大的变化，我们应该用典型事实、统计数字……把它反映出来。

四、城市工商业正在大力恢复和积极建设，我们要以巨大的力量报导有关这一问题的各种情况。对于主雇团结、劳资合作的模范事迹和技师、工人们在创建工业、改造商业中的各种创造，要典型而有力地报导出来。

五、文教建设、卫生建设、复员工作……和各种社会事件，亦请迅速及时地抓紧报导。

（1946年7月1日）

歌唱人民的时代，创造翻身的史诗

文联座谈群众翻身诗歌

一致希望党政军民共同努力，

掀起一个群众翻身诗歌的创作运动。

【本报特讯】在全区各地轰轰烈烈的群众运动中，群众不仅从政治上、经济上开始翻过身来，而且从封建思想枷锁中初步解放出来，反映群众自求解放的翻身诗歌也应运而生，真正形成了一个“群众翻身，自唱自乐”的时代。边区文联最近接获太岳、太行、冀鲁豫等地所搜集的群众翻身诗歌数首（将在《北方杂志》第二期刊登），经各方酝酿，于本月二十五日下午五时，假邯郸市新兴货栈客房，举行群众翻身诗歌漫谈会。太岳军区孙副司令员定国、顾政委大川、李哲人同志，太行区党委冷楚同志，二地委于一川同志，军区政治部宣传部任白戈、陈斐琴正副部长，文联荒煤、黑丁、曾克、胡征，本报袁勃等同志均参加。会议由荒煤主持，在朗诵太岳等地的几首群众翻身诗歌后，即开始漫谈。大家对目前全区到处产生了群众翻身的诗歌，感到极大兴奋，孙副司令员于介绍太岳区群运中群众创作之诗歌情形后说：希望党政军民共同努力，来掀起一个群众翻身的诗歌创作运动。于一川同志认为，群众的诗歌，必须要群众集体来创作，他举太行区的通讯工作为例，只有发动广大工农兵群众及其干部来创作，才能做好。李哲人同志希望各方，特别是做文化工作的同志，要珍惜目前这个群众翻身的时代，宝贵群众开始自己歌唱的热情与萌芽的作品，加强领导，不要错过时机。对于做诗歌工作的同志，希望能投入这个群众运动的大烘炉中去，锻炼自己的思想感情，向群众学习，使自己的思想感情从旧的圈子中解脱出来。冷楚同志说：群众翻身运动，也是一个大思想运动，在群众翻身之后，群众文化要求必然提高，我们应广为征集与奖励群众的创作，互相传播，互相推动，党应很好来领导这一文化运动的开展。袁勃同志用自己写诗的经验说明今后诗歌工作者应结合群众，向群众学习，为群众服务，开辟群众诗歌的新道路。最后任白戈、陈斐琴等同志，对今后诗歌运动都提了很多具体意见，在极度欢快的空气中，欢谈至夜九时始散。这次漫谈会，对全边区今后的群众诗歌运动，将起很大推动作用。

（1946 年 7 月 2 日）

张垣作家呼吁美文化界制止美反动派援蒋

【新华社张家口一日电】中国著名作家丁玲、萧三、成仿吾等，为抗议美国反动分子军事援助蒋介石独裁政府，并呼吁美国友人起来制止美国反动派的帝国主义政策，上月廿八日致电美文化界辛克莱、赛珍珠、休士、果尔德、斯莱德利、斯诺、爱金生、福尔曼，并请转美国文化界、文学界、艺术界、新闻界人士称：

我们中国解放城市——张家口作家，向你们紧急呼吁，请你们——中国人民的好朋友，起来制止美国反动分子帮助中国反动派屠杀中国人民的暴行：美国供给蒋介石政府军火，驻华军队帮助蒋介石进行内战。最近美国国务卿又提出军事援蒋法案，宣布继续以军火援助坚持内战与独裁的蒋介石政府，这更加大大地鼓励着中国好战分子，使其爆发全面的和长期的内战。中国人民在打退了日本奴隶主之后，决不愿再做任何人的奴隶，美国反动分子有意要使中国变为美国殖民地或保护国，中国人民决不能忍受，一定要誓死反对。为了中美两国以及全世界的和平与民主，为了中美两国人民传统的友谊，为了中美两国文化交流的增进，我们要求你们说公道话，号召美国广大人民和爱好和平民主的人士，一致起来反对军事援蒋法案，收回美国对蒋介石的一切军事援助，制止美国反动分子对中国内政的干涉，立即撤回驻华美军。

（1946年7月4日）

愤慨的抗议　热情的慰问

【新华社张家口一日电】张市文化界顷电马叙伦诸先生称：你们

代表上海广大群众要求和平民主的坚决意志，晋京请愿，竟遭国民党特务殴辱。我等闻讯，无任悲愤！当前我国人民渴望和平，而国民党蒋介石独裁政府好战成性，置国家民族利益于不顾，制造内战，勾结美国反动分子，屠杀中国人民。时局之危急，莫过于今日。你们此次晋京请愿，不仅代表了沪市同胞之要求，并且代表全国人民之愿望。我们除向负伤诸先生遥致慰问外，更望全国同胞一致奋起，用实际行动，抗议国民党之滔天罪行，要求严惩特务凶手，停止内战，实现和平。不达目的，誓不休止！署名者有丁玲、丁里、于力、古元、成仿吾、艾青、沙可夫、李焕、周扬、周巍峙、陈企霞、邓拓、萧三等。

【本报邯郸一日电】此间全边区文化新闻界，闻悉沪市人民和平请愿代表马叙伦、阎宝航诸氏竟遭国民党法西斯特务围殴，同声愤慨，特联名电慰马阎诸氏，称："你们的血决不会白流，你们的血鼓励了中国人民为反对蒋介石发动内战，为反对美帝国主义援助蒋介石奴役中国人民而斗争的勇气。"署名于慰问电的有晋冀鲁豫边区文化联合会、新闻记者联合会、中华文协分会、人民日报社、北方杂志社、新大众社暨太行、太岳、冀南、冀鲁豫各报社各杂志社等四十三个团体。

【新华社延安二日电】沪讯：上海工人、学生界纷起抗议国民党当局制造的下关惨案。沪西工人反内战民主促进会，于上月二十五日发表宣言，为下关惨案向南京当局提出严重抗议，并要求惩凶，及惩办治安当局，医治受伤代表，切实保障人民基本自由，保证以后不再发生同样事件。沪市学生争取和平联合会，亦发表抗议书，要求严惩血案凶手及其主使者，负责保障赴京代表及全国人民争取和平的自由，立即实现四项诺言，尊重人民意志，实现永久的停战，永久的和平。圣约翰大学学生得悉沪市学生代表、该校同学陈震中被殴重伤时，无不极度悲愤。许多女生更失声痛哭，当即召开全体同学大会，除致电慰问外，并决议誓为和平请愿团后盾。之江等校抵沪慰问团均赴会慰问。东吴大学学生，并拟派代表亲赴南东慰问受伤之雷洁琼女士，雷系该校社会系主任。

【新华社延安二日电】沪讯：全国文艺协会上海分会、上海戏剧电影协会、上海美术作家协会等文化团体，顷联名电慰南京下关惨案中受伤之马叙伦等代表称：诸先生为人民奔走呼吁和平，不意在首都所在地，竟横遭暴徒殴辱。上海市民正处于极度愤怒中，文化界誓为诸先生争取和平、要求民主之后盾！

【新华社渝二日电】渝市新闻界丁培海、于伯岳等六十三人，顷联名电慰南京下关惨案中受伤之记者高集、浦熙修等同业，并表示坚决反对此种摧残新闻自由及人身自由的暴行，要求政府惩凶，誓为受伤同业后盾。

（1946 年 7 月 5 日）

陶行知招待记者　不达和平决不罢休

下关事件确系政府中法西斯团体主使

【新华社延安二日电】沪讯：“蒋介石有一种复杂的心理，这种心理使他相信每个想要和平与民主的人，都是‘共产党’。”沪市各界争取和平联合会发言人陶行知，上月廿五日为南京下关惨案在国际饭店外籍记者招待会上发表上述警辟结语。陶氏说：“我们确实知道，在南京对和平的代表有组织的殴打，是政府中一种好战的法西斯团体所主使，这种人只有借着战争，才能保留动力。民主运动及和平运动，正与他们的野心对立。”陶氏认为“这次的殴打，是与在昆明、重庆、成都以及其他地方对待学生的方法是一贯的相同的，反动的力量将三民主义变为法西斯主义，对此事实责无旁贷”。陶氏要求美国停止对国民党政府的一切援助，立即撤退驻华的美海陆空军，并要美国人民援助中国人民铲除中国的法西斯。他说：“美国继续不断地支持国民党当局，只能使内战继续扩大。我们相信如果他们不被这样鼓励，内战一定会停止。”陶氏称：“人民的任务是只许成功，不许失败。如果不争取到和平，他们决不会罢休；假若他们失败了，其他的人要派去代替他们，一直到永远的和平实现。”陶氏坚决表示：“我们需要真正的和平与民主，不管这次被打，我们要坚持到民主及和平降临中国，我们要为民主而斗争，因为没有民主，谈不到和平。”

（1946年7月6日）

中国文化界名流著文抨击美国助蒋打内战反对予美最后决定权

郭沫若先生说：我恨那些借刀杀人的曹操！

【新华社延安八日电】中国文化界著名人士郭沫若、茅盾等数十人，近在《上海周报》《民主》两刊物上著文抨击美国当局支持蒋介石政府进行内战。郭沫若说：中国内战，“根本是美国的对华政策在那儿作怪，他们想独霸世界，想独占市场，弄得我们中国人外祸临头，他们还说是我们中国人在自杀！……算了吧，中国人并不都是阿木林，假使中国人真要自杀，是谁给的武器啦！我恨那些借刀杀人的曹操！”茅盾说：“要和平，就必须先请外国人不要再帮中国政府在什么‘受降’、什么‘遣俘’的旗帜下运兵运械了。”许广平、周建人、郑禹森都反对给美方最后决定权，认为只有殖民地国家才能接受这办法。决定国内的事情应该怎样做的权柄，是人民的，岂可送给美国马歇尔！认为制止中国内战根本关键之一，便是美国不施行殖民地、化中国为反苏的基地的政策；从现在起，就停止干涉中国内政，撤退驻军，停止借给政府以战费和武器及帮助军队的训练与运输。其他如马叙伦、郑振铎、艾寒松、董秋斯、念青、石挥、张伐、郭根等，均认为美国应立即撤退在华驻军，不再助国民党扩大内战，并反对予美方以最后决定权。

【新华社延安八日电】沪讯：燕京大学校长美人司徒雷登氏，向报界发表对目前时局之意见称：“国民党军要想消灭中共军队，为不可能之事。最大困难，为国内人民之民不聊生，没有饭吃，如果再打内战，他们再不会支持政府。同时，中共部队多年游击，有经验。”又说：“人民要求和平，不是打能解决的，民意是不能压迫的。”司氏认为中国政府应包括各党各派人士，推行社会化之政治。

（1946年7月11日）

北方大学师生团结文娱活跃

克良

【本报邢台讯】北大自开办以来，在全体教职员努力下，日趋发展健全。同学师生之间相敬相爱，全校生活洋溢民主、团结的空气。老师们常亲自到饭厅及课堂宿舍，征求学员意见，不断改善教学方法和生活。学校课外活动也很活跃，同学们除去正式学习外，自编各种刊物和墙报，仅八楼九楼同学，即编有《学习报》《大众园地》

《新方向》《生活墙报》《北方》《战地晨光》《蜕变》《思想园地》等墙报达九种之多。女生亦单独出有墙报。这些刊物和报纸都是每个同学自由思想言论的园地，大家都能在这上边发表自己对各方面的意见和思想。文化娱乐方面，已有四十多名学生组织了北大文艺工作团，现正演歌剧《向吴满有方向看齐》《延安生产大合唱》，在全体团员努力之下，不日将与邢市军民见面。同时教育学院组织的平剧研究社，正排演名剧《逼上梁山》。

（1946 年 7 月 12 日）

文教动态

武安民教馆“七一”庆成立

武安县民众教育馆，经过月余的努力，已设备完竣。搜集有古今中外书籍八千册，旧物十余件及一部挂图乐器。又以十万元的建设费修理了房舍。“七一”纪念节，全县五百余小学教员及城关区干部积极分子新翻身户，千余人集会庆祝民教馆成立，程县长、曹政委也莅会，指出民教馆应为人民大家服务，注意提高大家文化，要团结与改造城市的知识分子，活跃全城的宣传工作。午后全城各街组织秧歌九班，先后到民教馆出演，以示庆祝。

长治民教馆加强文教活动

六月十五日，长治市民教馆召开各有关宣教部门会议，讨论如何加强该市文教活动，到会有市政府教育科、市工作团、长治师范、四中、市高、商联会、职工会等十三个单位，会上首先检讨了长治市通讯报导少的原因，是因为没有骨干，所以大众黑板办得不够好，给《新华报》《人民日报》写稿也少，决定今后各机关应由首长负责推动大家。接着又讨论了办大众黑板和涂写标语等工作。

邢市义德中学八十余人毕业

邢台市私立义德中学学生二十九名及小学部六年级生六十七名，修学完毕，于六月二十五日举行毕业典礼，市政府纪科长、邢师王校长、农职校曹先生均参加。市府纪科长提出，同学们愿意继续升学的，政府负责介绍，愿意找职业的，政府帮助找。大会在紧张愉快空气中散会。(文儒)

新华书店总店研究改进发行

新华书店总店发行科于本月十六日在邯郸召集各分店经理及各部发行负责人开会商决今后发行问题，决定在编辑与出版方面根据各地的群众要求与需要，不日即派人到各地进行调查，研究出版方针。为了照顾各地读者，从七月一日起，凡存款邮购读者购买书志，一律按九折优待，今后的邮购发行将成为书店主要发行之一。(赵振华)

漳滨中学学生会工作好

漳滨中学临时学生会，成立将两月，在学习上起到相当作用，成立了六十多个学习互助组，展开了学习上的互助运动；生活上注意清洁卫生，打垮了传染病；生产上展开了争取劳动英雄运动，领导同学生产。在文化娱乐上，发动了扭秧歌和演剧，“五四”节组织了四个秧歌大队，“六六”教师节演出了《挑拨离婚》《黑暗家庭》剧。在这些运动中，涌现了许多学习模范和积极分子，现正式学生会已选举成立。又该校为了培养建国人才和补救失学青年，决定下学期扩

大班次，计高中初中各一班（均一年级），每班名额暂定四十人，现该校正计划修筑校舍。（怀文）

（1946 年 7 月 12 日）

晋冀鲁豫边区政府教育厅为颁发文教作品奖金的通告

为树立文教作品写作的明确方向，激发群众的创作热情，特颁发文教作品奖金五十万元，征集下列各种作品：

一、作品种类

1. 教材。

群众教材：包括政治、文化、生产、卫生等教材，以及有关上项之妇女教材、工人教材，凡能针对群众要求，运用群众语汇，具体解决群众的各种问题，取得教学成效者为合适。

小学教材：包括补充教材、乡土教材、补学班教材（教育厅现行编印之小学课本不参加得奖），凡能适合群众需要与儿童身心发展的要求，符合新教育方针，具有教学成效者为合适。

中学教材：包括中等学校均适用之边区建设、政治常识、国语、数学、实用自然（理化）、历史、地理等课本，按三年制配备内容进度，以边区实际为中心，贯穿学用一致的精神，达到培养干部与各种建设所需要之初等人才为标准。

2. 剧作。

剧本：包括各类形式的新剧与各种形式改造的旧剧与历史剧，能以艺术的手法取得服务于群众的效果，符合当前剧运方针者为合适。

其他小型作品：包括鼓书、快板、唱词、各种小调、曲子等，凡能适合当前政治要求，结合工作需要，为群众所喜好均为合适。

3. 其他文艺创作与杂志。

散文：包括报告、通讯、小说、故事、传记等，以能反映、表扬八年抗战艰苦奋斗的史诗，采取以工农兵为主要对象的题材，为群众与广大干部所欢迎接受，为对创作的要求。

诗歌：包括诗、歌词、歌曲等，要求与上同。

美术：包括连环图画、木刻、插图、年画、漫画、摄影，以能反映边区各种建设成绩，表现群众愉快的生活，为群众所喜爱，及其有对外宣传意义者为合适。

二、奖金等第、名额

杂志：包括各地创办之各种杂志。等第与名额，依作品征集评选之情况来确定之，不作固定的划分。每一作品当选，均可得现金奖金，或名誉奖与物质奖；现金奖最高额为五万元，总额五十万元，其他奖品开支不在数内。

三、征集方法

1. 由县、行政区、边区三级各组织文教作品征集评选委员会，办理文教作品征集评选事宜。此种委员会，以各该地区同级各系统宣教部门负责同志及聘请当地文化名流或对征集之某类作品具有鉴定能力与修养者七人至九人组成之，由政府教育部门负责组织。

2. 各县须经过参加上项征集评选委员会之各系统同志分工负责，经过自己下面工作同志直接从群众中来搜集上列各种作品。有些群众自己的创作，并未写为成品者，须帮助写为书面的成品。如好多演出的剧，并无脚本，应选其在群众中有好的影响与优秀者为录出剧本，其他作品均同。

3. 各县、各行政区自下而上征集之作品，均交各该评选之委员会审查评定向上推荐，并须附具审查意见，详细说明其作品在该区群众间所起的实际影响，以及群众欢迎的程度、群众意见、创作的经过等，以作最后评定之依据。

4. 除自上而下的征集而外，各机关团体均可负责推荐所认为优秀的作品，另外个人亦可直接应征。

四、截稿与公布时间及其他规定

1. 上列征集或推荐应征之作品，统于十月三十日以前挂号寄交或专人投送边府教育厅收转，逾期截稿。

2. 预订十二月公布评选结果随同颁发奖金。

3. 征集之作品，本厅有权编印出版或提前介绍杂志发表，稿费版税仍归作者。

4. 上列各种作品，应一律用毛笔黑墨，最好能用稿纸直行写清楚，切勿用铅笔或红墨水在废纸背面横写，以免字迹模糊不清。

（1946 年 7 月 15 日）

蒋介石加紧法西斯恐怖　国特杀死李公朴

陕甘宁及本区各界电唁李氏家属

【新华社延安十三日电】渝讯：抗日救国运动七君子之一李公朴氏，前晚在昆明突遭国民党特务暗杀殒命。十一日晚十时许，李氏偕其夫人张曼筠女士暨公子在昆乘公共汽车回北门街寓所，至学院坡汽车站下车后，步行至学院坡时，突遭预伏该处之蒋记特务开枪射击，李氏猝不及防，弹穿腹部，顷刻血流如注，倒地不省人事，特务遂从容逃逸，李氏则由其夫人车送云南大学附属医院医治。卒因弹中要害，流血过多，延至昨晨五时三十分不治身死。

按：李公朴氏江苏武进人，今年四十六岁，救国会的领袖之一。一九三六年，李氏与邹韬奋、沈钧儒、章乃器、史良、沙千里、王造时七人，以组织抗日救亡运动呼吁停止内战一致对外，被国民党当局逮捕入狱，是为中国历史上有名之“七君子事件”，直到抗战开始后，才被释放出狱。在抗战中及抗战结束后，李氏一贯为爱国民主运动积极努力，而成为中国各界群众爱戴的领袖之一。今年二月十日的较场口血案中，李氏被国民党特务暴徒以铁棍殴打重伤，李氏在医院中对前来慰问的各界表示：“为民主运动而牺牲，死而无怨。”李氏并为中国的名教育家，抗战前任“量才补习学校”校长。抗战初，为山西民族革命大学校长（按：当时该校是一抗日的进步的学校）。抗战结束后，协助陶行知氏创办社会大学，并担任副校长。

【新华社延安十三日电】李公朴氏十一日在昆明被国民党特务暗杀殒命的噩耗传来，延安各界不胜震悼！陕甘宁边区参议会、边区政府、边区文化协会及李氏生前友好，今日致电李氏家属吊唁，原电如下：

曼筠夫人及公朴先生诸位家属礼鉴：惊闻公朴先生噩耗，不胜震悼！国民党内反动派阴谋破坏中国独立、和平、民主事业，竟至以特务恐怖手段，杀害群众领袖，他们的这种罪恶行为，将遭受全国人民的严重抗议；他们的阴谋，将在全国人民的反对之下遭受最后失败。谨代表边区一百五十万人民，向你们致吊唁之意！（陕甘宁边区参议会议长高岗，副议长谢觉哉、安文钦；陕甘宁边区政府主席林伯渠，副主席李鼎铭、刘景范。七月十三日）

曼筠夫人及公朴先生诸位家属礼鉴：公朴先生的不幸消息传来，延安文化界深为[哀]悼！并对国民党当局纵容法西斯特务的罪恶行为，表示无限的愤慨！先生一生致力于中国的独立和平民主事业，他的牺牲将号召全国人民和文化界，更进一步向前奋斗，以完成先生的遗

志！特此吊唁，并盼勉力节哀！（陕甘宁边区文化协会。七月十三日）

曼筠夫人如晤：听到公朴兄的不幸消息，在延故友，深为哀悼！公朴兄为中国独立、和平、民主事业奋斗致死，广大人民和他的故友们，都将不会忘记他光荣的功绩，并共同为继承他的遗志而奋斗！（柳湜、钱俊瑞、何思敬、艾思奇、张仲实、贺绿汀、江隆基及在延全体友人。七月十三日）

【本报邯郸十五日电】边区政府、参议会，及边区文化界、新闻界顷致电李公朴夫人张曼筠女士，吊唁李氏之死，电文如下：

李夫人张曼筠女士礼鉴：惊闻公朴先生遇难，怨愤曷极！公朴先生之仇人，即中国人民之仇人，我解放区人民，决心灭此法西斯匪徒，为完成公朴先生之遗志而奋斗到底！特电吊唁，幸希为国节哀！

晋冀鲁豫边区政府、参议会叩寒

曼筠女士礼鉴：正当国民党反动派积极扩大全国内战，四面进攻本边区，并派遣特务潜入解放区进行恐怖活动之际，惊悉民主战士李公朴先生竟亦惨遭蒋记特务之暗杀，噩耗传来，莫名震悼！公朴先生之死，号召全国人民提高警惕严防法西斯头子蒋介石的无耻袭击，号召全国的爱国志士，继承公朴先生之遗志，为反对卖国、反对内战、反对独裁而奋斗到底！特此电唁，敬希节哀，为国珍重。

晋冀鲁豫边区文联、文协、新闻记者联合会、人民日报社，太行、太岳、冀南、冀鲁豫各报社杂志社。（七月十四日）

（1946 年 7 月 16 日）

沪文化界二百六十余人发表反内战争自由宣言

要求中共努力争取永久和平实现

【新华社延安十三日电】沪讯：上海文艺、戏剧、电影、音乐、美术、漫画、木刻各界人士二百六十二人，联名发表长达四千余言之《上海文化界反内战争自由宣言》，向当局提出三项要求：（1）立即停止内战。我们人民要安居乐业，要和平建设经济，不要“民族自杀”的内战，明白地说，我们不是“反内乱”而是“反内战”。（2）有效保障人民自由。立即颁布侵犯人民基本自由（中缺数字）为使此要求不成空言，及民主中国早日实现，我们要求提早组织真能代表人民利益的联合政府。（3）保卫民族工业，改善人民生活。立即取消外国税务司，收回内河航行权，节制非必要入口，保护民族工业，停止一切自毁性的战争消费，停止恶性通货膨胀，严禁贪污囤积，平抑物价。宣言继向中国共产党要求以一切努力，争取永久和平的实现。最后要求美国朝野倾听中国人民的声音，修正自相矛盾有害的对华政策，不以军事及财政援助从事内战的任何一方，庶免对中国问题治丝而棼，以保持中美人民间最良之友谊。

署名者有茅盾、郑振铎、夏衍、田汉、许广平、巴金、林汉达、马思聪、史东山、石啸冲、吴晗、司徒慧敏、沈志远、曹靖华、胡风、章乃器、叶圣陶、钱君陶、孙起孟、翦伯赞、顾仲彝、李健吾、熊佛西、林淡秋、柯灵、周信芳、杨华苹、安峨、金焰、赵丹、叶浅予、张文元、张乐平、张正安、陈烟桥、叶以群、傅彬然、郑君里、戈宝权、陈鲤庭、骆宾基等二百六十二人。

（1946年7月16日）

人民的运动是阻不住的

——论李公朴先生殉难

解放日报社论

本月十一日，李公朴先生在昆明惨遭法西斯特务毒手，壮烈牺牲！国内外一切有正义感的人士，对于蒋记特务的无耻罪行，莫不表示无限的愤慨！

以蒋介石为首的统治集团，为什么要杀害李公朴先生？李公朴先生在抗战前，曾经反对不抵抗主义，呼吁国内和平、一致抗日，李先生等七君子，曾因此而遭蒋介石独裁政府的监禁。抗战胜利以后，李先生又奔走呼吁，反对蒋介石依靠外力进行内战，力主和平民主，于是更遭独裁者的痛恨，于是有较场口的毒打，以至于昆明的暗杀。李公朴先生的被害，以及其他许多志士的殉难（如抗战前的杨杏佛、史量才等先生，和抗战结束后的李兆麟将军，于树中、李敷仁等先生），都清楚地说明十九年来的蒋介石独裁统治，对于一切为独立和平民主奋斗的人士，是一贯仇视的，是不惜采取最残酷和卑鄙的手段来对付他们的。

今天中国法西斯独裁者，经常使用一套无耻的手法，他一方面以武力对付人民，另一方面却嚷着什么“和平统一”和“政治解决”。李公朴先生的被害，揭穿了这种手法。中国的法西斯独裁者，对于李公朴先生这样一个手无寸铁的一个书生，仅仅因为他替人民说话，主张和平民主，就不能不用武力对付，必欲毒打之暗杀之而后快。从这样一个事实，就不难想见蒋介石所谓“和平统一”和“政治解决”，就是武力解决的别名，就是依仗外人所供给的武装，妄图把全国“统一”在特务统治之下。正因为如此，无论对于解放区人民，或对于国民党统治区的人民，蒋介石最重要的法宝，就是“武力解决”四个大字。李公朴先生的被害，证明了蒋介石正在更进一步地加紧法西斯恐怖，以配合其扩大内战的阴谋。李先生的被害，是反动派对全国和平民主运动更疯狂的进攻的信号，这值得全国人民的严重警惕！

法西斯独裁者，妄想以恐怖手段来吓倒和平民主人士，来阻住人民的前进，但历史告诉我们，和平民主人士是吓不倒的，人民的前进是阻止不住的！中国人民知道：“目前中国反动派的猖獗，不是表现他们的强大和有生命，而是表示他们的软弱和回光返照。”（中共“七七”宣言）蒋介石不是曾经三令五申“言抗日者斩”吗？但是神圣的抗日战争还是发动了，并且最后取得胜利了。今天中国人民的力量，比较战前不知强大了好几倍，蒋介石想以独裁恐怖与内战来堵住中国人民争取独立和平民主的洪流，其必然遇到惨败，是可以断言的。

“一定要为和平民主为老百姓事业干到底，干到死！”这是李公朴先生在较场口事件后的英勇誓言。李公朴先生壮烈牺牲了，但全中国为独立和平民主事业奋斗的无数战士，必将踏着李先生的血迹，冲破独裁者的法西斯恐怖，实现李先生的遗志！

（1946 年 7 月 16 日）

人人学识字村村有剧团　莒南人民文化翻身

【新华社临沂十八日电】滨海区莒南县现在一般农民和儿童都有享受教育的机会，全县小学已增至一百七十二处，学生共六千九百零三名，青年学校识字班、妇女学习组共二千七百零五处，学员达十万余人，群众教师小先生计二千五百余人。昔日目不识丁的农民，现在一般的至少能识三百字，多则识千余字，大多能记账写路条日用杂字及简单信件。金勾官庄老农纪丕福，曾以求乞为生，翻身后现已认得一千五百多字，一月中曾向当地报纸投稿二十五篇，成为全县的有名学习模范。莒南小报印发一千余份，被称为村广播电台的黑板，计有六百余处。村村都有秧歌剧团，过年过节锣鼓喧天演出劳动翻身生产发家等事迹，完全废除了烧香敬神的旧俗。

（1946 年 7 月 16 日）

陆定一同志电唁李公朴家属

【新华社延安十四日电】陆定一同志顷电唁李公朴先生家属，原电如下：

曼筠夫人及公朴先生诸位家属：

惊闻公朴先生遇害，不胜震悼！先生致力中国独立、和平、民主事业，并从事大众文化教育运动，对于国家人民贡献巨大，法西斯反动派竟忍心对群众领袖下此毒手！先生的光荣牺牲，将激起全国人民的怒潮，而与坚持卖国、内战、独裁者以有力的回击。谨以战友之谊，敬致悼唁之忱，并祈努力节哀承志为祷！

陆定一　七月十四日

（1946 年 7 月 17 日）

“七七”宣传周与秧歌队

萧方

“七七”宣传周在邯郸市，不仅表现了工作上的普遍性，而且是深入到各个角落里去。从工农市民到店员商人，只要是有组织的群众，除了都参加过七月三号两万人的反内战大会外，每个组织的成员，起码都讨论过一次“今年纪念‘七七’要反对内战”。他们不仅是讨论，而且变成了实际行动，北街市民会的张尚，不仅向他街里群众宣传，还跑到车站区去到处给群众解释，就连一般轻易不关心时事的妇女，这次的工作也深入到她们中间去了。东门里的妇女小组在讨论中，普遍认识到“我们要和平，老蒋就偏要打内战，自己打还不算，还要勾结美国的坏蛋”。第二完小的一个小学生，听了老师时事报告后，说：“老蒋自己坏不算，还要认个美国干爹。”蔚庄在街上跑的三个小孩子，问他谁在打内战，他们都很爽快地回答：“是老蒋！”“老蒋要真是打内战，咱们就组织起来给他干。”这更是邯郸市群众中比较普遍的吼声。

“七七”宣传周的过程中，特别使人注目的，是中学及两个完小的大秧歌队。它所以被人们注目，是这样大规模的秧歌队在本市出演还是初次，但更重要的，是他们的化装、表演的技术及内容，确实做到了能把群众吸引住。

参加秧歌队的人，三个学校共一百六十七人，若连配合秧歌队的讲演组、绘画组、壁报组等都计算在内，人数就达三百九十三人，几占学校全体人数百分之七八十以上。这些人都是自动参加的，情绪特别高。当中学作了号召以后，就自动报名了八十多人，当时我们以为人数太多，恐表演不好，于是挑下来几个，但被挑来的人说“咱不行，技术不够，人家不叫咱参加！”结果，有些人在出演时临时又挤到大队里去。刘允绮在出演时，不仅严肃地精神贯注，给中学秧歌队起了模范的带头作用，而且后两次都是带病出演；李永善也同样表现着模范的姿态，并利用空闲时间，完成了自己的画报任务；一二完小的小同学苏英、王晓池等，几天来，在炎热的阳光下表演，从没有说过累和带出疲倦的样子。

只经过两三天的筹备和排演，在三号的早饭后，第一完小的秧歌队就出演在街头，接着五、六、七、八号，中校及第二完小的秧歌队先后走遍了市区及市周围的部分乡村。据不完全的统计，二完小秧歌队所吸引的观众有五千四百人，中学的约五千二百余人，一完小虽无较确数字，但出演五次，十四个场子里，每场观众少者七八百，多者两三千，就连城郊的小村郝庄，也吸引出二百多。

秧歌队出演在街头，只要看过它的人，没有一个群众说他演得不好，你假使也站在群众中去看，就会听到不断的掌声及不住的点头称“是！”中学在演街头剧《逃荒》时，一个老头就感动地流出泪来，好多群众给了我们秧歌队这样的批判：“比大戏唱得还好！”

由于这次秧歌队等等的出演，给了我一些新的印象和感触：

一、过去所谓“歌曲”“戏剧”，有些人认为是学校内的娱乐活动！甚至还认为这是资产阶级吃饭后优闲的生活点缀，特别是在新解放区就更是这样。但这次，秧歌队出演在街头后，这个印象转变了，特别是学校的教职员和学生，都认为这是社会宣传工作很好的武器，并认为这样到群众中去活动，也是很重要的学习内容之一。每个秧歌队都是自己编排、自己演，发现了缺点再修改再排演，但内中都有这样一个基本观点，不管内容与形式，都以群众能接受为目的，群众提出意见后，就毫不犹疑地去修改。

二、这次秧歌队等的出演，表现了广大群众（学校的教职员及学生）创作力量的伟大。第一完小从开始编歌曲学扭与逐渐改造，三天内就有很像样的秧歌队在街上出现，大众艺术研究会（是过去旧书班改造的）反对内战的鼓词，一天内就学会，第二天就在两三千人的广场上和群众见面，演出时，周围的掌声时常把鼓词压得听不清楚。二完小的创造更有他的突出性，秧歌夹着四个新鲜的歌曲及干板，都是自己创造的，是在每次出演时秧歌队的行列前，有高杆挑着的伟人像，有自己创作的画片，有各色各样的标语，这对秧歌队的出演增色不少。中学秧歌队伟大的行列不用说，就是几个街头剧从编词排演到出场，时间也不过三天，一个参加过宣传队的同学这样说：“在宣传队时，有现成的剧本，就不会这样短的时间排出来。”配合中学秧歌队的壁报及漫画组，光投稿者就达七十七人，作品收到九十八篇；还有漫画组的薛臧梅，一气就画了七张。这些创作，确乎都是很惊人的成绩。

三、这次秧歌队的出演，给邯郸近郊乡村文娱工作起了个带头作用。在本市近郊虽旧历年乡村文化娱乐曾一时的活跃，但都是没有改造的旧形式与旧内容，如每班都需有一个“阳谷知县”，有一个人在挑着“夜壶”。内容呢？“吊膀子”是普遍的现象，即有些故事，也是什么“唐僧取经”“许仙游湖”等故事。特别是这里所谓“群众翻身，自唱自乐”的乡村文化娱乐工作还没有适当地开展的今天，这一点就更说明秧歌队出演效果的伟大。秧歌队出演后，西南庄的市民曾这样说：“咱们以后也演一演，保险也要新的。”五六号的时候，好多乡村小学教师都跑到教育科去问“叫我们也演了吧”。这都说明了给予广大群众的影响。

（1946 年 7 月 18 日）

太岳教育会议致电全国教育界
誓为李公朴遗志奋斗

电唁李氏家属张曼筠女士

【本报阳城十五日电】太岳区中学教育会议顷特通电全国教育界，号召一致奋起，继承李公朴遗志奋斗到底。原电略称：正值全国人民要求独立和平民主之际，国民党内法西斯派坚持其内战独裁与卖国的方针，竟采取恐怖镇压的无耻手段惨杀我教育界先进民主战士李公朴先生，同仁等悲愤之余，特号召我全国教育界一致奋起，继承公朴先生遗志，为反对内战、独裁，反对美国武装干涉中国内政而奋斗到底。

【又电】太岳区中学教育会议致李公朴先生家属唁电：

李夫人张曼筠女士礼鉴：惊悉公朴先生竟遭国特枪杀，群情悲愤。先生数十年来从事教育事业，奔走抗战，奔走民主，功在国家，虽死犹生，尚祈节哀承志以慰英灵。(太岳区中学教育会议叩)

(1946年7月18日)

鸣　谢

本报近收到冀南五分区武委会沈铁民、军政大学梁唐、太岳四纵队政治部栾仲丹等同志捐赠本报大批书报杂志。特此鸣谢！

(1946年7月20日)

李公朴血迹未干　闻一多又遭蒋特惨杀

蒋介石特务机关拟定一广泛黑名单
昆明民主人士愤慨法西斯恐怖罪行

【新华社延安十七日电】据讯：全国著名文学家西南联大教授闻一多氏，前日在昆明惨遭国民党特务乱枪击死，此事与李公朴氏遇害相隔只有三天。闻氏生平尽瘁救国事业与进步文化事业，致为国民党法西斯派嫉视。十五日下午五时三十分，闻氏偕其公子闻立和，由昆市府甬道十四号民主周刊社外出，北向而行，突被预伏该处之蒋记特务数人包围，开枪阻击，密如联珠，闻氏父子当场受伤倒地，血如泉涌，不省人事，行凶特务悠然逸去。闻氏父子后经人送往云南大学医院救治，闻氏因腹部中弹多发，于送医院途中，即气绝身死；其子闻立和也身中五弹，计胸部左右各一，两脚中弹三发，一脚已断，性命垂危。据息：闻一多父子与李公朴之相继被刺，系法西斯匪徒大规模恐怖行动的开端，蒋介石特务机关近已拟定一广泛黑名单，将全国著名进步文化人士均列入其内，图以镇压弥漫国内的和平民主运动。留昆民主人士，对此类法西斯恐怖罪行，均不胜愤慨！

【新华社延安十七日电】闻一多略历：闻一多现年四十九岁，湖北人，毕业清华大学，留学美国芝加哥艺术学院，专攻文学及西洋画，得芝加哥大学文学士学位，回国后历任国立北京艺术专门学校教授兼教务长、武汉大学文学院长、南京中大文学院外文系主任、青岛大学教授兼文学院长、国立政治学校教授、清华大学中国文学系教授、北大讲师、西南联大文学系教授等职。闻氏为全国著名文学家，中国古代文学权威研究家，生平著作甚多，对新诗创作尤多，其《死水》诗集传诵全国，并曾将许多中国诗译成英文，将沙士比亚的诗篇译成中文，对中外文化交流贡献甚多。许多文学批评家，认为闻氏为中国第一个新诗人。抗战期间，闻氏任教西南联大，致力爱国运动，在学生中威信极高，为昆明民主运动领导者之一。闻氏对蒋介石的独裁专制深表不满。一九四四年，闻氏揭露当局粉饰太平，号召青年奋起救国。为此，一度被当局下令解聘。抗战结束后，闻氏为中国的独立和平民主继续奋斗，奔走呼号，致遭国民党法西斯派毒手。

（1946 年 7 月 20 日）

边区各界悲愤交集　纷纷电唁闻一多家属

志士之血必灌出革命之花

【邯郸十八日电】边区各界人士正为李公朴氏被国特暗杀而悲愤莫名之际，忽而闻一多先生竟又遭毒手，群情愤极，纷纷致电闻氏家属及闻立和先生，表示最大唁慰之忱。边府主席杨秀峰电称："吾人坚信：志士之血，必将灌溉出灿烂的革命之花！"边参会副议长邢肇棠在唁电中指出："李、闻二氏相继遭受国特暗杀，标志着国民党法西斯派在其统治区已开始一个新的'恐怖时期'。他们杀了一个又一个，我们要钢一般的团结起来制止这一暴行，边区人民誓为大后方民主运动的后盾。"北方大学校长范文澜氏写道："蒋介石对于教授学者的公然屠杀，较之古今中外的任何暴君独夫，尤为残暴无耻，我全国教育界学术界人士，必须一致奋起，制止此种暴行。"妇女界领袖孙文淑女士的唁电说："李、闻二先生之死，更加重了我们生者的责任。"文化界联合会、新闻记者联合会的唁电尖锐地指出："李、闻二氏被害后，国民党中宣部发言人，掩耳盗铃，声称'缉凶'，但全国人民都明白地知道凶手正是以蒋介石为首的法西斯特务集团。他们害死一个闻一多、一个李公朴，必然有千万个闻一多和李公朴踏着他们的血迹为独立、民主、和平而奋斗到底。”

（1946 年 7 月 21 日）

延安清华大学同学会电唁闻一多氏家属

【新华社延安十八日电】延安清华大学同学会昨日致电闻一多氏家属吊唁，原电如下：

昆明西南联大闻家驷先生转致

一多夫人及各位家属礼鉴：

惊悉一多先生及令公子在昆明被国民党法西斯派的暗杀，此地全体同学，不胜悲愤！先生在中国新文化事业上，一贯体现着我校优良校风，崇尚民主与科学的精神。近年来为中国独立和平民主的事业努力不懈，更为我辈后起同学之表率。今国民党反动派为了实现其卖国内战独裁之阴谋，竟对先生下此卑鄙的毒手，我们誓将继承先生遗志，为反对独夫民贼而奋斗，谨此电唁。

延安国立清华大学同学会会长曹葆华、总理事蒋南翔午筱。

【新华社延安十八日电】据中央社昆明十六日电：李公朴氏遗体，十六日午在云大附属医院火葬。闻一多氏遗体，暂置安尸所。闻子立和迄至发电时止，仍在昏迷状态中。闻一多夫人因刺激过甚，心脏病猝发，亦入云大医院疗治。

（1946 年 7 月 21 日）

国民党忌嫉公正舆论　勒令《文汇报》停刊一周

长沙中国书店遭国特捣毁

【新华社延安十九日电】沪讯：此间《文汇报》因平日持论公正，为国民党当局所忌，十七日本市警局以警备司令部命令，借口该报议论治安机关，并曾刊载一警察诉苦之稿件，勒令停刊一星期。

【新华社延安二十日电】长沙息：此间中国书店近被国民党当局派遣特务及士兵捣毁。六月五日，湖南国民党省党部召集本市各书店负责人开“座谈会”，宣布禁售中共、民盟及一切所谓“攻击政府，背叛现实”的书刊。当天下午，即有一群穿着便服，手拿木棍，腰插手枪的人，拥入中山西路中国书店，高声喊打，拳头与书籍齐飞，警察则在窗外观望。事后该店张贴“清理刊物，停业一天”的纸条，并请人说情，以为自认吃亏即可了事，殊料次日当局又派来士兵数十名，将二十几打口琴及文具书籍全部抢走。

（1946年7月23日）

边区戏剧工作者李柯同志逝世

【本报讯】军区政治部宣教部长任白戈夫人、文艺戏剧工作者李柯同志，因患盲肠癌于邢台逝世。军区政治部十一日上午假邯郸剧院召开追悼会，各机关干部、友好及陆中毕业学生，均纷纷携挽联花圈，前往哀悼。会间张副政委号召大家学习李柯同志对党的忠诚和强烈的革命事业精神。按：李柯系共产党员，甘肃兰州人，三五年留学日本，肄业于东京法政大学，参加左联，从事戏剧活动。三七年赴延，领导剧团工作。后任教于抗大及陆军中学，仍热心于秧歌剧的创作与排演。著有《一家人》等剧。遗一子一女。

（1946 年 7 月 24 日）

民盟罗隆基氏对记者称闻李二氏系国特有计划暗杀

要求取消特务机关保障政治活动自由

【新华社延安二十二电】南京讯：民主同盟中常委罗隆基、梁漱溟二氏，于昨日下午为该盟中委李公朴、闻一多先后在昆为国民党特务暗杀事举行记者招待会，由罗隆基报告李闻二惨案经过事实。罗氏称，李闻二氏系遭国民党特务有计划之暗杀，国民党当局显然未负起保护彼等安全之责任。罗氏继即要求国民党当局立即取消特务机关，保障各党派合法政治活动之自由，并主张对二案迅即彻查真相，同时应由民盟方面派员参加调查，并派法科专家参加审判，使惨案真相公诸社会。梁漱溟氏于发言中，重申罗氏主张。

【新华社延安二十一日电】沪讯：此间民主人士对闻一多、李公朴两氏惨遭国民党特务暗杀，均表愤慨，并要求由政协会各党派及无党派代表中组织一调查团，前往昆明彻查两案真相，严惩凶手。对国民党当局于十七日派遣警察总署署长唐白赴昆调查两案一事，一般人士认为暗杀闻李两氏者为国民党特务，而唐白又为臭名昭著的国民党复兴特务头子（已故）戴笠手下的大红人，今派彼调查两案，死者冤屈，永无昭雪之可能。

（1946 年 7 月 25 日）

封禁广州四十余家文化机关
国民党继续摧残进步舆论

汉奸陶希圣任南京《中央日报》主笔

【新华社延安十八日电】（迟到）广州航讯：国民党当局近又在广州封禁四十余家言论机关。据悉此项措施，系由国民党中央宣传部令饬省府及特务机关“严密执行”。六月五日即由该党广州党政军警特务等机关合组五十多个暴行队伍分赴各书店，非法没收民主刊物三十余种，共达十万册。兄弟图书公司之图书全部被劫，价值三千余万元，并有一读者被开枪击伤。广州书报杂志供应社图书被劫一空。此外，正大、南光、国华、新生、怀远、大时代、国光等十余大小书店及惠爱路、汉民路一带二十个以上的报摊都先后被搜劫。随后于五、六两日勒令《文艺生活》《国民》《民主星期刊》《民主与文化》等三十余家杂志停刊。至六月二十九日，该市警察复携当局密令，封闭出版社、印刷所、派报社等十三家，计有民盟南方领袖丘哲先生主办的《人民报》，蔡廷锴将军主持的现代出版社，以及华商报与正报分社门市部，广州杂志图书公司、文生出版社、港粤文协分会、兄弟图书公司等。确悉：广州行营政治部原决定于六月份起，完成三项工作，除没收书报、封闭书报杂志社外，尚有第三项搜查全市可疑分子及“异党”分子，“主要是民盟之文化人”，港、粤文化界及民主人士。民盟南方总支部认为此系发动全面内战之整个计划的一部分，号召海内外民主力量奋起抗争。

【新华社延安二十二日电】据沪报载：曾为蒋汪密使之一的陶希圣，现担任南京《中央日报》总主笔。陶于汪逆出走后随汪投敌，旋偕高宗武衔汪逆命密赴重庆，一九四三年二月出版蒋介石手著之

《中国之命运》，即系由陶任“校对”。

（1946 年 7 月 25 日）

希望各方同志多给本报写稿

本报采通科

本报创刊迄今，转眼已两个月了。各地区、各部门的同志们在这个短短期间源源写稿，鼎力支持，谨在此表示谢意。特别值得提出的是，有许多领导同志在百忙中亲自执笔，如郭竟仁、孙子英、萧方、白涛等同志所写稿件，在介绍群运经验、揭发特务阴谋、宣扬解放区军民关系上，都达到了优良的效果。孙子英同志所写安阳新区开展群运一文在本报揭载后，立即由新华社晋冀鲁豫总分社电播延安，总社很快地全文广播全国，解放区报纸以显著地位刊登的很多。它所起的教育指导作用是非常之大的。谨以战友之谊向作者致贺。

这些事实再一次证明一个真理：各级领导同志亲自动手，把自己亲手做的、亲身领导的和自己工作范围内各种有宣传教育意义的事情写给报纸，这是支持党报的最好办法，是贯彻党中央“全党办报”方针的重要步骤，是交流经验、推进工作的有效途径之一。

但是，像这类精彩的稿件还不多见，大部来稿还陷于零碎、空洞与一般化，还比较缺乏全面性和典型的稿件。其中原因虽多，但广大领导同志还没有普遍而经常地提笔，恐怕是很重要的一个。

《人民日报》是全区性的报纸，它要大力反映四个战略区的军事政治斗争的各种情况和地方工作的动态与经验。但是在有限的篇幅中反映这许多东西是不容易的，因此我们特别需要两种稿件：一、全面而概括地报导一定地区推行某种工作时的情况、问题、经验……的综合稿件。二、选择能够代表某一工作、某种问题的典型事件，加以集中突出报导的典型稿件。两者配合起来，即可以使人了解某一问题、某一工作的宽深左右各个方面。这两个重大的报导任务，没有各级领导同志亲自动手，将是很难完成的。因此，我们希望各级领导同志——特别是专、县一级和部队宣教部门的领导同志，热心而经常地为本报撰写各种综合、典型的稿件，运用报纸发扬与推进自己的工作。你们所出的“工作通讯”“工作研究”（无论对内的或对外的）之类的文件刊物，希能经常寄给我们一份。你们的工作总结能寄给我们一份最好，否则亦请摘要写给我们。

我们希望各级办公室（例如太行各县的联合办公室、冀南各级党委的民运部）的同志们，运用你们那材料丰富、集体研究的便利条件，把自己的工作部门变成一个报导基点，把你们调查的材料、研究的成果供给报纸，以便掀起一个研究讨论实际工作的热潮。太行《新华日报》去年曾展开对小型合作社的讨论，许多联合办公室以自己的研究成果来参加讨论，这个重要而复杂的问题因而得到了相当圆满的结论，对于太行区的合作运动起了相当大的推动作用。

我们希望在机关工作的同志们：你们所属工作范围内的各种报告和材料，经常不断地送到你们那里。你们有最方便的条件，根据自己对实际运动的研究和了解，把这些材料整理成新闻文章，送到报纸上发表。当你们发现材料不充分或需要更加详尽时，你们也能很迅速地向报告者提出意见，请他们补充。你们研究工作的过程也就是个写作准备的过程。踊跃地提起笔来吧，我们期待着你们的作品。

我们所以特别向领导同志、办公室和机关工作的同志们呼吁，是因为在本边区所包括的四个战略区中，都有自己的报纸，本报为了和这些报纸很好地分工，特别需要综合的、系统的、典型的稿件，这种稿件主要是仰赖上述这些同志们的供给。

同时，我们热忱欢迎全区的文艺工作者、部队中和地方上的实际工作者，源源不断地给本报写些短篇小说、报告、速写、故事等各种作品，以生动活泼地反映本区的各种建设和群众生活，我们正在筹划改出四版，这些作品将得到广阔的园地。

（1946 年 7 月 25 日）

中央办公厅集会纪念聂耳逝世十一周年

【新华社延安二十一日电】前日中共办公厅集会，纪念聂耳逝世十一周年，并举行延安中央管弦乐团的成立典礼。到文化音乐界八十余人，朱总司令致词称："音乐要表达社会的现实，我们的音乐工作者应贯彻群众路线，把我们的歌声能够为广大人民所赏识。"徐老号召大家学习聂耳综合群众艺术提高一步的精神。会后由乐团演唱聂耳遗作《大路歌》《码头工人》《铁蹄下的歌女》及《义勇军进行曲》等八首。该乐团由邓洁、李伯钊、刘仰侨任行政委员会正副主任，贺绿汀、张贞黻、金紫宇为正副团长，设弦乐、管乐、合唱三队。是日《解放日报》并出纪念特刊，介绍聂耳遗作及其生平事迹等。

（1946 年 7 月 25 日）

抗议闻李二氏被刺　中共代表团致函政府代表

【新华社南京二十三日电】中共代表团为抗议李公仆、闻一多二氏被刺，于十七日致函政府代表，原文如下：

哲生、铁城、布雷、力子、雪艇、厉生、立夫、岳军先生公鉴，并转蒋主席赐鉴：

敬启者，李公朴、闻一多两先生因热心奔走和平民主运动，竟先后在昆明被暗杀致死，闻先生之公子伤重垂危，远道闻之，悲愤交集！政府既一面大举进攻鄂豫、山东、山西、苏皖各解放区，准备造成全面内战；另一面纵容指使特务机关，在大后方暗杀和平民主领袖。如此野蛮卑鄙手段，虽德意日法西斯国家政府，犹不敢肆意为之，中国号称反法西斯胜利国家，且四项诺言言犹在耳，而特务暴行接踵而至，遍及全国。下关殴打，暗杀继之，一城之内，五日之间，竟至续演杀人惨案两起，不知政府当局何以自解？且据昆明来信所云，李先生被难之日，即有再杀闻先生之风传。今其言果验，岂为偶然？且李、闻两先生之后，还说重庆有邓初民先生等，上海有沈钧儒、罗隆基先生等，皆为暗杀对象，人心惶惶，举国震怒！政府当局如果稍有悔悟，犹惧春秋笔伐，应急起制止，以谋善后。恩来等闻此凶耗，夜不成寐，除对李公朴、闻一多先生事件表示严重抗议外，特要求政府立即采取下列措施，并明令公布全国：（一）立即撤换昆明警备司令，限期缉拿凶手，交法院问罪，并由政协派员陪审。（二）公葬死者，通令全国追悼，并给死者家属以抚恤。（三）严格责成各地政府及军警机关，负责保护各党派及一切民主人士之安全。（四）重申四项诺言，彻底予以实施。（五）彻查政协会议以后各地所发生之惨案，惩办祸首。（六）取消一切特务机关。（七）释放一切政治犯。恩来等认为政府必须实行上列各项最低要求，方足表示政府有重返民主和平之意。特此奉达，并希于三日内赐复，无任企盼，并颂公祺！

周恩来、董必武、吴玉章、叶剑英、陆定一、邓颖超、李维汉

谨启

民国三十五年七月十七日

（1946 年 7 月 26 日）

邯郸市文化教育界追悼李公朴闻一多

高树勋将军电唁民盟主席及李闻二氏家属

【邯郸二十二日电】李公朴、闻一多二氏突遭蒋特暗杀，邯市文化教育界人士，特于日前假邯中大礼堂举行盛大追悼座谈会，到有边区各机关首长、邯市文化教育界人士及青年学生等三百余人。会场布置简单肃穆，清素的花圈，衬着黑框的追悼标语，“为李、闻二先烈复仇!”“追悼李、闻二先烈要积极援助国民党统治区的民主运动!”“追悼李、闻二先烈，要加紧完成中国的独立和平民主事业!”全场充满悲愤空气，当人们起立垂头向李、闻二先烈致哀时，内心都燃烧着仇恨法西斯的怒火，充满着胜利的信念。

主席报告两烈士遇害的经过后，前北平名教授现任边府主席杨秀峰氏开始讲话，他首先说明与李闻二氏被害同时本边区及其他解放区已遭到蒋军进攻，他号召大家行动起来，进行自卫！并以全力援助大后方的民主运动，并说：“如果民主人士在国民党统治区不能再住下去的话，我们欢迎他们到解放区来!”李氏外甥张则孙同志，在追述李氏生平后，悲愤地表示首先响应杨主席的号召，给国民党统治区的亲友去信，激励他们继承李氏的遗志奋斗到底。继军区宣传部长任白戈、邯中张校长讲话之后，邯中小同学激动地说：“蒋介石拿美国人的武器，来屠杀解放区的人民和他统治区的民主人士，还派美国造的飞机来吓唬我们，可是我们吓唬不倒的，我们一定能胜利，去年平汉战役，就是证明。”最后大会发出致民主同盟、李闻二氏家属唁电，并通电号召全国文化教育界人士，为完成二氏遗志而奋斗到底。

【邯郸二十三日电】民主建国军总司令高树勋将军特电唁民主同盟主席张澜暨李公朴闻一多两先生家属，原电如下：

惊闻李公朴闻一多两先生遽遭反动派特务狙杀，噩耗传来，悲愤莫名。公朴先生历年尽瘁中国独立和平民主事业，凡属国人无不爱戴，反动派丧心病狂出此阴谋诡计，实乃自绝于国人。本军全体官兵悼唁两先生之死，誓为完成遗志奋斗到底，特电致唁，尚希节哀。民主建国军总司令高树勋午巧叩。

（1946 年 7 月 26 日）

民主同盟发表宣言　不顾国特恐怖勇往迈进

郭沫若等电哥伦比亚历史学院　调查李闻二氏遭国特暗杀事件

【新华社延安二十四日电】据上海外国通讯社报导：中国民主同盟顷为李公朴、闻一多两中委被刺一事发表宣言，特别表示民主同盟是不会因暗杀的恐怖而退却，绝不会害怕这种残暴野蛮的行为，且将以更大的勇气向前迈进。宣言并向全国及全世界人民呼吁支持正义及和平的事业。

【新华社延安二十四日电】据外国通讯社报导：中国文化界著名代表郭沫若、陶行知、马叙伦、茅盾、田汉、郑振铎等三十余人，顷致电哥伦比亚历史学院，要求他们派遣代表调查中国民主运动著名领袖李公朴、闻一多二氏惨遭国民党特务暗杀的事件，该电称：李、闻二氏之被刺，证明中国反动派野蛮暴行的加剧。电中列举李、闻二氏在抗日战争时期的功劳，并指出中国文化界许多代表们的生命正处在危险的情况下，因为反动派阴谋坚持他们的独裁统治。

【新华社延安二十四日电】天津讯：此间《大公报》刊载其伦敦十九日专电称，昆明于一周内发生李、闻两件政治暗杀案，使此间对中国时局引起更多忧惧。伦敦《泰晤士报》在评论中提到此二人，认为他们是崇尚民主的自由主义者，并且担心这种暗杀事件“将成为中国可悲的兵争中的另一凶恶因素”。该报说：“国民党中不免有痛恨共产党比恨日本更深一层的分子”，并指出“民主同盟因不断的主张建立民主的联合政府，所以激起了这个团体的愤怒”。

【新华社延安二十四日电】南京讯：中共和民主同盟代表将李、闻惨案真相揭露后，国民党当局力图加以掩饰。十八日起中央社连发电讯为恶名昭彰的中统特务头子陈立夫辩护，声言周恩来的据实揭露，“应负政治上与法律上之责任”，企图转移视线，推卸责任，以便继续推行其在全国各地暗杀民主领袖之恐怖计划。同时实行新闻封锁，严禁国民党区报纸刊载事实真相，对于中共与民主同盟关于此案的谈话与抗议，中央社一概拒绝转播。但这中间也出了一个岔子，二十一日，民盟负责人在京的谈话，中央社在加以歪曲删改之后，曾予广播，原文如下：“中央社南京二十一日电：民主同盟为李公朴、闻一多遇刺事，于今日下午四时举行记者招待会，首由罗隆基报告此二案经过，直指此为政治暗杀。据称：此案在未查明以前，吾人不能判断，然吾人认为第一显系政治暗杀，第二政府未尽保护之责。罗氏继称：吾人主张迅速调查，民盟方面亦要求参加调查，并派法律专家参加审判，并以此案事实公诸社会，并再度要求取消特务。罗氏并谓：民盟今日已致函政府政协代表转陈蒋主席，说明吾人以上之态度。梁漱溟继之补充谓：政府代表对吾人之要求参加调查与审判，业已表示不拒绝，但吾人希望政府迅速查出此案真相。罗梁二氏继答复记者询问多起，五时散会。”事为某要人所悉，顿时大发雷霆，将中央社负责人大大申斥一顿，该社随即发出通知，将前述电讯全文撤销。

（1946年7月27日）

陶行知逝世

【新华社南京二十四日上午急电】民主同盟负责人之一、名教育家陶行知先生，于今日中午以脑出血症在沪逝世。

（1946年7月28日）

文教简讯

北方大学为加强文娱宣传工作，前曾组织平剧研究社，在邢台市中国大戏院出演《甲申三百年祭》，成绩颇好。“七七”前后又排演名剧《逼上梁山》。近为适应目前普遍之群众翻身运动，又组织一翻身剧社，正积极赶排名歌剧《白毛女》，约计月底可排演完竣。届时两剧社即下乡巡回公演，以期普遍启发群众。北大经此两剧社之积极活动，将来文娱工作定有惊人之成果。

★★★★★★

晋冀鲁豫军区政治部文工团正赶排话剧《马坊战斗》，此为继《两种作风》后反映部队生活的一大创作，闻江涛、史超两君在创作前曾访问许多司令员、干部及战士，仅搜集材料就用了二十多天。

★★★★★★

邯市民众教育馆大楼自十一日起展览解放区人民生活，内容为战争、生产、教育、群众运动。其中最引人注意者为毛主席赴重庆作和平谈判在机场受热烈欢迎之摄影。另一帧毛主席与吴满有谈话，充分表露了伟大的人民领袖与劳动英雄之间亲切的感情。国民党飞机无理轰炸永年收割麦子之和平居民，状至惨烈，观众均极愤怒。本市的群众，则指着斗争汉奸卢万寿的照片，浮起翻身后兴奋的微笑。计各种影片共百余幅，观众极为踊跃。

邯郸剧院自上月二十八日献演以来，连日客满。十一日该院收入达六万余元。人民剧院亦甚拥挤。

★★★★★★

长治市职工会为了提高工人工作积极性与加强工人文化娱乐生活，近在本市东西两个街成立了两个大俱乐部。在每星期六下午和星期天有数百工人在俱乐部打球读报玩杠子。近来又组织了个业余演剧队，经常聘请名人演讲，工人们的情绪很高。每到星期六、日，有许多群众都来围着俱乐部看快活的工人生活。

（1946 年 7 月 28 日）

闻一多氏二子要求政府缉凶

【新华社延安二十四日电】渝讯：此间《民主报》《新华日报》《时事新报》等九家报纸，十八日同时发表闻一多氏之次子闻立雕、三子闻立鹏二人所作《七一五杀死了我的爸爸!》一文。文中称："我们要向社会人士和全世界人士控诉，请主持正义，要求政府立即捕拿凶手和幕后主持者。"闻氏长子立鹤与父同时遇刺，身中五弹，现在昆明医治，闻已脱离危险期。立雕、立鹏均在渝某中学肄业，立鹏年才十三岁，他流着泪告记者说："爸爸反正是死了，不过这种手段是多么无耻卑鄙！爸爸是为民主而死的。"又说："爸爸原定十三日来渝，候机飞平，因重庆天热，没有飞机，所以去信说不必早来，等二十日再来，可是十五日就死了。"闻氏在昆明有二女及其夫人。

（1946 年 7 月 29 日）

延安广播电台广泛征求听众意见

【新华社延安二十五日电】延安新华广播电台，为总结一年来的工作并改进业务起见，顷发表公开信，广泛征求全国及南洋各地听众之意见。信中略称：在目前播送的新闻、评论、通讯、时事讲话、解放区介绍、故事、歌谣中，有哪些是你喜欢听的，哪些不喜欢听？你还希望增加些什么项目？各报馆及各通讯社对于记录新闻有何意见？你们那里收听的情况怎样？播音时间是否恰当？对播音技术有何意见？如何改进？均请提出具体意见。解放区听众之意见，可径寄各该地或附近地区的新华分社电转总社。国民党统治区及南洋听众的意见，可寄重庆新华日报馆或南京新华分社转交，或径寄延安新华广播电台。按：该台于去年九月五日成立，呼号为（XNCR）播音时间每日十一点三十分至十三点，十九点至二十点三十分，波长四二·五公尺，七〇四八千周，三一·一七公尺，九六二千周，二三一公尺，一三〇〇千周。

（1946 年 7 月 29 日）

为李、闻惨案民盟向蒋提出抗议

【新华社延安二十七日电】民主同盟政协代表梁漱溟、沈钧儒、张君劢、章伯钧、黄炎培、罗隆基、张申府氏七人，为李闻惨案曾于二十日以抗议书一件送交国民党政协代表，转达蒋介石。该抗议书略述国民党暗杀李、闻及李敷仁（按：李氏幸已脱险抵延）、王仁等之法西斯恐怖手段，向国民党当局提出如下严重质问与抗议：

李公朴、闻一多、李敷仁、王仁诸君始终站在本同盟立场，从事民主运动，其主张在于要求民主和平，其行动不出乎以言论相号召，在不犯法之范围内横遭摧残至此，则政府究竟是否准许人民有其合法的政治活动之自由？假如不犯法的政治活动是政府所准许，则政府为何又容许此种非法摧残之事在南北各地继续不断演出？如对于此类非法摧残是不容许的，则本同盟上次抗议之西安惨案为何不查明严办？

政府曾一再号召国人，一再公开承认各党派之合法地位，而数月来如“秦风”事件，如西安昆明各惨案，显然一致地向本同盟施以摧残压迫，则政府是否允许各政党之合法存在？对于和平公开之政治结社，竟如此摧残，是否不唯驱逐且欲迫使其转为地下活动暴力革命？如果不然，则何以不见对于本同盟予以有效之保障？政府今后是否能负责保障一切和平而公开之政党活动？

此外，该盟并向国民党当局提出派出与国民党当局选出公正人员调查昆明惨案真相，参加昆案正凶及主使者之审判，惩撤昆明地方治安长官，抚恤死者遗属及其子女教育费用，保护因惨案避入昆明美领事馆之潘光旦等十一教授，以及一般民主人士安全和自由，以及立即撤销国民党特务机关等六项惨案善后办法。该抗议书末并以该盟获悉国民党特务“黑名单”中列有该盟政协代表及其他负责者数人，提起国民党当局严重注意。

（1946 年 7 月 30 日）

闻一多氏在被刺前三小时痛骂国特无耻暗杀李公朴

【新华社南京二十八日电】闻一多氏十五日被刺前三小时，曾在昆明一追悼李公朴烈士大会上发表讲演称：“这几天大家晓得，在昆明出现了历史上最卑劣最无耻的事情，李公朴先生究竟犯了什么罪而遭此毒手？他只不过用笔用嘴写出了说出了千万人民心坎里的话，大家有笔有嘴，有理由讲呵！为什么要打要杀？而且偷偷摸摸地杀。”

（鼓掌）闻氏愤激地发问："今天这里有没有特务，请他站出来讲一讲，凭什么要杀死李先生？"（大鼓掌）"暗杀了人，还要诬蔑人，说什么'桃色案件'，说什么共产党杀共产党，无耻呵！无耻啊!!"（热烈地鼓掌）闻氏紧接着说："这是某集团的无耻，是李先生的光荣，李先生在昆明被暗杀是李先生的光荣，也是昆明人的光荣。去年'一二·一'，昆明青年学生为了反对内战遭受屠杀，现在李先生为了争取民主和平而遭遇反动派的暗杀，这是昆明无限的光荣。"（大鼓掌）闻氏指出：反动派暗杀李先生的消息传出后，大家听了都摇头，不知道这些无耻的东西怎样想法，他们的心是怎样长的。其实也很简单，他们这样疯狂猖獗，正是他们着慌呵！闻氏高呼："特务们，你们想想，你们还有几天的暗杀，人民是一定要胜利的。反动派的无耻，就是李先生的光荣；反动派的末日，就是我们的光明。"闻氏继称："人民的忍耐是有限度的，李先生赔上了一条性命，我们要换来一个代价。'一二·一'战士们的血换来了政治协商会议的召开，李先生倒下了，也要换来一个政协会议的召开，（大鼓掌）我们有这个信心。"（鼓掌）闻氏说："云南光荣的历史，远的如护国，近的如'一二·一'，这些都是属于云南人民的，我们要发扬。反动派挑拨离间，卑鄙无耻，他们以为联大走了，学生放暑假了，我们就没有人了，特务们：你们看看今天到会的一千多青年又握起手来了，我们昆明青年绝不让你们这样横行下去！"闻氏指出："历史赋予昆明的任务是民主和平，我们昆明的青年必须完成这一任务，我们要准备和李先生一样前脚踏出大门，后脚就不准备踏进大门。（长时地热烈鼓掌）战士们的血是不会白流的，反动派：你们见一个倒下了，马上可以看见千个万个无数个继起者。"（掌声持久不息）

（1946年7月31日）

国特惨杀李闻二氏后国民党又施挑拨惯技

【新华社延安二十八日电】沪讯：李、闻二氏惨遭特务暗杀后，此间国民党的报纸即大肆造谣。《中央日报》与《申报》社论中含沙射影，说此为中共所为。《东南日报》说：暗杀李闻二氏者，为云南省主席龙云之子。《申报》又说：龙云之子已“逃往山地”。一般人咸认为国民党法西斯派效法希魔焚烧国会的丑剧，阴谋嫁祸于人，正如民盟张东荪氏所谓无异自供自己所为。新华社记者评称：行凶杀人之后，复诬别人为凶手，这本是法西斯派最卑鄙最无耻的惯技。去年十二月昆明惨案，法西斯派制造所谓姜凯的“口供”，如称惨案系共产党所为。今年二月重庆较场口惨案，法西斯派复指惨案中被特务打伤的李公朴、章乃器等先生为“凶手”。国民党法西斯派此种卑鄙伎俩，在李闻二氏被害后更层出不穷，同时国民党法西斯派这次新的造谣诬蔑，还包含着消灭异己的恶毒阴谋。“十·三”事变，云南省政府主席龙云被劫住重庆后，法西斯派对云南地方势力压迫日甚，如将滇军暂编第十九师师长龙纯武（龙云之子）撤职，包围“整编”之该师官兵，最近更非法搜查云贵监察使张维翰、前滇军六十军军长安思溥及前云南宪兵司令等住宅等等。此次造谣诬害龙云之子，发生在这一连串事件之后，并不是偶然的。

（1946年7月31日）

中苏文协昆明分会遭国民党当局查封

【新华社南京二十七日电】昆明讯：中苏文化协会昆明分会，于十三日被国民党当局查封。该日由云南省政府民政厅长张邦翰会同警备司令部人员等，至该会及该会举办之俄文专校，大肆搜查，翻箱倒柜。寄居该会之音乐家赵沨，来访赵沨之友人汪君，来访该会人员之刘君，俄文专校校友周君等，均一度遭拘禁。在深夜一时许，将中苏文协公物及赵沨全部音乐书籍、刘君寄存箱箧七件等物全部运走。

（1946 年 7 月 31 日）

边区大众文化工作者电慰李敷仁脱险

【邯郸二十六日电】边区大众文化工作者赵树理、冯诗云、彭庆昭等二十五人及《新大众》《大众科学》《工农兵》《农民半月刊》等十余大众期刊，闻李敷仁先生脱险抵延特电慰问，电中讲道：你脱险来延了，这是人民力量的胜利，我们欢迎你。你说“暗杀就是自杀”，这是给中国反动派特务分子们一首很好的葬歌，中国人民的血是不会白流的，千千万万的民主战士都起来为中国反动派独裁者之灭亡而歌唱吧！为争取独立和平民主的新中国而斗争吧！

（1946 年 7 月 31 日）

陶行知怎样死的？

【新华社南京二十九日电】京沪民主人士对中国民主运动领袖之一及人民教育家陶行知氏病逝，莫不非常悲痛。在陶氏弥留之际，民盟常委、人民救国会领袖沈钧儒及陶氏生前老友数人在侧，中共代表周恩来、邓颖超两氏闻讯，立即于当日（二十五日）上午十一时驱车赶到时，陶氏已停止呼吸，唯手心尚有余温。因病发仓促，致未及留下片纸遗言。周、邓痛吊之余，于午后偕返南京，因悲恸过甚，致未克于当日与马歇尔将军会晤。陶氏奋斗一生，为人民民主教育工作，健康早已受损，复以最近下关惨案、昆明李闻政治暗杀案接踵发生，受刺激过甚，临逝前数日，又突有国民党特务前往氏宅调查其行踪，乃被迫寄居友人处。弥留前夕，氏犹不计辛劳，对友人侃谈时局，卒以过度刺激与疲劳，遂于二十五日以脑出血不治。

【新华社延安二十九日电】据悉：今春北平当局，全套接收了伪特务机关，陈立夫、陈诚、戴笠相继到平"公干"时，某刊物说："听说宪兵司令部，老百姓就吓破了胆，沦陷区收复后，老百姓的恐怖和日本宪兵在时一样。"当陈立夫到平召集高级人员训话时，某大学教授站起来朗诵一首诗道："此处不留爷，自有留爷处；处处不留爷，只有投八路。"陈勃然道："你也这么说么？"某神色自若，且重复后二句。另一次陈诚训话时，某朗诵如前，陈掏出小本子威吓说："我记下了！"某答道："记下吧，是我某某说的。"

（1946年8月1日）

太行职工总会号召全区工会加强通讯报导工作

【长治二十二日电】太行区职工总会号召全区工会加强通讯报导工作，大力反映本区工业建设、工运经验与工人在生产运动中的努力与贡献。十九日总会向各工会发出指示信，要求：一、各工会宣传部应督促工人读报，研究报上有关工业、工运的稿件以改进自己工作。二、在接到通知一周内在工人与工会中，建立通讯小组，向《人民日报》《新华日报》投稿反映自己工作，宣传部负责人应成为读报与投搞的模范。三、通讯工作为宣传部的重要部门工作，须定期检查，积累经验，逐渐改进。

工总宣传部

（1946 年 8 月 1 日）

生活教育社延安分会、陶行知先生居延学生电唁陶氏家属

【新华社延安卅日电】生活教育社延安分会及陶行知先生居延学生多人，唁慰陶氏家属，原电如下：

上海陶夫人吴树琴女士及公子陶宏等家属礼鉴：

行知先生病逝，噩耗传来，不胜惊骇！先生为中国人民教育旗手，民主运动巨星，当此民族多难，人民倒悬，正赖先生领导奋斗，乃遽然长逝，实我民族与人民之重大损失。同人等哀悼之余，誓继承先生未尽事业继续奋斗，尚希节哀承志共同努力。谨此电唁。

生活教育社延安分社　七月二十八日

上海陶师母及陶宏、晓光诸先生礼鉴：

惊闻行知师病逝，哀痛之情，难以言喻！吾师三十年来，为中国人民教育及民族民主运动艰苦奋斗，不屈不挠，今溘然逝世，人民遽丧前导，吾辈顿失良师，宗麟等誓遵吾师遗志，继续奋斗，以慰吾师之灵，万望师母及诸兄节哀珍重，致此电唁。

张宗麟、宁越、丁华、徐明清、曹健培、徐幹如、陈复君、傅兆令、刘存久。

七月二十八日

（1946 年 8 月 2 日）

长沙《力报》“标题错误”竟被勒令停刊三天

【新华社延安三十日电】长沙讯：此间《力报》于本月六日被国民党当局勒令停刊三天，因该报于五日刊载《国防部新闻局在各地设立军事通讯组》的新闻，在标题上冠以“加强内战宣传”一语，遂被指为“标题错误”，而施以停刊处分。据闻该报过去报导“较场口”“沧白堂”“下关惨案”等事件之消息，早已为当局所不满，此次强迫停刊，尚属“聊示薄惩”云。

（1946 年 8 月 3 日）

陆定一同志电唁陶行知氏家属

【新华社延安三十一日电】中共中央宣传部长陆定一，二十五日致电上海吕班路环龙路口胜利饭店陶行知先生家属吊唁，原电如下：

树琴夫人陶宏公子等家属礼鉴：

惊悉行知先生突患脑充血逝世，当此民族危机人民倒悬之际，民主巨星忽尔凋谢，悲痛之情非可言喻。敬电致唁，并希节哀承志。

陆定一（午有）

（1946 年 8 月 4 日）

延安成立电影摄制场　张市组织实验平剧团

【新华社延安二十九日电】延安及张家口两地文化界艺术活动近

有新发展。最近延安创办了“延安电影摄影厂”，现已开始摄制电影。第三部有声片《吴满有翻身》已经编出，编制者为陈波儿和伊岩，由凌风扮演主角吴满有，下月中旬片子即可开拍。又延安西北文艺工作团，最近正排演陈白尘先生近作名剧，正逢重庆导演该剧的刘郁民先生来延，仍请他导演，不日即可演出。张家口爱好平剧人士近组织“实验平剧团”，从事研究平剧与改造平剧工作，该团团长为过去南国剧社主演《莎乐美》之著名演员俞珊女士。该团现正赶排历史剧《逼上梁山》，准备日内演出。

（1946年8月4日）

纪念“八一”十九周年

朱总司令讲演我军奋斗历史　延安举行街头晚会观众踊跃

【新华社延安二日电】昨日“八一”为中国人民军队八路军新四军诞生十九周年纪念，上午八时，朱总司令、陆定一在教导旅旅部讲演八路军英勇奋斗历史及目前时局，联司直属队于下午七时召开战士座谈会，畅谈“八一”起义经过。晚由平剧院演出《打渔杀家》《法门寺》。新华书店主持街头晚会，有文协拉洋片《深耕细作》，韩起祥说书《刘巧儿团圆》，西北文工团唱的《反内战反特务》，观众异常拥挤。入夜，杨家岭举行舞会，是日《部队生活》并出“八一”纪念刊，新华广播电台广播《拥护八路军进行曲》《新四军军歌》等名歌，并请与刘善本上尉共同反内战飞来延安的张受益空军上尉演讲。

（1946年8月5日）

征求剧本、秧歌、民间小调、文艺创作启事

各地文教机关、农村剧团、民间艺人、各部队剧团、爱好文艺写作的同志们：

我们计划在九、十、十一三个月内，编辑一批剧本、秧歌、故事、小调等大众读物，供给全区冬学使用与年关娱乐时演唱。今年是咱们边区人民大翻身的一年，一定要比往年更热烈地来庆祝。同时七八年来，全区人民在对敌对顽斗争中、翻身运动中、生产运动中，轰轰烈烈的事迹太多了，亟需大家来编写。只要故事生动，有教育意义，文字通俗，不管字数多少，体裁如何，我们一概欢迎。一经采用，稿费从优；如不能出版，亦当提出我们的意见，共同研究改进。敬希各方踊跃赐稿。寄稿：武安邮局转新华书店编辑部。

华北新华书店编辑部启

（1946年8月5日）

上海《文汇报》复刊　继续为和平民主事业奋斗

【新华社南京二日电】沪讯：此间《文汇报》已于上月二十五日复刊，该报在被罚停刊一周期间，曾受到中外新闻界与千万读者之慰问与鼓励。在复刊社论中，该报声明仍本过去民间报纸之立场，为中国之和平民主事业努力，并说明民间报决不是中立的而是独立的报纸。该报在复刊日，并刊有四个整版之同业与读者慰问文章和函件。

（1946年8月6日）

本报增价启事

日来物价上涨，纸张困难，故自九月份起，本报每月订价改为三百元，零售每份十五元。凡在七月二十五日以前已预订者，概不增价。此启

《人民日报》发行部

（1946年8月7日）

边区文联及北方杂志社迁移启事

晋冀鲁豫边区文联及北方杂志社，因工作关系，已迁邢台。今后各界来信及北方杂志社之投稿，均请改寄邢台邮局转。但有关订阅杂志事项，则请直寄武安新华书店总店。

边区文联、北方杂志社同启　八月四日

（1946年8月7日）

新华书店发行四大杂志

预定办法重订启事

因物价上涨，印刷成本昂贵，本店赔累过甚，对杂志的印行大有不便。为此定价与预定办法也有变动，特告知各界读者注意。

《新大众》从二十三期起定价改为五十元一本，预定六期二百八十元，十二期五百四十元。

《大众科学》从二期起改为五十元一期，预定三期一百四十元，六期二百七十元。

《北方杂志》从二期起改为一百元一期，预定三期二百八十元，六期五百四十元。

《儿童杂志》二期起改为四十元一期，预定三期一百一十五元，六期二百二十元。

此办法自八月十五日起执行有效，来款者以邮戳为凭。款不足者，只作零售；不经订阅手续，直接订阅者以期计算。

新华书店武安阳邑总店，焦作、长治、邯郸、邢台各分店邮购股

（1946年8月7日）

七月炎阳下燃起复仇烈火　邢市学校机关悼李闻

民盟代表冯吴二氏激愤致词

康志

【本报北方大学讯】以北大为主的邢市各学校机关团体追悼李闻二烈士大会于三十日上午八时在北大操场举行，会场布置极为庄严静穆，通过柏枝搭成的孝坊，绿树荫翳的甬道旁，张满了长幅的白布标语与挽词挽联。台上置着烈士的灵位，绛紫和青灰色的幔幕垂挂着，台下更陈列着各机关学校及北大师生亲手制备的各种形状的花圈，以及专为追悼两烈士而刊出的多种“壁报”，反映目前民主与反民主斗争情况的“剪报”。这许许多多祭挽死者的东西，充分地代表着大家内心的悲痛与怒火！

八时半开会，到会有市政府、各区署、商联会、新华书店、邢台师范、农职学校、义德中学、中小教员星期讲习班、天主堂、基督教

会等代表与北大暑假留校师生五六百人，另有最近从北平路过此地的民盟代表冯伟女士与吴景略先生。

主席罗青先生几句简短沉痛的开幕词，打中在每个与会者的心坎上。是的，“这是追悼大会，也是复仇大会，自卫大会！对谁复仇？对谁自卫？对杀死我们的民主战友和进攻我们解放区的法西斯蒋介石复仇和举行自卫！”大家在七月的烈日下，挥着汗，也燃着悲痛与复仇的烈火，以双重心情来祭奠死者。

隆重的公祭礼成，北大校长范文澜先生，首先指出二烈士的被暗杀，一方面是我们的损失，另一方面我们也要看到蒋介石已经毫无办法，不得不用流氓暗杀政策。现在各处国民党的部队不断起义退出内战，蒋介石已经到了辛亥革命、武昌起义、各地响应、满清垮台时的地步。

民盟代表吴先生叙述了李闻二先生简历之后说：“李闻二先生都是民盟的领导人，我们在北平也正筹备开追悼会，但是在那里我们找不到一个能开追悼会的公共场所，因为那里没有我们的自由，闻一多先生就是在走出李公朴先生追悼会会场时被暗杀的，我们准备开追悼会的人，都必须抱着吃第三颗子弹的决心……”

冯伟女士非常激动地说：“国民党杀了我们的领导者，在他们那里还不许我们哭，不许我们追悼，世界上还有没有像这样反动的国家？”“我们所有的文化工作者，没有不是过着半饥饿的生活；我们所有的民盟工作者，都列入了特务的黑名单。青年学生普遍的被捕，人人都有遭残杀被关入集中营去的危险，哪能像你们这样在自由的乐园里，自由呼吸、自由研究学习和工作？”“国民党口口声声说任何国家的党派都没有军队，中共若不放下武器非消灭中共不可。事实最明显，我们民盟是没有武装的，我们要求和平与民主，这不是很合理的吗？但是，我们却遭受了屠杀。假如今天共产党放下了武器，我敢保证共产党早也存在不住，你们也绝得不到这样和平民主自由的乐园，这是铁的事实，这是血的教训!”冯女士讲至此，全场的掌声雷动，“我们要击退蒋介石的进攻！我们要援助国民党区的老百姓”的口号声响彻了云霄。最后冯伟女士坚决地说：“我们有坚决的自信，全国千千万万的和平民主人士，蒋介石是杀不完的！和平民主事业一定能得到胜利。”

最后在邢师校长王永烈先生、商联会张主席等代表陆续讲话之后，大会通过抗议蒋介石反动特务集团罪行与慰问李闻二先生家属的两个通电。

（1946 年 8 月 7 日）

沪文化界要求人权委会调查闻李被害事件

国民党政府拒绝民盟派人同赴昆明

【新华社延安六日电】沪讯：文化界名流郭沫若、茅盾、洪深、叶圣陶、周建人、许广平、郑振铎、田汉、胡风、巴金等十三人，于七月十九日联名致书联合国人权委员会，请派调查团来华调查李闻惨遭国民党特务暗杀事件。函中指出在国民党当局的恐怖统治下，中国的思想自由与言论自由正面临为暴力所灭绝的威胁。并称：民盟的领袖是被“无声手枪”打死的，在中国，这种手枪只有美国的战时作战部给过中国政府的特务机关。

【新华社延安六日电】南京讯：民盟要求国民党政府派人同赴昆明调查李闻被刺案，已遭国民党当局无理拒绝。

（1946 年 8 月 9 日）

文化界名流艾寒松评论国共双方实力

【新华社延安七日电】沪文化界名流艾寒松（一九三五年《新生》周刊事件中《闲话皇帝》一文的作者）近著文评论国共双方的实力称："国军号称四百几十万人，虽较共军为多，然国军向系公开吃饷，实数多则对七成，少则对折。共军在半年前已有正规军一百二十万人，民兵二百万人，是其实数，并不少于国军。国军将官实则太腐败，多是贪生怕死；士兵实在太苦，均欲退伍回乡。如此士气，如再驱之打内战，势必纷纷继一八四师而反战。"艾氏又说："国军最骄傲的是有美国装备的新式武器和经美国训练的大批军官，然在四平街之战民主联军仍能坚持三十四天之久，足见武器和训练的军官亦非压倒一切的。"

（1946 年 8 月 11 日）

在民主阵线旗帜下　朝鲜文化界大团结

要求恢复苏美共同委员会

【新华社延安九日电】汉城讯：今年三月间于此间成立的朝鲜文化协会总同盟会，近已发展至拥有一万八千会员的有广大影响的组织。据该同盟副主席兼朝鲜文化协会中央委员会委员霍亚理（译音）日前谈称：在美军占领的朝鲜南部的反动分子和亲日分子，却畀予各种特权与自由，而民主分子则遭受暴力的摧残。但是即在鲜南人民，也是紧紧地团结在全国民主阵线旗帜之下。朝鲜作家协会、朝鲜科学专家工作者协会及团结朝鲜文学、电影、戏剧、美术、音乐、舞蹈、自然科学、体育、教育及新闻界工作人员的其他二十四种文化协会，于三月间建立了朝鲜文化协会总同盟，这一同盟团结了一切科学与艺术界著名的人物。在日本举行的会议上，要求恢复汉城的苏美的共同委员会，同时五百余名教授及其他科学与艺术界的专家，已建立起朝鲜苏联文化协会。

（1946年8月12日）

太岳文教鸟瞰

随着太岳区局面的开展，群众翻身运动的深入，一年来太岳区的文化运动已大大发展，新兴的群众自己的文化已开始并正在夺取封建文化的阵地，农村的面貌已逐渐改观。

（一）报纸：太岳《新华日报》一年来由七千份增至一万一千份，其中将近百分之六十发行到区村。全区三千二百个行政村，每村平均有两份《新华日报》。全区有二千一百个读报组，他们采取互教互学的办法集体学习报纸。由于报纸更加结合实际，推动了工作（如《天水岭翻身记》的通讯，已在全区范围内展开讨论，推动了群众运动进一步深入开展），因之群众也更加爱护自己的报纸。同时全区的小型报纸，一年来如雨后春笋般的产生，差不多每个县都有一个定期的或不定期的小报。这些都是反映群众斗争生活的通俗报，故能在村干部及群众中逐渐生根。

另外全区共建立了一七五九块黑板报（即过半数的行政村有黑板报），它不仅是表扬模范的“红榜”，是推动工作的“点将台”，而且是群众的问事处，是群众的学习园地。

（二）出版事业：太岳新华书店一年来出版及发行各种图书杂志共三十二万四千五百二十六册，平均全区每十个人有一本新书。其中群众读物二十一万册，占全部出版量的三分之二，而以《农村应用文》《日用杂志》《识字课本》销路最好，每种销行一万至二万份。干部读物中以《论联合政府》为销行最广者。

定期刊物现有《工农兵》月刊、《新文艺》月刊、《新教育》月刊、《文摘》月刊、《经济》月刊、《太岳政报》等种，每种发行三千至七千份。另外一、二、三、四分区都有小型的石印工厂，一、二分区每月各能印书五千册，四分区每月能印二万册。

但由于群众需要增加，目前出版事业还是供不应求。现正设法继续扩大之。

（三）学校教育：一年来的学校教育有很大发展，现有初小五一二〇处，每个行政村平均有一·六处，较一年前的三千处增加百分之六十六；入学儿童二十万，较一年前的十二万亦增加百分之六十六。高小现有一三八所，较一年前的八十所增加百分之七十；学生现有一三二七七人，较一年前的五百人增加百分之一百六十。全区共有学龄儿童三十万，入学儿童占全部学龄儿童的三分之二。

全区现有中学六所，较一年前增加两所。现有学生九百人，较一年前的四百八十人增加将近一倍。

一年来学校教育的发展有这样几个特点：

第一是逐渐向民办公助方向发展。现全区已有民办小学四百四十一处。由于群众翻身后要求子弟入学的迫切，或通过家长会议，或由劳动英雄的提倡，或由模范教员的推动而走向民办公助的方向。尤其是在人烟稀少的地区民办的学校正日益增加。

第二是执行了新的教育方针，改变了教学的内容，做到群众需要啥就教啥。一般学校都增加了珠算、记账、写契约、开路条等课程。

第三是学习与生产结合，从而组织了广大的校外儿童读书，将许多放牛娃及其他贫苦儿童组织起来半工半读。对校内儿童亦灵活实行放生产假，半日内隔日制，以照顾儿童家庭生产。

第四是配合中心工作为社会服务。如洪洞模范教员李光艰以学校为中心，推动了生产、优抗、回学等工作，变落后村为模范村。

第五是妇女入学的增多。一般学校的女生占三分之一到二分之一。全区还有八个半工半读的妇女纺织学校。

（四）农村剧运：在“群众翻身，自乐自唱”的口号下，太岳区的农村戏剧运动空前普遍开展，并已出现许多誉满全区的剧团。现全区共有农村剧团七二二个，演员一三七一九人；有秧歌队二一九一队，演员达十万人；有鼓书队十九队，将近每一个行政村有一个群众的娱乐组织。这些剧团大都是在群众翻身运动中建立的，它有力地配合推动了反奸反恶霸及减租清债的群众运动。因之农村剧运对农民翻身运动起了不可比拟的推动作用，而群众翻身运动生动的事实，又给剧运提供了无限的宝贵材料。

以上便是太岳区一年来文化运动的鸟瞰。现已决定于八月十五日开全区文化工作会议，总结过去经验，确定今后的任务，并建立全区的文化界领导机构，准备展开今冬大规模的群众文化运动。

（1946 年 8 月 12 日）

本报发行启事

近日接到很多读者来信，不经各地派报社而直接向本报订阅报纸，或者已到中旬而来补订，并追索上旬报纸，或有部队机关转移地址不经原订报处而直接向本报要报纸等情况，使发行紊乱。为此特提出发行规定，希读者注意：

一、预订报纸：希读者直接向各地派报社（即邮政局）进行预订，报社不收直接订户。派报社必须于上月二十五日前，将所有预订报纸份数，填造发报表、订报表、对象表，连日报费一并汇来，手续方为妥善，月初即将报纸发去。

二、补订报纸：凡在上月二十五日前未收到派报社订报函件及报费，误期概不补订。如有特殊原因，斟酌情形给予补订，从收到函件及报费之次日发起，以前报纸概不补发。

三、转拨报纸：读者如有转移地址，可通知原订处（派报社）向本报来信，说明份数，订户地址，本报将根据来信把原订处的报纸减少，加入新的地方。本报不与读者直接发生拨报关系。

四、读者如有查询报纸份数及款项问题，可查明订单收据号数告本部，以便查考是盼。

《人民日报》发行部启　八·八

（1946年8月13日）

新华书店邮购股启事

本店新印的高初小课本第一批早已售完，第二批现将印好，希各教育科高初学校赶快将汇款赐本股，否则又会有购不到的可能。交款与购买办法和以前同。

本股为使读者便利起见，特决定本店代购的《新教育》杂志从今日起不再预定，以求发行的统一，请各位读者同志直接向边府裕民印刷厂预定。以前预定者仍照常发给，请读者原谅。

总店武安阳邑　分店焦作、长治、邯郸、邢台

（1946年8月15日）

延安各界代表二千余人集会追悼陶行知先生

林主席陆定一同志发表演说　组织陶行知先生纪念委员会

【新华社延安十二日电】昨日下午六时，延安各界代表二千余人于边参会礼堂举行陶行知先生追悼大会。礼堂四壁为各界所送之题字布满，中共中央委员会主席毛泽东题字为“痛悼伟大的人民教育家”，女工李淑英写着“你活在我们工人心里”，延市完小一群小学生写着“我们每个人要用教好两个农民认识两百字的成绩来纪念你”。主祭人为林伯渠、谢觉哉、陆定一、徐特立，陪祭人为李卓然、柳湜等十一人。张宗麟先生报告陶先生生平事略。林主席代表陕甘宁边区政府讲话，他说：“陶先生是在我们这个多灾多难的国家里近三十年来所产生出来的一个天才——人民教育家，这是中华民族光荣。他的一生言行，表现在他对于广大的人民群众有着深厚的爱，而对于法西斯独裁者则极端痛恨。这正是中国一代工人所具备着的伟大精神。”林主席说：“全边区人民将永久纪念着陶行知先生，虽然他没有来过这里，但他的事业在这里得到实践，且曾为广大群众增加了福利。为纪念陶先生，边府已决定将延中改名为行知中学，设立行知奖学金，希望陶先生的教育思想不久的将来能在全国得到实行。”继由陆定一代表中共中央讲话（演词全文见另电）。徐特立在被邀讲话时，指出陶先生的学术思想，是从中国的实际出发的，他把改造社会放在第一位，他是近代中国的一个伟大的思想家和优秀的人民教育家。生活教育社延安分会代表丁华山、上海工学团育才学校的代表许翰如相继讲话，许翰如说：“陶先生的死，对我们受过苦难的孩子们是一个很大的悲痛，在大后方来说，更使我们的同学失去了一个心身的保护者。我们要号召解放区的青年起来支援他们，反对国民党反动派对于陶先生事业的摧残和破坏。”

会议最后通过组织陶行知先生纪念委员会，以办理研究及其他纪念工作。由林伯渠、习仲勋、徐特立、谢觉哉、李卓然、贺连城、江隆基、柯仲平、马济川、张宗麟十人组成，通过大会通电，将天会追悼情形及一切有关纪念之决定，告知全国文化教育界及陶先生家属与生前友好，并决定将追悼题词十二十三两日展览两天。

（1946 年 8 月 15 日）

云南人民团体宣布国特密令　李闻被杀真相大白

【新华社延安十一日电】渝《民主报》七月二十一日载：云南人民争取和平民主协会公布所获之国民党特务密令一件，揭露李、闻被杀真相。该件内称：“政府对中共问题素本政治解决方针，不惜作巨大让步与容忍，故于东北特发停战令，乃在能促其诚意解决诸悬案。唯视该党最近意图，实无诚意。为准备万一计，各级政府对异党潜伏分子应严加清除，并特予便利处置之权。军统局密令。”可见李闻之被暗杀是其“严加清除”与“便利处置”之结果。该会指出：当李氏返昆时，国民党反动派刊物《新中国》《正论》等肆意造谣，说他是“共产党”，并携大批款项来昆活动，组织昆明大暴动，云南省警察局夏令卫生标语，且公开声称“要扑灭李公朴的传染病”。

（1946 年 8 月 15 日）

邯郸大众艺术研究会赴永年前线劳军演唱

【本报邯郸讯】本市大众艺术研究会副会长王太祥男女一行等九

人，于七月二十日自邯市出发，赴永年前线举行劳军演唱。他们冒着国民党飞机轰炸扫射的危险，先后在永年城南、东、北三面的南沿村，借马庄等四个村庄巡回表演了十一天，于三十日返回邯郸。十一天中共演唱了二十余次，每次都有军民听众二三百，有时多至六七百人。在借马庄演唱时，适有某团第二营从前线调回休息，全体战士参加听书，听过后，战士们精神大为振奋，全体自愿放弃休息机会，高喊着要回到前线消灭伪军去。

（1946年8月15日）

国民党阴谋绞杀文化界　诗人王亚平逃来边区

备述大后方政治黑暗民不聊生

【本报荷泽十四日电】进步诗人王亚平先生痛愤国民党的特务压迫，于八月九日由重庆辗转抵荷。记者往访时，见王先生在消瘦憔悴中显露喜悦之色，两目放光。他说："国民党统治区已成鬼蜮世界。尤其是被追踪迫害的文化界人士，自从李公朴、闻一多先生被害后，到处风声鹤唳，许多文化界朋友无处藏身，国民党特务登记文化界之名单，分为四等：第一等地位较高，威望较大，年纪略老者，如郭沫若、张申府等；第二等为年纪较轻、思想进步、活动能力强者，已死的陶行知为此等头名，被杀的李公朴、闻一多亦属此类；第三为思想动摇认识不清者；第四等为思想糊涂者。第一等特务认为年纪已老，活动时间不长，暂且留着。第二等则必须杀尽，不留一个。李闻就是被开刀的两位。第三等用金钱与官位收买。第四等让他活下去。现在重庆实际上已实行法西斯警管制，一日三查，特务登记之黑名单分为红卡片、黑卡片和白卡片，红卡片登记的尽杀无赦，黑卡片者待再考查，白卡片者暂时保留。七月初重庆市长张笃伦招待特务头子，开了一次所谓‘整顿重庆风纪’会议，重庆卫戍总司令王缵绪认为只有‘杀’字才能谈整顿，于是李闻被杀以后，重庆大批进步青年学生又遭杀害逮捕。现在昆明四十多杂志、报纸如《民主周刊》等，都被查封，上海也有许多杂志报纸，因当局密令印刷局不许出版而停刊。”

停了一会儿，王先生激怒地说到他自己身上来，他说：“就连我在重庆报纸上编些诗刊，作几句诗，特务也日夜来追踪着我。在将离开重庆的时候，郭沫若先生去了上海，我住在郭先生的房子里，‘七七’纪念那天，特务布置大捣乱，在六号，一个黄衣警察来我家‘访问’，明明知道是我住的，他偏偏要问是谁住、干什么的？硬要我填表，连在哪个学校教书，也要填上去。第二天是‘七七’，我避开了。八日晚上又是那位黄衣警察，还带来两位夹着短枪的便衣，在我家里左看右翻，问这问那，一个特务说：‘王先生你房子可好，让给我来住好不好？’我说：‘我住到那里去呢？’特务凶凶地说：‘老子管你？’我知道情势严重，当天晚上急急收拾行李，九号早上只好被迫出走了。”王先生愤慨地说：“特务用恐怖手段迫害作家文化人，想摧残文化，但是，中国文化决不会被摧残而倒退，她是必然向前推进的。愈是破坏摧残，愈是向前发展，就算大后方的书店报馆完全被统治者关闭，作家文化人完全挨统治者杀害，但是解放区的文化，这个中国新文化的开辟者，她将继续领导着大后方的文化向前推进。”谈到国民党统治区老百姓的生活，王先生无限感慨地说：“到处兵灾瘟疫，老百姓连树皮草根都吃净了，我看见四川的土地大部荒芜了，年轻的都被抽了丁，田地早没有人耕，要是我遇见被骗来打内战的四川兄弟，我会告诉他：‘你的田都长着茅草了，你的母亲老婆望着你回来，都哭得没有眼泪了！’”最后记者问王先生到解放区后有何感想，他说：“解放区是天堂，已羡慕久了，虽然刚来，老百姓的生活还未亲身体验，但一路来看见老百姓个个笑逐颜开，我的心灵已经解放了。”

（1946年8月19日）

征求部队报刊

各纵队各分区政治部：

你们出版的报刊，请按期寄来一份！

本报资料室

（1946年8月18日）

邯郸新华广播电台启事

本台自筹备建立以来，承各界鼎力襄助，现已粗具规模并已开始试播，结果尚称良好。本台拟自九月一日起正式播音，呼号XGHT，波长四十九米，时间六时及十八时。在此试播期间本台欢迎各界收听、录音，以便对于节目、时间、音量等提供意见，以资改进。

（1946年8月20日）

上海《大美晚报》社论揭露李闻惨案真相

【新华社延安十七日电】上海航讯：李闻惨案发生后，此间英文《大美晚报》在社论中指出：“根据事实可得出如下的结论：第一，暗杀时凶手确曾使用装有消声设备的特种武器；其次，这种武器是由美方交与中美合作所的，而后者与戴笠将军所领导之团体（按：指军统局）有关。”该报称：“欲促使中国成为一民主守法而非集权主义的国家，对此秘密团体唯我独尊之王国，实有迅予肃清的必要。”又据此间报纸刊载合众社纽约讯，《纽约邮报》五月二十日在社论中评称：国民党甘冒大不韪，对中国民主人士实行攻击，实基于如下之信念，即以为借美国之援助，集权主义者即可为所欲为，实现铲除异己、变中国为雏形法西斯德国之勇敢梦想。该报主张除非蒋介石“立刻停止以暗杀为政治武器，并决意解除内战威胁”，则美国应停止以租借法案援华。

（1946 年 8 月 21 日）

注意吧！邯郸新华广播电台九一开始广播

诸位不是很早就希望本边区有一以太传音的器具吗？现在好了，邯郸新华广播电台已定于九月一日正式播音，呼号叫 XGHT，波长同时用四十九米和二百四十米，时间为每日十时（前误为六时）和十八时。播送节目除转播延安新华广播电台（XNCR）之时事新闻外，并有本区介绍、地方新闻、故事、商情、音乐等节目。请听吧！

延安新华广播电台 XNCR 自二十二日起改波长为四十公尺 7500 千周，时间照旧。

（1946 年 8 月 24 日）

向邮局提一点意见

近来各地读者、订户纷纷来信询问，说收不到订购的书籍刊物（或收到得很晚），有时一天收到五六封这样的信，对我们提出很难堪的意见和批评。现将我们发行手续说明：我们的杂志、书信等件，向外发行，每次都是一户一户地查对无误后，登记送文簿送到邮局，由邮局盖章为证，但结果未能送到读者手里。如七月二十二日我们往太行《新华日报》发行科赠送的书一卷，也是经过同样手续，到八月十六日报馆还没收到，距离只有七十里路，二十六七天还没有收到。其他如军区民运部、生产部、黎城西井高校、左权二高等许多读者来信询问，我们寄出去的东西，都是二三个月都不能收到。我们左查右查，我们的账和送文簿完全相对，不知为甚总是收不到，向当地邮局提过不知有多少次，我们说“今后都用挂号寄吧”，他们说“那更不行，每天能有几百个挂号”，实在没办法，只好平件。“丢了怎办?”答说“没办法”。

读者拿上钱看不到书，我们觉着实在有点过不去。我们发出去的东西（书信杂志），读者收不到，我们赔的也不太少了。有好多人想要看书也不敢向我们买，本来打算来我们这里买想优待点、看得早点。但因为交通关系看得晚、看不到，使一部分读者不满，甚至发牢骚说：“不学习了！……”我们觉得实在不能再这样长期下去！我们诚恳地希望邮局负责同志，对各级邮局切实检查，力求改进，以符众望。从工作着想，从对人民负责着想，我们率直地提出这些意见与建议，希望很快能看到改进！

新华书店、新大众社、儿童杂志、北方杂志社、大众科学社邮购服务股

（1946年8月24日）

民盟梁漱溟氏赴昆明调查李闻暗杀案
国民党当局竟无理阻难

【新华社延安二十三日电】渝讯：民盟秘书长梁漱溟氏及法学专家周新民氏，三日由京赴昆调查李闻案，当途经重庆时，曾对记者谈称：在民盟提议由政府、民盟、美国三方同组调查委员会被拒绝后，政府只允单独调查，因此照理政府应保障民盟调查人之安全，并予以便利。不料在出发前一天，顾祝同及唐纵二人即对调查加以阻碍，现在昆明仍在极端恐怖中。此去调查，虽明知困难，但决不顾一切，竭力以赴，并准备应付任何阻碍。谈及北平孙中原事件时，梁氏对外传消息置之一笑，谓民盟总部已接到孙中原夫人之亲笔函报告一切。梁氏等本拟四日赴昆，因政府阻难，延至六日始克成行。

【新华社延安二十三日电】渝讯：据昆明国民党内某高级官员传出，暗杀李闻二氏的凶手正是今日大呼捉贼的某总司令所主使，命令他一手所扶持的反动组织——“民主自由大同盟”的大头子王某派人干的勾当。该总司令曾应允给王某一个“国大代表”。暗杀李公朴的国民党特务李成业就是“民主自由大同盟”的盟员。

（1946年8月26日）

文 教 简 讯

太行时事研究社所编辑之《文摘月刊》于十五日创刊。该刊为干部研究国内外时事问题之重要参考读物，专选辑国内外各大杂志的时事论文。创刊号内即有斯大林爱国战争总结，苏联新五年[计]划全文，邱吉尔反苏演说及斯大林之驳邱演说等。

★★★★★★

武安民教馆于本月初召开时事座谈会，到会者有各个小学教员、义务教员、知识分子、店员等四十余人。张馆长报告当前时局后，号召大家随时随地做宣传工作，并勉励大家在各街头建立活动黑板报识字牌，推动小学生顺便做卫生检查工作。

★★★★★★

涉县固新镇干部与小学教员，创立儿童午校，使生产与学习相结合。每天午饭后校外贫苦儿童及因农忙不能上学儿童可自愿到校上课一小时，并领识字牌到地里自学。经过实验成绩很好，影响青年妇女也涌进午校。现全村以各街各巷口为单位共建立午校十九座，参加儿童妇女三百六十八人。第四街刘桃杏领导的女儿童午校，两天中还积极修理校舍，妇校主任领导的午校有三十多个青年妇女，都是一吃午饭马上自动到校。该镇附近小车、原曲、黄岩等村，亦均仿效普遍成立了午校。政府正积极继续推广中。

（1946 年 8 月 26 日）

郭沫若等饯别周扬

郭氏备函向北方朋友们致意　希望在新天地里记录新时代

【新华社延安二十四日电】沪讯：此间文化界人士郭沫若、茅盾、田汉等四十余人，于本月十四日为前延安大学校长文学家周扬北返张家口，举行盛会饯别，周氏即席报告遭拒发护照应邀访美经过，对沪文化界同仁之关怀表示谢意，并吁请沪文化界朋友加强与解放区联系，并予帮助及指导。新从昆明抵沪之西南联大吴晗、尚钺、楚图南诸教授被邀讲话，吴晗氏指出政府拒发护照，乃在他意料中，但由此已足资证明谁在破坏四项诺言和政协决议。吴氏等阐述闻、李被暗杀事件，并谓闻氏家属现正遭受国民党特务种种迫害，已陷入求生不能求死不得之境，言下不胜悲愤，全场为之动容。席间与会者纷纷为周扬题词赠别。郭沫若写道："到了上海，事实上就等于到了美国，不必远涉重洋了，还是自己埋头苦干的要紧。我相信我们这一次的分别（中缺数字），热心带给北方的朋友。"许广平写道："远方的光芒带来到近旁。"田汉并即席为周扬题诗："东风不肯便周郎，即趁南风返朔方，何必镀金方灿烂，誓为民主放光芒。"胡风题诗是："没有礼物，把我们的怀念和期待带回北方去吧！中国已分幽明二界，在幽界中的我们，总要穿过屠刀踏过荆棘，走完这条路，直到我们在自由的阳光下面欢呼重见的一天。"某名剧作家题道："他不许人到美国去，他怕人知道他是刽子手；他可怜得很，他离死不远了，等他死了再去吧。"下书："于刽子手发表文告之日。"聚会至晚间十一时始尽欢而散，临别犹殷殷致意。

【新华社延安二十四日电】沪讯：中国文化界领袖郭沫若氏于周扬离沪北返前夕（十四日），特备函件托周氏带回，向北方的朋友们致意。该函全文如下：

我费了一天工夫，一口气把《解放区短篇创作选》第一辑和赵树理的《李有才板话》读了一遍，这是我生平的一大快事！我从不大喜欢读小说，这一次是破例，这样一个新的时代，新的天地，新的创作世纪。这样可歌可泣的事实，在解放区必然很丰富，我希望有笔在手的朋友们，尽力把它们记录下来，即使是素材，已经就是杰作。将来集结成巨制时，便是划时代的伟大作品。我恨我自己陷在另一个天地里，和光明离得太远，但愿在光明中生活的人，不要忘记应该把光明分布到四方。

周扬兄明天便要回光明的乡土去了，他要我把对于上列二书读后的印象写出，草草就此，向北方的朋友们致人民的敬礼！

郭沫若

（1946年8月27日）

文教简讯

北方大学医学院院部根据全体学员“暑假不休息，争取时间上课”的要求，加紧赶上暑期课。学员们组织了各种研究会、学习互助组，抓紧时间学习，准备随时上前线参加救护医疗工作。又北大翻身剧团于上月底正式演出《白毛女》，成绩颇佳。闻该剧团即将赴邯郸公演，届时定有一番盛况。

★★★★★★

太行军区政治部先锋剧团前出演《同志，你走错了路》，成绩颇佳。现该团正排演《两种作风》《军民互助》《有错就改》等剧，准备完成后赴各分区出演。又：政治部为提高各分区宣传队的音乐水准，决定成立音乐轮训班，抽调各分区音乐人才赴军区学习。（吕呐）

★★★★★★

磁县漳滨中学所招新生现已陆续到校，校方与学生会特设新生招待所，帮助新生了解校内情形。由于新生激增，校舍窄狭，现师生全体动员修建新校舍。……

为了庆祝抗战胜利一周年，全校组织了一百多人的大秧歌队，在城内出演，群众无不称赞！

★★★★★★

涉县筹备月余的县师范，已于八月一日正式开学。学生九十余名，分高初两班，高级培养高小教员，学生多为现任之高初小教员；初级培养初小教员，学生多是高小毕业生或具有相当文化程度之在乡知识青年。(振华)

★★★★★★

太行二中暑假留校同学除学习外更积极参加校内劳动，很快完成了锄苗三遍的任务。

★★★★★★

左权民教馆经半月整顿面目焕然一新，内分图书、展览二室，图书室有新书一百多种，展览室里张贴着本县各种英雄的生产战斗连环图及各种卫生挂图。该馆经常下乡宣传，并于每日午饭后在城中大楼上广播，颇得群众好评。(世民)

(1946年8月27日)

邯郸新华广播电台启事

一、本台现已开始用长波短波同时播音，希各地注意收听，并请将收听情形通知各地新华社以便改进。

长波：二百四十公尺，一二五〇千周。

短波：四十九公尺，六一二〇千周。

二、本台定于九月一日开幕，正式播音，如承各机关团体各界人士惠赐贺词，请送各地新华分社。

三、本台征求各种反映边区军民英勇抗战、保卫解放区、军民关系、生产建设、丰衣足食的文字，形式不拘，但以简短、生动、宜于朗诵为标准，稿酬从丰，来稿请寄《人民日报》转。

（1946 年 8 月 27 日）

高价征求木刻小题头

本报需要各种形式配合各种文字内容的小题头，望全区木刻工作同志代为刻制径寄本馆。经采用者，除公布刻者姓名外，每个酬洋一百元。

人民日报馆　八月二十八日

（1946 年 8 月 28 日）

李闻被暗杀案民盟要求在京公审

凶手为昆明警备司令部军官

【新华社延安二十四日电】据《大公报》南京电称：关于李、闻案，此间民主同盟总部已正式向政府请求移京公开审判，由各方参加。据民盟发言人称，此案已引起世界注意，凶手即为警备司令部军官，决不能草率在云南解决，民盟希望慎重迅速处理。

【新华社延安二十三日电】渝讯：民盟梁漱溟、周新民两氏六日抵昆后，八日招待昆市新闻界谈话称：关于李、闻被杀案，民盟要求由政府、民盟及公正法律家组织特别法庭在京公开审判，昭信天下。如政府一手包办，民盟不能承认。据悉，梁周二氏十五日在昆观审后，即致函顾祝同（按：顾系奉蒋介石命令赴昆处理李闻案）谓："观审李闻案后，发现该案疑窦甚多，请勿定案。"该两氏在昆调查李闻案已获结果，并已于二十二日乘机飞沪。梁氏行前答记者称：返京后，将于相当时候公布此行调查经过及所获内容，使国人了解案情真相。

（1946 年 8 月 28 日）

文艺界座谈当前任务①

西北局宣传部召集文艺界，座谈当前文艺界的具体任务，会上宣传部长李卓然说："边区文艺界，遵循毛主席在文艺座谈会上所指出的方针，开始为工农兵服务，且产生了《白毛女》《血泪仇》等优秀作品，但创作方面仍有缺陷，今后要向一些模范作品如《李有才板话》等学习，不断提高自己，从实际生活中去吸取题材。"对于目前文艺活动，李氏提出：在国民党反动派积极发动全面内战的严重局势下，文艺界在创作上多写鼓舞群众胜利信心的作品，同时应注意加强时事宣传的教育，使广大人民群众了解当前的政治形势，因此文艺工作者必须下乡。

（1946 年 8 月 28 日）

解放区文艺作品在上海受到读者热烈欢迎

郭沫若氏赞赏《李有才板话》等作品　上海青年狂热爱好秧歌剧

【新华社南京二十六日电】沪讯：解放区的文艺作品，在此间

① 按：此原为题作《"延安市闻"五则》消息之一。因原文所载消息内容较杂，与本书编撰体例不合，此处仅录其关乎文艺者一则，复以文中小标题为题。

受到读者热烈欢迎。文化界权威郭沫若氏在读完《李有才板话》（赵树理作）和《创作选辑》之后，在八月十六日《文汇报》上发表评论，关于《李有才板话》写道：“我完全陶醉了被那新鲜、健康、简朴的内容与手法；这儿有新的天地，新的人物，新的意义，新的作风，新的文化，谁读了我相信都会感着兴趣的。”关于《创作选辑》中十二个短篇小说，郭氏称：“我最喜欢的是康濯的《我的两个房东》，它的技巧是达到了完善的地步；邵子南的《地雷阵》是板话式的歌颂；《一个女人翻身的故事》把一位女英雄折聚英的一生写得很灵活，比读了一部长篇还要有味。”郭氏结语称：“总之，我最近读了这两本意外令人满意的好书，我愿意把这两本好书推荐为抗战以来文艺作品的杰出者，这两本书我希望能在上海重版（按：已销了三版六千册），使它们更能够与向阳的读者接近。”此外艾青的长诗《吴满有》也很受欢迎，解放区流行的秧歌剧则为上海青年们所狂热爱好，许多学校里学生团体的晚会新添了秧歌的节目，名剧作家刘西渭（李健吾）在一篇短文中把秧歌的改良者们称为“无名英雄”，并且说：“在描写农民的秧歌剧中表现着文学生命的无穷希望”。

（1946年8月29日）

政协会议以来国民党反动派对舆论界的摧残

本报资料室

蒋介石于今年一月政协会议时，曾宣布四项诺言，保证人民享有身体、信仰、言论、出版、集会、结社之自由。这些人民应当享有的民主自由，在庄严的政协决议中，亦曾更加明确地明文规定，可是，口是心非毫无信义的民贼独夫蒋介石自食诺言，撕毁政协决议，坚持卖国独裁内战的反动政策，一面发动对我解放区的大举进攻；同时，在其统治区日益加紧法西斯的恐怖统治，对于为争取独立民主和平而呼吁号召仗义执言的舆论界，予以空前的摧残和绞杀。兹就自政协会议以来，国民党反动派加诸民主舆论界之反动措施与暴行，列举于下：

一月十二日　名记者兼军事评论家羊枣（杨潮）遭国民党特务之摧残毒害，死于杭州监狱中。

一月十二日　上海英文《密勒氏评论报》发表社论，反对国民党当局统治舆论，谓该报已接到邮局通知，除重庆外，任何别的地方都不能代为邮递。

一月十六日　重庆《新华日报》载：新闻发行仍无自由，昆明邮局继续扣留该报。

一月二十四日晚　重庆政治协进会新闻处记者李学民于"精神堡垒"附近遭特务痛殴，头部腰部受重伤。

二月十日　重庆较场口庆祝政协成功大会横遭特务暴徒破坏，《新民报》记者姚江屏、邓蜀生，《大公报》记者高学逵，《商务日报》记者梁柯平均被特务殴打。

二月二十二日　特务暴徒捣毁重庆《新华日报》营业部，营业部主任杨黎原及职员徐曼君等受重伤，损失达一万万元。同时，民主同盟机关报《民主报》营业部也被捣毁，职员五人受伤。

三月一日　西安秦风日报·工商日报联合社营业部突遭特务捣毁，损失二百万元以上。

三月三日　北平市社会局勒令未经批准的报章杂志及通讯社不准发行。

三月十八日　南通二万人民欢迎淮阴执行小组大游行被特务阻扰，《民国日报》记者孙平天失踪，后遭特务杀害。

四月三日　北平《解放》报与新华分社编辑部遭国民党军警特务非法搜查，并逮捕社长钱俊瑞等四十五人。经过严重的抗议与斗争后，始被释放。钱等被释放后，当即游行全城，燃放鞭炮，高呼口号，沿途群众夹道欢呼，鼓掌欢迎，庆祝他们恢复自由，并成群结队至解放报社慰问。

四月十九日　北平市国大代表选举协进会假中山公园举行国大代表选举问题演讲会，被特务捣乱，教授陈瑾昆及美新闻处处长福斯特均遭殴打，福氏对特务说："我到中国十二年，这是第一次挨打。"

四月十九日　西安《工商报》记者杨贵卿清晨由报社回家，路上遭特务扭打，几至殒命。

四月二十日　广州华商报及正报分社的门市部被特务先后捣毁。

四月二十二日　国民党特务捣毁成都民盟的《民众时报》门市部，并公开叫嚣："什么打不得，张澜在这里也要打。"

四月三十日　西安《民众导报》编辑李敷仁被特务杀害（李氏被杀后遇救，现已逃至延安）。

五月三日　西安《秦风·工商日报》被迫停刊，在停刊前两日被特务包围。

五月二十五日　上海《文汇周报》因发表社论痛斥国民党反动派在南通惨案的阴谋罪行，被迫停刊。该刊主编、国际问题专家石啸冲于同时被捕。

五月二十九日　北平国民党当局非法查封北平《解放》报与新华分社等七十七家报纸杂志通讯社。

六月五日、六日　广州特务没收民主刊物十万余册，并有一读者被开枪击伤。

六月六日　上海封闭周恩来将军新闻秘书龚澎所发行之英文《新华周刊》。

六月二十二日　沪市和平请愿代表马叙伦等在南京下关被国民党特务暴徒殴打，《大公报》记者高集、《新民报》记者浦熙修均被殴伤。

六月二十九日　广州市警察钉封出版社、印刷所、派报社等十三家。

七月六日　长沙《力报》刊载“国防部新闻局在各处设立军事通讯组”的新闻，因在标题上冠以“加强内战宣传”字样，被当局指为标题“错误”，勒令停刊三天。

七月十八日　上海《文汇报》因刊登了警察揭露警局内部黑暗的来稿，被勒令停刊一周。

八月三日　昆明市政府及警务处勒令《民主周刊》《时代评论》《中国周报》《大众报》《人民周报》等四十七种刊物全部停刊。

八月八日　上海民营广播电台五十四家被勒令全部停止广播。

（1946 年 9 月 1 日）

黎玉同志号召新闻工作者更进一步与实际结合

【新华社临沂二十九日电】山东民主省政府黎玉主席为“九一”节撰文赠予山东新闻工作者，文中并号召全体新闻工作者：（一）努力向实际学习，与人民结合。有些同志认为“新闻工作不是实际工作”，这是不合事实的想法。最优秀的新闻工作者，一定是最优秀的实际工作者，否则就无法说明我们报纸过去是怎样结合了实际和今后将如何更进一步地结合实际。问题只在于新闻工作者本身如何在现在岗位上关心实际并虚心向实际学习。也有些同志认为“办报不接近工农兵，不如做群众工作好”，这更是不实事求是的想法。殊不知我们的报纸正是工农兵的报纸，人民的报纸，我们自己就是人民的公仆与人民忠实的代言人，报纸上每件事物必须是人民意志与愿望的代表，否则就不是为人民服务或服务得不够忠实。问题只在于自己如何克服某些好高骛远脱离群众的作风，在目前的岗位上，多接近与了解群众，研究群众的水平及其喜见乐闻的形式，以求更好地为人民服务。（二）终生献身新闻事业，埋头苦干，培养大批精通业务的新闻工作者，彻底克服地位观念、成名心急、不作长期打算等不良偏向。（三）团结广大爱国与民主的新闻同志，虚心学习他的经验以提高自己。在蒋介石反动集团意在绞杀进步新闻事业的今天，我们更要尽量地援助他们并与他们更好地合作。

（1946 年 9 月 1 日）

民主政府扶助下哈市民营报纸蓬勃发展

【新华社哈尔滨二十九日电】哈尔滨全市现有《东北日报》《力报》《民生日报》《大众日报》《午报》《松江商报》《民主日报》中文报纸七家，俄、波、日、鲜文报纸各一家。在七家中文报纸中，仅《东北日报》为中共东北中央局机关报纸，余均为当地民主人士绅商或职业记者所独立经营之私人企业。据熟悉哈市报业者称："九一八"前，本市国人经营之中文报纸最多时曾有十四家，日寇侵入后，迭遭摧残，一年之内即仅剩四家勉强维持。三七年后，四家中之《力报》又被日寇强迫收买（现已复刊），其余三家被迫并为《滨江日报》，新闻工作者均纷纷逃亡。"八一五"后，国民党接收大员援用其新闻统治政策于关外，致使当地新闻工作者感到失望，迄民主联军进驻哈市及当地民主政权建立后，人民获得言论出版的自由，民营新闻事业获得多方扶助，亦呈蓬勃发展气象。预料不久之后，哈市报纸将有新发展。

（1946年9月1日）

庆祝邯郸新华广播电台开幕贺词一束

你光荣地代表三千万人民的意志和呼声，反对独夫蒋介石进行内战，反对美国帝国主义武装干涉中国内政；人民有了你，可以把英勇自卫的斗争、民主建设的宏功伟绩传播到全中国全世界。你诞生了，你是人民最忠实可靠的人，人民会在你的号召下组织起来行动起来，争取祖国的独立和平民主！

中共太岳区党委

代表中国人民的呼声，宣传真理，揭穿国民党反动派的无耻谣言，争取中国人民爱国自卫战争的彻底胜利。

太岳行署主任牛佩琮

你粉碎了重重困难的锁链，巍然出现在中外人民的面前，发出雄伟的声音，播送着边区人民的欢呼和怒吼，传达着顽占区人民的哀声和呼号，打击着法西斯好战分子的无耻叫嚣，实不啻给我边区人民增加十万雄兵，使我解放区军民对于争取爱国战争的胜利更增强了无限信心。兴奋之余，谨电致贺！

太岳军区司令部、政治部

当听到你的第一句话第一声音，三千万人民都振奋了！这是三千万人民几千年来第一次得到亲口向全国全世界说话的机会，这是我党在宣传战线上一个伟大的成就，这是更完善地掌握了为人民服务的新闻斗争武器。

太岳新华日报、新华分社

自卫战线上的有生力量！

太行新华日报、太行新华分社致贺

你所传播的是党的号召，和全边区人民为独立和平民主而战斗的与劳动的声音！

人民日报社、新华社晋冀鲁豫总分社

（1946年9月1日）

山东总分社纪念“九一”致电解放区新闻界

山东大学新闻班毕业

【新华社临沂二十九日电】为纪念“九一”，山东青记学会、《大众日报》及新华总分社，顷电东北、晋察冀、晋冀鲁豫、苏皖、晋绥等解放区全体新闻工作者致贺，并表示深望在今后自卫战争、群众运动、和平建设三大任务的报导中，与各地同业相互观摩，交流经验。

【新华社临沂三十日电】山东大学新闻专修班，定“九一”记者节举行毕业典礼，大批学员即将分赴全省各地新闻工作岗位。四年来，计授课一六八小时，包括“人民报纸”“记者修养”“记者业务”“编辑业务”“通讯业务”“壁报编辑”及时事等课程；教学完全采用自由思想、民主研究、学用结合的方针。毕业学员有许多是来自京、沪、济的青年。

（1946年9月3日）

本报暨新华总分社纪念“九一”热烈座谈今后工作

太行分社暨《新华日报》加紧工作支援前线

【本报特讯】本报暨新华社晋冀鲁豫总分社全体同仁，热烈而紧张地迎接“九一”节，总分社从上月下旬即开始总结八个月来的工作，提出加强新闻指导性，向总社学习，改进业务与加强选稿和编写工作，作为今后努力方向，并发表致各分支社及特约记者的公开信共勉。本报于三十一日上午召开报纸工作座谈会，到四五十人。新从太岳《新华日报》来本报工作的刘希龄同志首起介绍太岳新华分社及太岳《新华日报》的经验，旋即座谈本报创刊以来的编辑工作。新从北平、开封等地来馆参加工作的同志们，踊跃发言，提供了许多意见，一致认为应该响应《解放日报》社论及中央局的号召，在今后工作中要紧张负责，尽量做到迅速、确实、生动、活泼，加强指导性与批判性，尽力克服人力物力困难，加速出版过程，建议邮局改进发行工作。一日报馆与通讯社并召开联欢大会，畅谈甚欢。本报印刷厂亦于“九一”开始节约运动和培养与提高青工运动。

【本报长治讯】太行《新华日报》、新华分社全体人员正以深入新英雄运动来响应中央局粉碎蒋介石进攻、争取爱国战争胜利的号召。各部科都在热烈地讨论李雪峰同志爱国自卫战争动员的报告及有关文件，进一步认识内战性质、形势、前途等以提高工作。大部分同志已作了思想检查，但运动进入深入阶段后，即产生了“休息一下”的疲惫思想，以致行动不够紧张。武蕴同志检讨说：“过去以为时局不管如何严重，总是要胜利的，自己干工作就对了，但是如何把工作做得更好，却未加考虑，因此在紧张的自卫战争面前表现不够紧张。”李正大同志检讨说：“很早就提出了加紧工作以迎接自卫爱国战争，但是我却满不在乎，看到报上的战斗消息，也好像和自己没有多大关系一样”，现在可认识了。经思想检查后，大家都说：“这一下可清醒了！”由于思想上的清醒，大家的情绪立刻紧张起来。各科纷纷检查工作计划并修正补充，使它更适合自卫战争的要求。有的同志决定把原来回家的计划改到了战争胜利以后。同志们并纷纷节约、献金，支援前线。有的捐献自己的补助菜金，直到自卫战争胜利为止；有的捐出自己的积蓄五百元、六百元不等；还有的捐献冬衣、鞋、帽等等。

（1946 年 9 月 3 日）

本报征稿

本报自本月起，决定每周出一次四版，并争取于下月每三天出一次，希各地读者踊跃赐稿。诸凡各种实际工作的研究、讨论与经验交流性质的文章通讯均所需要，而社会问题、民情介绍以及从实际中出发的学术探讨，亦均欢迎。并为了生动反映我解放区人民自由幸福的生活与实际斗争，各种文艺作品，如小说、速写、报告、诗歌、短剧、木刻、漫画、批评与论文等亦希踊跃赐寄。来稿一经登载，稿酬从丰，因版面限制，来稿一般以不超过三千五百字为宜。

（1946 年 9 月 4 日）

梁漱溟抨击蒋政府处理李闻案“吞吞吐吐”

【新华社延安二日电】沪讯：民盟执委梁漱溟在上月二十五日沪

记者招待会上抨击国民党政府处理李闻案之经过称，我可以用“吞吞吐吐”四个字批评它。有下列诸端足资证明：（一）两件暗杀只拿出一件闻案，这是“吐”，而李案不提这是“吞”。（二）杀闻凶手先是××[继]固推地方，最后不得不承认是昆明警备司令部的两个中下级军官，这是“吐”；但他们又说闻一多是“卖国贼”故刺杀之，与他人无关，这里又“吞”去了暗杀原因及暗杀主谋者。（三）八月十五日的所谓公审只许指定的中央社二记者参加，这是“吐”，而拒绝《大公报》记者及其他任何一个记者旁听，这又是“吞”。（四）审判记录在十五日“公审”后当众宣读，凶手亦画押认可，这是“吐”，但十五日并未宣判。我（梁氏自称）向顾祝同要一份口供，他拒绝了，问他还要审否，他答不出是、否。梁氏继称：他在昆明调查搜集有大批人证，人证包括民盟、广大青年、警备部人员、特种分子与他们提供的材料，根据这些材料，可以指出政府承办此案的若干破绽，但现在恐怕政府利用这些材料来修改口供弥补破绽，故吾人尚不愿发表，但不久当有书面报告。

（1946年9月6日）

解放区各地热烈纪念记者节　延安“九一”冒雨集会

余光生指出改进业务方针

慰问大后方新闻界　抗议蒋介石摧残新闻事业

【新华社延安二日电】昨日解放区各地新闻界隆重纪念记者节，延安本市通讯员及延属各县通讯干事等，四十余人冒雨赶来与新华总社及《解放日报》同人进行座谈会，带来各阶层读者对报纸的许多宝贵意见。他们要求有系统的综合报导，使读者对当前形势和反动派一目了然，要求针对当地读者需要多介绍各种常识，要求文字上一定程度的通俗化，特别是国际新闻；要求和基本通讯员增强联系，多予切实指导等。最后由社长余光生总括各方意见及经验，指出今后改进业务方针。会上《解放日报》奖励许多成绩优异的通讯员，苏皖华中新闻与新华总分社联合电慰前线记者。在联合晚会上，新华总分社正副社长恽逸群、包之静号召更好地反映人民辉煌业绩，更有效地粉碎反动派的一切歪曲宣传。晋察冀新闻界在张家口举行纪念大会，晋察冀日报社暨新华总分社社长邓拓及华北联大副校长周扬均出席讲话，报告边区新闻干部及殉难烈士雷烨、顾宁等光荣事迹，号召进一步为人民服务。联总驻张垣联络员李敦白先生讲话，盛赞解放区新闻界为和平民主服务的精神。会后并举行座谈会，决定出版《新闻工作》刊物。延安《解放日报》特发表《改进我们的通讯社和报纸》的社论，解放区各地报纸多出纪念特刊，华中《新华日报》并公布新闻界殉难烈士李洪、徐师梁等十三人，各地并致电蒋管区新闻界同业，并致慰问与敬意，抗议蒋介石摧残新闻事业的暴行。

【新华社延安三日电】解放区各地新闻工作者均热烈纪念“九一”记者节，本社继获各地来电报导如下：哈尔滨市各报记者及新闻爱好者五百余人，假大众剧院集会，记者协会理事长，《公报》社长关鸿翼及高工民、刘成栋、陈沂均发表演说，大会决议致电慰问东北民主联军，及在国民党区为民主自由斗争的新闻界，并致电美新闻界要求他们督促政府改变其错误的对华政策。齐齐哈尔市新闻界在“进一步联系群众，团结新闻工作者”口号下，集会座谈欢度记者节。邯郸市人民日报社暨新华社晋冀鲁豫总分社，全体新闻从业员以总结工作改进业务的实际行动来纪念他们的节日。晋绥边区晋绥日报社、新华社晋绥分社、吕梁文化教育社出版社、人民时代社全体编辑、记者座谈《解放日报·改进我们的通讯社与报纸》的社论，并致电慰问国民党区新闻界同人与安抵陕甘宁边区的新闻界先进李敷仁先生。

（1946年9月7日）

延安新华广播电台介绍

【新华社延安五日电】今日为延安新华广播电台成立一周年，兹将该台近况介绍如下：呼号XNCR，波长四零公尺七五零零千周，时间为上海时间十一点三十分到十三点，十九点到二十一点三十分。由张家口转播者波长三一点一七公尺九六五千周，二三一公尺一三零零千周。由邯郸转播者四九点二公尺六二二零千周与二四二公尺一二四零千周。安东齐齐哈尔电台专转播记录新闻。采用该台记录新闻者，除解放区一部分不能直接收听新华社文字广播之报纸外，尚有上海、南京、重庆、昆明、西安以及南洋新加坡等地的某些报纸。国内外听众对XNCR播音极为重视，北平曾有一位先生提意见说：“你们多播一点吧！每天最少播十二个钟头才好。”最近又有一位美国朋友从美国西维尔吉尼亚州来信愿建立经常联系。该台播音节目每天固定者有：国内新闻、国际新闻、记录新闻。不固定的有：广播评论、国内舆论、国际对中国问题舆论、时事讲话、解放区介绍、中共政策介绍、通讯、故事、小说、歌谣、人物介绍、音乐等，此外还有名人讲话。

（1946年9月8日）

重庆各界成立李闻惨案后援会

【新华社延安三日电】渝讯：此间各界联合发起组织之陪都李闻惨案后援会已于上月九日正式成立。成立大会上，主席史良号召把人民的力量动员起来组织起来，坚决要求政府彻查惨案真相，切实保障人民的言论自由与生命安全。川大教授李相符讲演中指示："我们必须展开一个普遍的反内战与反特务的运动，必须在每一个角落成立李闻惨案后援会，才能把内战消灭把特务取消。"邓初民悲愤地说："我们现在要坚决呼吁无条件停止内战重开政协，以民主的方式改组政府整编军队。只有如此，政府才能使中共民盟及全国人民相信，而上面所说的一切，都是必须用开展反内战争民主的广大运动来争取的。"大会除选举理事外，并通过章程宣言及筹募李闻家属生活费教育费和纪念李闻基金等提案。该后援会发起人包括渝市各界名流沈起予、吴玉章等八十余人暨重庆人民和平促进会、民主建国会、三民主义同志联合会、全国文艺协会等五十余团体。

（1946 年 9 月 8 日）

邯 郸 集 锦

黑板报

邯郸市民众教育馆于上月底召开"黑板报工作座谈会"，全市二十余块黑板报的记者均出席参加。会议上确定了以民教馆为全市黑板报的领导中心，且建立纵横的通讯联系，以便使各街的参军慰劳献捐宣传等工作的重要消息，迅速地报导于全市。注意采用各种方法，为漫画、歌谣、快板等，以吸引读者。

宣传队

最近几天邯郸市先后组织了六个宣传队，其中五个是由市民会儿童团与姐妹团合组的，另一个则是由产业工人组成。在民教馆工作同志的帮助下，已有三个队于上月底出现于邯郸市。化装参加表演的，三个队就有一百五十余人。他们在各大马路与各个街口扭秧歌，表演小型活报，说快板，演讲，使邯郸市变得活跃而热闹。

扩音台

从上月二十六日傍晚开始，邯郸市的许多街上，大喇叭筒的讲话声代替了白天宣传队的喧天锣鼓。从那里能听到许多重要新闻和胜利消息，以及本市各区及其他各地在爱国自卫战争中热烈参战劳军的情形。扩音台前每晚拥挤不堪。

《白毛女》上演

北大翻身剧团，应边府及群众邀请，已于日前抵邯郸。自八月三十一日起，即将假邯郸剧院舞台，先后组织欢迎、劳军、庆祝邯市群众翻身等晚会，上演巨型名歌剧《白毛女》。《白毛女》曾在邢台、南和一带城乡演过十场以上，因内容与目前翻身运动密切结合，场面悲愤动人，受到群众热烈欢迎。该剧团将在邯郸勾留十数日，演出次数当在七场左右云。

（1946年9月8日）

赵树理暨边区文艺工作者电复郭沫若先生

延安文化界筹刊《延安生活》

【本报邯郸五日电】《李有才板话》作者赵树理及晋冀鲁豫全区爱好文艺工作同志顷读郭沫若先生《致北方朋友》函，异常兴奋，特复电郭沫若先生表示感谢，电称：谬承鼓励，信心倍增，今后自当格外自勉。诚如你所云，我们解放区数年来可歌可泣的事迹随处都有，可惜我们都缺乏写作素养，过去由于反扫荡，现在又由于反内战，不仅难以写出完整的作品，只记录素材也不免挂一漏万。先生倘能动员大后方作家来解放区，共同写作广为收罗，以免埋没英烈事迹，群众创造，则更为盼祷欢迎之至。

【新华社延安三日电】全国文协延安分会与边区文协顷决定印行《延安生活》丛刊，丛刊内包括延安社会各方面的生活，文章形式不拘，并推出李伯钊、欧阳山、张仲实、艾思奇、柯仲平等七人组成编委会，欧阳山为主编。延安文艺界筹划出版之《延安文艺》月刊（亦即全国文协延安分会与边区文协会刊）定于双十节出版，该刊由李伯钊、胡蛮、欧阳山、贺绿汀、柯仲平等十一人组成编辑委员会，由柯仲平主编，计划每期容纳四五万字，主要对象为边区小学教员、地方剧团、中学生等。又讯：《吴满有大合唱》已由孔厥、袁静写成，该合唱计有《逃荒曲》《血汗歌》《牢狱》《翻身》《红旗飘扬》《山村小调》《花儿遍地红》《毛主席颂》《向吴满有看齐》等九曲，现已由孟波、卢肃谱曲。

（1946 年 9 月 8 日）

忆《老百姓报》及其与读者的结合

李敷仁

新华社按：在咸阳被特务暗杀未死的前西安《老百姓报》负责人李敷仁氏，九一记者节在延安《解放日报》发表题为《忆〈老百姓报〉及其与读者的结合》一文，介绍了许多《老百姓报》怎样与群众结合的经验，值得各解放区新闻工作者研究学习，兹将该文摘要如下：

报纸是老百姓的喉舌

政治有两个法宝，一文一武，武的是枪，文的是笔。这两个法宝单用有力，扭到一起双用更有力。只要用得适当，是百分之百的效力，百发百中。不过有个前提：得交给人民来管。

报纸是个了不起的东西，它能教育群众，组织群众，发动群众；但也有一个前提，必须把报交给人民，成为人民的报纸，说老百姓心中要说的话。

报纸最要紧的一点是讲老实话，老实话最能“感动”人，人民一动，还有办不到的事吗？

《老百姓报》

《老百姓报》要是拿到今天来看，或许缺点不少。但当时白手起家，黑摸道路，回想起来，只有一点可以宝贵的经验。这经验告诉我们：“要给老百姓办报，必先学习老百姓，跟老百姓走路。然后才可以教育老百姓，组织老百姓，发动老百姓。”你必先了解老百姓的生活，学会了老百姓的语汇，紧紧地抓住了老百姓的心情，你这才能替老百姓讲话，讲老百姓的话。

《老百姓报》内容上有报纸杂志化、杂志报纸化的特点，为着适应老百姓的购买力及学习时间，所以我们使报纸杂志化，期限七日、十五日一出，内容是一半时事，一半杂文、专题。同时又使杂志报纸化，利用各种民间形式，把七日时事综合成有系统的报导，是消息又是述评，叫老百姓更清楚地了解他自己的世事。在形式上，它是一张报纸，而且是单面的，能贴在墙上大家看，带到战壕里拿着念。

《老百姓报》第一版通常有四栏：第一栏是社论，起初还没有，后来才有短评，再后来就组织社论委员会，按期发社论。第二栏是七日抗战。第三栏七日外洋大事。第四栏七日国内大事。这四栏经编辑会议检讨、分工，弄成一人一栏，用各种民间形式，源源本本的夹述夹评。比如国内大事的《抗战建国纲领曲》，就是“郿鄠调”，就是“元曲调”，这些东西在多处演出，效果很可观。后来读者纷纷要求，就印成单行本，共出了两版。比如外洋大事的《欧洲大战歌》（十言调）、《世界大势歌》（七言调），曾经有宣传队把它单独写出，贴在广场、小学校，把它作为教材给学生讲，学生又回到村子唱。

记得“七日抗战”一栏里边，老百姓喜听乐道的有：“时事大舞台今日表演——唐生智挥泪出南京、朱德把守太行山。”那就是一段秦腔。至于社论里边，也有几回生了效果。在广州失陷、汉口吃紧、西安人心恐惶的时节，我们假借南山老道的寓言，指出时局的症结。那篇社论一开头就是“玄玄玄，妙妙妙，南山凹里出老道”，结果安定了西安附近的人心，还有人写信问老道的下落。当晋南失陷、潞盐封锁的当口，西安盐商居奇，盐政黑暗已极。社论标题《我们不能吃莫（没有）盐的饭》，指出花马盐、下青盐、四川盐来路甚丰，其大量屯集的潞盐，由国家统制高抬市价，眼看着叫老百姓吃莫盐的饭。结果，盐务局也稍改盐政，居民获益不浅。其他《二先生拾粪》在农学院及周中等校出演，《收麦运动歌》发动地方部队及学校给老百姓帮忙，都发生了应有的效果。这使我们深切地了解到，在国民党统制区水深火热中的老百姓，只要报替他们说话，他们不但把报当朋友，而且把报当恩人。

第二版分为上下两栏，上栏多一点，是反映老百姓的生活及各种生产技术、抗战的功绩，不过有两个特点：一个是偏重下层如洋车夫、脚夫、挑夫、伙计（雇农）、相公（小店员）、贫农、手艺工人、工人等生活，一个是读者来稿。我们把稿约和报酬登在报上，并要求不识字的工人农人用口讲，请小学教员代书，或是信或是稿都行，错字粗话一概欢迎，所以到后来稿件很拥挤。逃“警报”时有一次我背了一洋面口袋稿子（发行簿、账簿也在内），在那里边有过南郑媳妇陈氏的纺线歌，临潼丫头的诉苦信，豫西石大脚及彭老太太的读报信，五、八两伤兵医院的伤兵稿，晋南担架兵和青海学生的信，西安邮工、路工、电务工人、排字工人的稿件，乡下农人佃户的稿，最多的算是小学教员的稿子……在这许多的稿件中，教育了我们自己，使我们知道许多人民的苦情，学会了许多老百姓的语言，用老百姓的话，替老百姓说了许多话，也教育了许多老百姓。

第二版的下半面（少半）是“阅读会”，这算是与群众联系的核心，留待下面再谈。此地需要补充的，就是二版偏旁曾经有个专栏，专载各种特写稿的，如《石泉特写》（常奋）、《轰炸西安歌》（少仁）、《陕西冷娃歌》（鹤参）、《外蒙古三字经》等。这里面有好些发生了特殊作用。

《老百姓报》的桥梁

报怎样到群众中间去的？《老百姓报》是在西安师范出世的，一出世学生们把先生办的报到处念，到处宣传，《老百姓报》就此传到老百姓手里。还有一个关系，我们这群办报的先生们，有一大批学生已当了先生，在乡村教学，一看到我们办的报，合乎老百姓和小学生的胃口，就订阅《老百姓报》给学生作教材，给老百姓宣传，这是个学生桥梁和一个小学桥梁。后来八路军办事处每期要二百份，陕军也大量订阅，这才把报送到豫西、晋南、河北的中部的战场中去，这是军队桥梁。后又在国内刊物报纸上登广告，并且要求交换，欢迎分销代售，使《老百姓报》传到中国十三省地方，这个报纸刊物的桥梁更大。新疆文化书店代售《老百姓报》，每期销行一千份，高出全国各报在新疆的售数。这几个桥梁是个关系，这关系开始是片面的辐射，后来就成了两方的交流。有了军队的稿子，军人才喜欢读报；有了新疆的来稿，新疆才可以大量分销。

后来，世界学联到西安，我们招待他们，请教他们，请他们带中国的《老百姓报》回去。南洋记者来了，也是一样，因此交换南洋的华侨报纸。桂林国际宣传资料室订《老百姓报》，这是《老百姓报》首次坐飞机。莫斯科选订中国刊报十四种，托商务印书馆代订本报，这是本报航空到外洋去的第一遭。最重要的是香港《中国呼声》这个世界语刊物，把这个报介绍到外国去。匈牙利的一个小学教师要展览世界儿童的抗战漫画，给中国人来了多次信，没人理。给《老百姓报》最后来信，我们选择了国立、私立、省县立、教会立各小学的儿童抗战漫画寄给他，他喜欢极了。他侄女看见中国儿童作品好，就把她积下的各国邮票送给中国《老百姓报》。

“读报会”

这个名字是后来才有人提出的，开始叫“《老百姓报》阅读会”，其实在本报未号召组织读报会以前，就有读者这样干。长安茶旨镇的东明小学一群可爱的小学生，在先生领导之下集体研究报的各种问题，并且写信给报社要求解答问题，他们把报社的编者也称老师。后来他们把报拿去给本镇周围的老百姓读，效果很好。他们兴奋地报告给报社，报社认为这是个有意思的事情，不放过它去，就商讨组织读报会的办法，登出开始的简陋的章规，号召读者组织读报会。其实读者中及其周围早已经有了和这一样的办法，自然“登高一呼，万方皆应”，各处就纷纷写信来，汇成一个比较合乎实际的章规，发给读者来办，教读者有计划地研究本报、熟读本报，有组织地巡回宣读本报给老百姓。并有工作报告，有奖励办法，当然，每个读报会的报纸是我们按章规赠送的，他们在生活上有困难，我们还帮忙。例如介绍先生，购寄文具书刊，解答问题，来社招待等。这点小小的意思，在当时的本报读者就认为是很好的办法。二年中间，我们发展了三十七处经常往来的读报会，帮忙他们依法检举了好些贪污公务员、乡保长、县长、军队、军官等，鼓动他们建立了一些学习办法，发表了他们的好些生活痛苦。他们也在读报会中表现了惊人的奇迹，在豫南某县（我只能说某县），一个伤兵开药铺，组织了读报会，生意比之前兴隆。以后来人多了，又在茶馆组织分会，在附近组织巡回读报会，县政府来了一位秘书奖励他，使他渐渐地在群众中有了领导作用。他便在读报会中组织卫生处，减价卖药，多中取利。又实际给群众谋利益，组织读报会的合作社，又发动群众要求乡长组织调解处，在本报“打官司不要钱”的号召下，调解处的确也做了些好事。日本鬼子来了，豫南人民极度惊慌，这个可钦可佩的读报会中的会员们，宣传着本报的《保卫家乡歌》，来组织了一个叫作“砍青队”的武装，二百多人和一队鬼子兵打了个胜利的夜战。这是多么辉煌可敬的人民故事呢！这个读报会的发展，由思想到经济生活，再到政治生活，说明了报纸与群众结合的作用性，也可以说明报纸与群众结合的理性。用人民的喉舌，作为唤起人民的号炮。

（1946年9月8日）

南京各报停刊一天抗议当局迫害新闻界

【新华社南京二日电】（迟到）南京全市报纸除中央、和平两报外，于九一记者节之当日与翌日分别停刊一天，表示对国民党当局摧残新闻事业抗议。缘国民党政府“调整”外汇后物价飞涨，各报职工生活顿起恐慌，而各报馆无力应付突然提高之开支，尤其《南京晚报》为甚。讵于此时，国民党机关报《中央日报》故意将职工薪金提高百分之一百一十，以图消灭各报，独占市场，其他各报以不能负担，曾由《大刚报》发起邀集各报负责人会商，决定一面联合呈请国民党中宣部制止《中央日报》此种摧残同业之行为，一面发起组织各报联合会。在第一次筹备会中，决定各报职工增薪不得超过百分之四十，否则唯有联合停刊。但中央、和平两报声明，不受此种约束，致使原定八月二十六日成立之各报联合会亦因而流产。此后各报分别与总工会商谈提高待遇问题，《南京晚报》至三十一日商谈未妥，一日发生罢工，因之除中央、和平两报外，其余各晚报于一日晚停刊，日报于二日停刊，表示对当局之抗议。停刊报纸共十一家，为《大刚》《大道》《大中》《中国》《建设》《救国》《新中华》《朝报》《南京人报》《首都晚报》《晚刊》等，按其性质可分为纯官方者、半官方者与民营三种。

（1946年9月9日）

国民党对李闻案包而不办

民盟提出抗议书　斥为一种骗局与滑稽戏

【新华社延安七日电】南京讯：民盟政协代表为国民党当局包

办伪装处理闻案、李案而久不破案，特向国民党当局提出严重抗议，抗议书已于八月三十日由蒋方政协代表转达蒋介石。抗议书指出当局处理闻案，乃系一种骗局与滑稽戏，并列举三项事实称：（1）审判时虽经函邀审同盟派员观审，而梁漱溟等函覆由梁及周新民、冯素陶三人前往，却未获完全同意，同时新闻记者除被指定之中央社二人外，亦不许其他人参加。（2）审判时只有法官与凶犯之一问一答，全无任何人参加质证，一切应有之质证全不肯用。（3）当社会闻知系警备司令部特务营第三连连长及其排长为凶犯时，即异口同声预言将来纵判死刑，而执行时必另有替换。果然，据《大公报》专电报导，二十六日枪决闻案凶犯时，沿途所经，戒备严密，其不肯与人以共见，岂不甚明？此真是一种骗局，何足以服人？据此，吾人对于政府之不同意民盟参加调查及各方面参加审判，而必一手包办到底，不能不提抗议，一面表示对于闻案处理不能完全接受；一面表示李案非移京公开审判，并予各方面以参加审讯机会不可。抗议书指出李案发生，时逾六旬，迄无下文，若再延搁，势将无期延期，以不了了之，此国家政府实无以对人民。抗议书要求对于李案应严令限期破案，并对过去之逾期未能破案加以处分。

【新华社延安七日电】南京讯：民盟政协代表为民盟主席张澜氏在蓉被特务暴徒凶殴事，于八月三十一日向国民党当局提出抗议书一件，递交国民党政协代表转达蒋介石。

（1946 年 9 月 10 日）

用行动支援前线　本报印刷厂青工竞赛

排字房已创造空前纪录

成坊

【本报讯】本报印刷厂全体职工于中秋节，集会座谈生产计划与如何培养青年工人。月饼、葡萄、石榴陈列棹前，人人带着喜悦的心情，面呈笑容，欢愉空气洋溢全场。牟厂长谈了开展青工运动的方针后，各主任、各工友纷纷宣布自己的工作计划。排字主任曹友林同志首先宣布他们分组生产计划后，继表示要耐心培养练习生，使他们很快学会技术。刻字房保证字刻的端正，大小均匀。老工友宋亮珍同志愿尽自己所有精力帮助练习生很快掌握刻字技术。刻字练习生郭振中同志计划在年底学会写解艺体字，并提出向范守田挑战，范当即应战，要把自己的计划和竞赛条件写出来，登在“支援前线”的墙报上，作为努力的目标。打版房保证今后版打得深，不重、不动错标题字。机器房也要做到印得清楚，按时出版。工会主任马松珍同志提出绝不保守，要把自己所学的技术，完全教给练习生。会中发言极为热烈，表现出每个工友同志都要争取在青运中把自己的技术提高一步的志愿。经讨论计划后，始进行娱乐，个个精神振奋，情绪饱满，唱京戏、唱秧歌，闹至深夜，尽欢而散。

【又讯】自排字房提出用实际行动支援前线，制订计划、分组生产后，产量空前提高。十一日一天即排出本报两版、四版《人民的军队》两页资料，共约五万三千余字，超过了六个人的生产量，创造了自本厂成立以来的最高纪录。

（1946 年 9 月 14 日）

为人民的文化

太岳文化工作者下乡

【本报阳城十三日电】在本月六日召开的太岳文联筹委会上，区党委宣传部长李哲人同志，恳切号召文化工作者，直接参加到群众运动中，体验与反映群众生活，实行“上来下去”，改变过去只坐在屋里编刊物的做法。为统一力量，提高质量，与会同志一致同意立即停出《经济工作》《教育通讯》《新文艺》等刊物，由文联筹委会另出版一综合性刊物——《太岳文化》，并定于十月初出版，编委会经大家推选，由李哲人、孙定国、裴丽生、崔斗辰、魏克明等十余人组成。

士敏翻身农民集资自办学校

【本报阳城十三日电】翻身群众对于提高自己的文化发生极大兴趣。士敏二区十个行政村的翻身农民，自动募集小麦五十一石，创办民办高小一座，已有学生六十余名入学。沁源第四高小在秋季录取的新生成分中，雇工子弟十一名，手工业子弟三名，佃户子弟二十七名，抗属子弟七名，中农子弟二十四名，地主子弟四名，贫苦子弟占全校学生百分之六十五以上。

潞城文化合作社印售课本四万册

【本报长治讯】潞城文化合作社半年来已从一个小摊发展为一个总社、三个分社、一个木刻印刷厂、一个纸厂和一个草帽厂，从两个人的营业，发展至六十七人（连工人），团结儿童、教员、在乡知识分子认股者达四千六百余名。最近三个月翻印初小课本总数为五万八千余本，民校课本四千二百余册，给政府印表册婚证书契约股票四万余份。课本除供给本县用外，可供给长治总店与黎城、屯留、沁县等四县。今年六月结账时，二十八万元的股金即获红利七十六万七千余元。经过分红，文化合作社的声誉大大提高，争相入股，今后准备在现有基础上巩固发展。

（1946年9月16日）

揭露国特暗杀李闻阴谋　艾思奇广播辟谣

【新华社延安十三日电】昨夜哲学家艾思奇在延安新华广播电台播讲，揭露国民党当局阴谋暗杀李公朴、闻一多，他指出国民党特务造谣说“李公朴是艾思奇杀死的”，这只能证明国民党当局自己“做贼喊贼”。谁也不会相信住在延安的艾思奇会有这种奇术，能把远在万里之外的李公朴杀死。真正的贼，真正杀死李公朴、闻一多两先生的凶手，不是别人，就是国民党最高当局和他们所指挥的特务机关。他说：国民党当局不敢接受民盟梁漱溟及上海的美国报纸《大陆报》的要求，拒绝把这一个重大的案件移到京沪来公审，这是“做贼心虚”。他特别提到代表国民党最高当局到昆明去处理李、闻案的顾祝同的谈话，这谈话完全重复了凶手李文山当时在法庭上对闻一多的诬蔑，把闻先生要求民主和平的言论诬作“辱骂政府诋毁军人”，这证明顾祝同“对于死者完全的仇视，而对于凶手完全一鼻孔出气”。艾思奇称：“李公朴、闻一多是全中国公认以至世界公认的民主人士，只有仇视和平仇视民主的法西斯反动派，才一定要把他们置之死地。”艾思奇指出国民党当局之暗杀李、闻，其目的正在于镇压人民的和平民主要求，“以便顺利地进行扩大内战的计划”。

（1946年9月17日）

东镇农民都有了地种　团结愉快自唱自乐

邯郸二区三十五村清算运动初步胜利

冷冰

【本报威县讯】宁南东区东镇农民经过一个多月的翻身运动，清算了鲁锡九等十五户恶霸地主，收回房屋二百九十六间，牲口六头，土地一千七百七十七亩。全村一千四百个农民解决了土地问题，消灭了赤贫，初步实现了耕者有其田。在这次翻身运动中，团结了所有农民，全村六百四十八户获得土地，占全村总户数百分之五十二强；未得到土地而得到其他果实户占百分之四十三强，两项共占全村百分之九十六。由于斗争果实分配的面宽，增强了全村农民的团结。该村农民不只在经济上政治上翻了身，阶级觉悟也大为提高，纷纷参加自己的组织，现农会会员已由三百八十二人增到七百二十九人，民兵由三十六人增到四十八人，妇女会会员亦大有增加，现仍在扩大中。农民土地问题解决后，生活改善，文化娱乐活动也随之开展，农民自动组织剧团，平常被认为最笨的庄稼汉，纷纷自编诗歌、对联，来表示自己喜悦愉快的心情。每个人都懂得，这光景是毛主席给的，也创作出好多朴素、新鲜的标语和对联。如刘福海编："得到土地和房屋，努力做活要致富。"田宝善编的："你分土地我分房，农民翻身喜洋洋。"

【本报邯郸讯】邯郸二区四万农民的清算运动，从八月二十日起至九月四日止，已在崔曲、贾庄等三十五个主要行政村获得胜利。两万贫苦农民从封建地主恶霸手里算回土地和财物，初步实现了耕者有其田。他们在运动中吸收中农参加，好些村庄已达到发动群众的百分之九十。

该地区能在短时期中收到这样大的成果，第一是由于反奸运动的成功，暴露与改造了坏人，锻炼了群众，涌现了大批积极分子。第二，实行了正确的思想领导。各村都是先开干部会，打通干部思想，再贯彻到群众中去，达到既广泛又深入，做到了“老婆孩子一齐来”。第三，放手领导。把党的政策贯彻到群众中去，以秘密串连，结合公开号召，团结绝大多数农民。第四，实行了团结中农的政策，连富裕中农都参加了斗争。对过去胁从诱从之奸伪分子发动坦白运动，使他们参加到运动中去，起了相当大的作用。

（1946 年 9 月 18 日）

文化简讯

由军区政治部宣传部召开之文艺工作座谈会，已于日前假邯郸市民众教育馆举行。会上北大翻身剧团团员发表了许多下乡心得。《白毛女》的演出不仅教育了群众，而且还教育了他们自己。他们都说：“这次在邢台、南和等地演出《白毛女》后，看到在群众中所起的影响，以及对群众翻身运动的推动，开始认识到戏剧工作的重要性。”最后宣传部任部长鼓励大家努力从事戏剧工作，配合政治斗争，完成宣传工作的任务。且要深入群众，向群众学习。

（1946 年 9 月 19 日）

邯郸剧院征求剧本歌曲启事

本院为了适应社会需要，除现有之两个剧院外，不日将再成立职业话剧团，先期征求剧本（话、歌剧）及能上演之歌曲，各地同志如有好的剧本歌曲（长短大小不拘），请寄来本院。经审阅后认为合格者，不但给予优裕报酬，并且在演出后还[抽]给一定之演出费。来稿请详细注明作者姓名及[地]址，径寄邯郸本院为荷。

邯郸市邯郸剧院谨启

（1946 年 9 月 21 日）

时局更加严重化的标志！

群众周刊社遭非法搜查　南京中共代表团已提抗议

【新华社延安十七日电】沪讯：中共在沪言论机关群众周刊社，突被国民党当局非法武装搜查，中共对此已向当局提出抗议。四日下午六时，有佩短枪者七人（其中六人便衣，一人为警察制服）闯入上海朱葆三路二十五号十一室群众周刊社，不顾阍人阻拦，直入编辑部经理部肆行搜查，将各办公桌乱翻，自称系“奉令”来拿“群众”的。各人咸戴有“上海警备司令部稽查处”佩章，但又不肯出示官方负责之公文，结果抢去《群众周刊》七十二本，但又拒给收条。五日上海警察又奉令撕毁市场上的《群众周刊》。该社除就近已向上海有关机关提出抗议外，南京中共代表团正分别经由三人委员会徐永昌向上海警备司令部及政协政府代表张厉生向国民党内政部提出抗议。中共代表团发言人认为：“这是国民党法西斯派推翻决议、厉行法西斯独裁专制、决心扩大内战之进一步的行动表现，是对蒋介石之四项诺言又一次无情的讽刺，也是时局更加严重化的标志。”按：《群众周刊》于民国二十七年创刊于汉口，领有内政部登记证警字第六八六五号。二十七年武汉失守即移至重庆出版，抗战胜利后已于本年初移沪出版，并业已呈请变更地址，一如由汉迁渝时一样是完全合法的。

（1946 年 9 月 21 日）

东北的新天地

【新华社通讯】在东北过了以沈阳和长春为中心的横暴、污浊和贫困的界限，就到了另一个新天地，它占有全东北六分之五的土地和四分之三的人口，这里充满着自由和丰足，旧日的奴隶都成了主人。嫩江省百分之四十六的敌伪土地，已经分配给无地耕种的农民。甘南县一万家农户，得到二万八千余垧土地，它是东北几十个达到“耕者有其田”的县份之一。整个黑龙江省，耕地都在扩大，庆城平均每户拥有土地十垧。翻身后的农民的喜悦心情是无可言喻的。松江省宝县农民，分得了敌伪的土地，都全家出动热情生产。干了一辈子苦活的孙宽刚，得到了地亲自去看地桩，马上到地里拔草。被敌人打断臂骨，过去没有一分地的宋喜发，这次一家四口人，分得三十亩地，马上买了纸亲手写契约：“立契约人宋喜发，今为讨还血债，分得熟地一段。”被称为北满谷仓的黑省安东、拜泉、安山三县，今年高粱特别粗壮，小麦和大豆都是丰收。农民欣喜地说：“家家都有余粮，今后日子可过好了。”

合理的土地改革，是力量的源泉，是创造繁荣农村的康庄大道。安东省已有八万群众组织起来。安东省庄河县，拥有二千八百余人的逗马村，焕然改观。过去以豆饼充饥的农民，现在一天三顿苞米饼子，过去全村没有一只猪，现在家家养猪纺织，成为普遍副业。几千万东北农民，都感谢中国共产党东北局英明的决定。所有东北境内一切日伪地产——“开拓地”“满拓地”及大汉奸土地，立即予以没收，分配给无地及少地的农民。同时，保证人民的财权和地权，除敌伪大汉奸的土地以外，其他任何人土地不得非法侵占。安东浪头区，农户分得三千八百亩敌伪土地，每人都分得八亩至十二亩。他们在领取土地照的时候，欢快庆祝，好像过节日一样，都穿上新衣服，高跷队、秧歌队，敲着锣鼓。数千农民领到地照立即放在贴身的、牢固的衣袋里，于是排成队伍抬着毛主席巨像，欢呼游行。

伴随着农村新面貌，城市和工业也在胜兴，鸭绿江边拥有××人口的安东市，它是正在繁荣的象征。卖国贼伪安东省长曹承宗等，早被人民公审枪决了。该市现已有公私营工厂和作坊近二百家开工生产，就业工人二万余名，其中鸭绿江造纸厂、安东纺织厂，各有工人二千五百余名。全市约有人力车和马车二千余辆供人乘坐。这里工人是幸福的工作，最高工资每天得粮十五斤，一般的十斤，最低五斤。他们充满劳动热情，在竞赛中，生产效率普遍提高八倍到十倍。多数工厂都已设立夜校和俱乐部。全市现有五十多个由工人自己办的合作社和商店。在过去半年中，有了百多个工人被选为区和街长，廿九个工人被选为省市参议员，三百多人被选为工厂的处长科长及工厂管理委员。另一个嫩江边的齐齐哈尔市，民主政府首先以数百万斤粮食救济贫民和失业工人，然后组织城市和乡村的交易，现在每天有近千辆大车从四乡把粮食运入齐市，又带回布匹和日用必需品。目前齐市物价：小米每斤二至三元，高粱每斤一至三元，布每尺七十元。齐市人民，最后为着建立他们永久的家，就合理地进行减房租。市一区决定最高租额不得超过日寇投降前房价的二倍，三区决定减低房租保证交租，市政府并把敌伪房屋无偿分给贫苦市民和抗属。此外还有哈尔滨、佳木斯、牡丹江……都是些刚建的城市，这里没有房荒、失业和饥馑。

东北各地民主政府，正作种种努力试图改进东北人民的生活状况。黑龙江省当局，特别鼓励与培植亚麻出产，努力使人民用亚麻纺线织布，以代替棉植的缺乏。并且由老亚麻工人米积仓研究制造亚麻纺织机，预计每架机器月可纺麻线七百二十斤。该省同时着手开采马拉山一带煤矿，以解决人民和工厂的燃料，再过两个月就可日出炭三百吨。位于嫩江省西北的北满最大水利工程查哈阳水闸，经过八个月艰难的工程，已于四月底竣工，灌溉面积达十五万亩以上。自从北安发电厂恢复发电，使齐市至北安沿线四百余里间的许多城镇，都灯光明亮。在东满、西满和北满这些和谐的城市和乡村中，贯穿着十多条铁路。

这块天地的另一个巨大的成就，是人民的民主政权，群众完全善于运用民主。镇东县十万有组织的农民，改选了县区乡行政机构。齐齐哈尔通合村举行村选大会时，大众说：“给日本干过事的汉奸走狗今天不能当选！”在各个省政权中，民主同盟和东北救亡总会负责人之一高崇民，当选为安东省主席。老国民党员陈先舟，当选为安东省临参会议长，车向忱是一位坚决抗日的无党派的老平民教育家，他被选为厅长。韩幽桐是位杰出的民主同盟女盟员。东北人民政权还发扬了民族自治原则，在有蒙民杂居的嫩江省特设蒙政厅，凡有蒙民居住的地方，都由蒙民自己成立蒙古自治运动联合会支会。在蒙民占全省人口几及半数的兴安的和特木多巴根×××都分别被选为省府主席和省参议长。八月七日举行的——东北各省代表联合会，一致通过成立“东北各省市行政联合办事处”，这是推进东北各省市民主建设、统一东北各省行政的最高机关。当选为主席的林枫氏补充说：“这还是过渡时期的临时性质的机构，我们还期待地方自治的民主的联合政府的成立。”

文化教育事业亦畅顺发展。齐齐哈尔原有十八个市立与私立学校，容纳学生一万三千余人，由于广大群众生活富裕，迫切要求文化，全市乃新增二十七所小学。所有公立学校均不收费，其他各地原有之中小学校都已恢复，民办学校正在设立。东北大学是东北最高学府，充满着自由研究空气与注重实用精神，入学者极为踊跃。校长张学思，副校长为东北医学界权威的白希清氏和作家舒群，任教者有张如心、姜君辰、萧军、吕骥、张庚诸氏。在东北解放区已出版报纸廿余种，杂志二十余种。这里没有审查、限印、限卖、限寄等任何限制，私人都可自由出版报纸。哈尔滨现有中文报纸七家，除《东北日报》为共产党报纸外，其余六家都是当地绅商独立经营的私人企业。

（1946 年 9 月 21 日）

启　　事

今日本报三版刊出文艺增刊，此为不定期刊，希各界读者批评，并踊跃赐寄各种文艺性质稿件。

本刊编辑部

（1946 年 9 月 22 日）

蹂躏言论自由变本加厉　沪当局强迫《群众》停刊

我已据理力争并严重抗议

【新华社南京十九日电】中共在沪唯一机关杂志群众周刊社四日横遭国民党军警非法搜查抢去《群众周刊》五十二本后，沪市当局又予强迫该刊停刊。十二日上海市长吴国桢氏约该社负责人潘梓年赴市府谈话，竟向潘氏提出“《群众》如不登记，将予取缔”。潘氏答以“《群众》乃由重庆迁沪出版，并非新创刊物，早已依法申请变更登记”。吴词穷理尽佯称“不知待查”。十三日上海市警察局又传该刊负责人谈话称已奉市府秘令，“务使《群众》停刊”，强迫该刊具结停刊，当被严正拒绝。当日上午十一时，该局乃派警士二人分驻该刊发行部与印刷厂，阻止该刊印发，据理力争后，两警始行退出。对国民党当局此种摧残舆论自由行为，除群众周刊社已向吴国桢提出抗议外，南京中共代表团于十四日接获该社关于此事之报告后，也即经由政府政协代表张厉生向内政部提出严重抗议。

（1946 年 9 月 22 日）

云南人民争取和平民主协会揭露

所谓闻案两凶枪决原是国民党大骗局

【新华社延安十八日电】渝讯：云南人民争取和平民主协会于八月廿九日发表文告，揭露国民党当局处理李闻案之大骗局。该文告称：此间廿七日报载“枪决”闻李案两凶犯之同时，又枪决航委会特务旅解送警备部之抢犯仇荣昌、刘明法二人，昆市卅万市民无不知晓当日只仅一次枪决二人，并无两次枪决四人之事实，虽妇孺亦知以仇刘二人代替汤李二凶犯而正法。且此次惩凶故属骗局，亦仅属闻案，对李案则搁置不理。李案凶犯之一确系李成业乃众所周知，而治安机关及顾祝同对李成业讳莫如深，不事审讯，唯恐审讯李犯不得已时说出真正秘密。盖李成业系“民主自由大同盟”盟员之一，

“服从性”不如军人，且其执行暗杀李公朴先生原系利诱及胁迫，奖金五十万又未完全到手。该会要求由政协五方代表组织侦查审讯机关侦审李闻案主使人，并将李成业等凶犯移京公审依法惩凶，届时由政协代表监督政府切实取消特务机关，保障各党派人士生命安全。

（1946 年 9 月 22 日）

山东出版业有大发展

推销员深入乡村组织读者　代办外版图书获群众拥护

【新华社临沂十八日电】山东解放区文化出版事业近半年来有很大发展，山东新华书店在此期间出版新书达一百八十一种，计七十六万余册，出售书籍仅临沂总店已达五百八十四万余元（合法币一万万元）以上。读者百分之六十为知识分子，百分之四十为农民群众，门市部整天挤满了读者。该店现有印刷厂两座，职工二百四十余人，四开机六架，每月排字达二百五十万以上。由于实行了按级分红的记分制度，工人积极性大大提高。该店共有分支店八十四处，分售处遍设于各地小村镇，为更加普及起见，特委托各区文教助理员、合作社、邮务所代销书籍。总店设有邮购服务部，为读者采办外版图书，半年来已达八百六十余种，值法币一万万元以上。在营业上贯彻为人民服务的精神，日照分店经常有三个人担着书到各个乡村工厂合作社去卖，并且经常沟通各乡村小学的经验。该分店裴宗林担书到村庄时，常利用空闲向群众说书，每次总是围上好多人买去很多书。当他到偏僻村庄卖书时，还附带给村里小学上政治课，没有钱买书的可以用鸡蛋换，这样在业务上有很大收获。

【新华社忻口十五日电】晋北新区崞县、朔县、代县、宁武及原平奇村、轩岗、大牛店等重镇，刻已恢复中学三处，学生九百余人；

高小完小二十二处，学生四千五百余人。上述四县尚有三百个农村国民小学，正积极复课中。各县政府吸收三百余个农村知识分子，担任各村教员，沦陷期间避难山村之教育家，解放后欣然接受民主政府聘请，服务于地方国民教育。随着各校的恢复开课，各县均已成立新华书店，崞县新华书店运到大量《论联合政府》与《新民主主义论》等书，不到两天即销售完毕。

（1946 年 9 月 22 日）

绍兴建立鲁迅小学

【新华社延安十六日电】杭州讯：鲁迅故乡绍兴，各界为纪念鲁迅先生，近发起筹设鲁迅小学，已推阮明华为校务委员会主委，以都昌坊将军殿为校址。经费由该会各委员分头募集，分设六班，秋季开学授课。

（1946 年 9 月 22 日）

鸣　　谢

八月份收到军区训练队白世栋《解放周刊》等百余期，磁县峰峰小学张书秀捐赠《东方杂志》等约百余册，冀南五分区沈铁民捐赠中学教科书十余册，刘介中等捐赠图书杂志多册，特此鸣谢！

本报资料室

（1946 年 9 月 23 日）

简　讯

北大教育学院文化娱乐委员会，平时提倡各种文娱活动；最近为迎接开学，特筹演《兄妹开荒》《送鸡蛋》《女状元》等名剧并发动扭秧歌运动，配合歌剧队于阴历八月十五日举行同乐晚会作初次预演，不久或将下乡宣传去。

北大教育学院为提高时事学习情绪，配合爱国战争，特于上周星期六晚饭后在校部操场举行全院时事讲演竞赛会，由同学学习小组，各组选代表一人参加，内容以目前时事为中心，题目自由拟定，时间每人十分钟。评判标准：内容五十分，口才二十分，时间十分，态度二十分，奖取三名。特聘校部罗秘书长，教务处郭副处长，教育学院张主任、张秘书为评判委员。会场布置简单宽敞，灯光明洁，听众极为踊跃。

（1946 年 9 月 25 日）

茅盾应邀将访苏

【新华社延安十九日电】沪讯：苏联驻华大使彼得洛夫上月派员访问名作家茅盾，转达苏联对外文化协会拟邀请其赴苏观光，借以沟通中苏文化。茅盾氏业已允诺，短期内即将启程。

（1946 年 9 月 26 日）

向前线输送文化食粮　冀鲁豫决定设军邮

【本报冀鲁豫讯】九月三日冀鲁豫区党委召开了宣教会议，军队方面出席者有军区政治部宣传部副部长吴文同志，军区政治部战友报社社长胡痴同志。会中较具体地解决了报纸、宣传品的输送问题，决定由邮局向各部队派出十个交通员（附车子二、马匹二），设立军邮，由各部队政治部领导，专门负责报纸、宣传品、文件的输送，并要求在三天内赶到部队。向三、四、五、六分区之干线，亦增加班次，做到文件、报纸、宣传品来后，随到随发。此次会议后，该区出版之《冀鲁豫日报》《战友报》《政工往来》等及宣传品向前方部队输送，和前方部队之通讯稿件、文件、油[印]报、通报、材料及缴获文件等向上级司政机关输送，更加便利。

（1946 年 9 月 28 日）

为继续征求剧本启事

敝部自刊出启事征集剧本后，已先后收到《掘墓深仇》《马尾带人》（任建业编）、《保卫胜利果实》（振华编）、《李秀兰》（立云编）、《走娘家》（振华编）、《优待抗属》（向春编）、《杨生管翻身》（振华编）、《刘仲景》（王东魁等编）等剧三十余种，各稿现分别整理，并陆续印刷中。希各地农村剧团、戏剧工作者，继续踊跃寄稿，无论秧歌、快板、小调、乐子，只要写的是群众在翻身、自卫、生产中的各种生活，我们都需要。一经采用，每千字送稿费一百五十元。寄稿期，最好能在十月底以前，以便能在年关娱乐时出版。寄稿地点：河南武安新华书店编辑部。

华北新华书店编辑部

（1946 年 9 月 29 日）

《火线》在火线上

吴象

某团在陇海前线作战时，出版一个油印小报叫作《火线》，它的好处在于迅速及时地反映了前方战士们生活、英勇故事和模范人物，而且大部稿件都出自亲身作战者的手笔，很受干部战士们的欢迎。往往当部队移动后刚把电话架上时，便接到营教导员们的询问说：“喂，《火线》又出来了吗?”有一次某连缴获进犯军的地图和文件后，战士们都说“送给《火线》报吧”。《火线》接到后马上以《大大有用》为题写了篇文章，引起了大家的注意。

这个油印小报之所以成为战时鼓励士气、教育部队的核心，是与教育股长鲁鱼同志的努力分不开的。他在整个陇海战役时期，甚至连行李都不顾，亲自背着钢版、腊纸和油墨，在战地上坚持着出小报。有次战斗非常激烈，流弹在低空中呼啸，炮弹在左近掀起一阵阵烟土，鲁鱼同志却仍沉着地在指挥所里刻他的腊版，后来美制蒋机轰炸指挥所时，他仅仅移动了一下地方，又在高粱地里刻起来了。《火线》报就这样一期期地和大家见面，现在已出到第八期了。

（1946 年 9 月 29 日）

太行各地文教部门齐动员　宣传蒋介石卖国内战

定九月中旬为宣传周

【本报长治二十七日电】太行各地文教部门积极展开反对蒋介石卖国内战的宣传运动。左权县决定九月中旬为爱国自卫战争宣传周，各机关干部，左权中学，均组织宣传队在城内宣传，四乡则由乡村小学负责。教育科印发反内战教材及小调快板等宣传品十余种，大众黑板与民教馆、广播台亦积极参加这一运动。太行军区先锋剧团在各地巡回公演中进行爱国自卫宣传。该团绘有全国形势图及各战场地图多幅，在农村一面演戏一面按图讲解爱国自卫战争形势，颇受群众欢迎。漳滨中学学生三十余人，分别组织九个宣传小组，用化装表演和街头讲说、随时闲扯等方法进行时事宣传，使群众更清楚地了解蒋介石与美帝国主义的反动面目。并以目前打胜仗的例子，说明八路军的力量，鼓舞群众胜利信心，动员群众积极参加爱国自卫战争。

（1946 年 9 月 29 日）

山东小学教员激增一倍半

胶东、渤海、滨海三个区，中小学教员一年来由一万三千九百人增至三万五千八百人，这说明知识分子大批参加民主教育工作。蒲台县宏文中学理化教员马九逵先生，自动到行署要求工作，被聘为行署化学实验室研究员。广饶三中教员延飞老先生，素不问政治，半年来在民主生活影响下，也参加了村干部会为本村服务。

（1946 年 9 月 29 日）

记滏阳中学展览会

落月

她今年要生产十万元

迈进滏中的西大院，在蔚苍的柏树下，砖砌的通路两边，一列列形状不同的菜畦，长着各种蔬菜：紫的梅豆，红的蕃茄，绿的秦椒，白的南瓜，都躲在交杂的绿菜丛间窥人。大礼堂后面，被日本法西斯破坏的房屋，砖瓦狼藉，但在碎砖乱瓦隙间，也由于师生们的努力，垦成良圃。王副校长说：“这历史上的旷地，竟被师生们辟成良田二百七十一畦，她今年要生产十万元，这算实物展览吧。”

四厘荒地的黄瓜

进了展览室，首先刺激到我的眼神经的，便是东墙上挂的两条肥大鲜嫩的黄瓜。我急忙隔过许多挂图，走到面前一看，原来是一幅画图，在一条新月形的黄瓜弧间，写着：四厘长着蒿草的荒地开垦后，生产黄瓜三九五根，最大的长一尺七寸，粗六寸三分，共获利一九三五元。

一幅业余生产图

学生们的手工劳作，不像国民党统治区的学校，刺绣工啦，结扭工啦，叠纸工啦，全是些公子小姐们的消遣玩意儿和欣赏品。她们的刺绣是做便衣七件，得工资七百元；给成衣局订钮扣八十件，得工资八百元。他们的叠纸工是给工厂叠未装订成册的书页三九五〇一页，糊纸烟盒一〇九〇个。他们的泥工是托坯四五六五个，泥房顶三〇间。据三个月的统计，便超过了上半年生产交公任务二一二五八元的记录。

女生和男生一样劳动

在劳动上，我以为女生一定比男生差，但是她们和男生同样的开荒、灌畦，同样的给烈士陵园运砖一六二六一个，走大街、过小巷背着或抬着带湿土的砖。她们觉得妇女劳动的光荣，没有丝毫扭扭捏捏的小姐气味。

我正看着这生产劳动图出神的时候，一位女生持签名簿叫我签名。她穿着雪白的土布褂，紫花色的土布裤，一看便是个大方、活泼、朴素、健康的青年。我回味国民党统治区的摩登小姐们，高跟鞋，长旗袍，粉面，朱唇，走起道来，故意地表现出所谓曲线美，弱不禁风的体格，扭扭捏捏的作风，真是两个世界。

富家公子变成劳动能手

一年级的学生陈坛，南宫城内的富家公子，他没有见过劳动人民种庄稼，他觉得种地拾粪是丢人的事。生产小组长谈生产问题，他不愿意听；集体去生产，他偷偷地溜了。同学们去动员他，溜不脱的时候不得不去敷衍一回，他的想思是：学生们到学校来读书，从来也没有听到学生们也像庄稼人一样去干地里活。后来同学们都有了生产成绩，并且完成了交公任务还得到百分之二十的个人分红，百分之四十的改善生活，自己有了钱花，生活得到了改善，这才打通了他的思想，又听到马训导主任说“劳动是光荣的，不劳而食是最耻辱的”，更启发了他的生产积极性。现在他的身体健康了，一连气能挑七担水，哪里还像半年前手无缚鸡之力的“阔少”呢！

学生的成分

学生的成分：贫农百分之一九·八，中农百分之五七·一，富农百分之一三·二，地主百分之七·七，其他百分之二·二。从学生成分统计表内可以看出百分之七六·九是中贫农，这个阶层的学生，在国民党统治区的中学里是找不到的。再加上富农即百分之九十是农民子弟。国民党统治区内则百分之九十是地主、官僚、买办、军阀的子弟，官厅化的大学，商品化的中学，哪有农民子弟入学的资格呢？

昨天我在一家地主成分的亲戚家中，见到北平四存中学寄给学生家长的通知书内载：下学期高中部学费六万元，初中部五万元，宿费、讲义费、游艺费、储蓄费……二十四万元。呀！滏中的学生，是百分之九十以上的人上不起。国民党的私立中学如此，据说公立中学只有过之而无不及。

教学做合一

在管理方面，完全是民主自治的精神，学生自己管理自己，在教学方法上不是先生讲，学生听，而是教、学、做合一。

在清洁卫生方面也做得非常好，夏天到了，他们怕瘟疫流行，发动捕鼠、捕蝇、驱蚊运动，他们做到最易招惹蚊蝇的处所——厨房和厕所内，没有它们的踪影。可惜天已黄昏了，而展览的时间，又只此一天，未能详细看完，真是一件憾事！

（1946 年 9 月 29 日）

延安新华广播台增加播音时间

【新华社延安二十八日电】延安新华广播电台从十月十日起，播音时间改为每日三次：早晨八时至八时四十五分播送新闻，下午七时至八时三十分播送新闻、评论、通讯、故事及其他节目，夜间十一时十五分至十二时专播记录新闻（以上均上海时间）。该台波长四十公尺七五〇〇千周。由张家口转播者波长三一·一七公尺九六二五千周、二三一公尺一三〇〇千周。由邯郸转播者四九公尺六一二〇千周、二四二公尺一二四〇千周。

（1946 年 9 月 30 日）

淮海区文教工作者热烈参加宣慰工作

【新华社沭阳二十六日电】苏北淮海区文教工作者和知识青年热烈参加自卫战争的宣传慰劳工作，该分区中共地委宣传部、文协、美协、剧团、中小学职教员等联合组织一个宣慰部，不分日夜地赶制大批宣传品，包括小调、教材等多种，经由各县所组织之宣传站，迅速传送到前线和后方各地。淮海二中副校长程剑鸣和教员葛秉曙，率领该校近百名学生所组织的宣慰团，出发各地工作。该校有一批学生赶赴战地沿线，设立茶水站，招待过往军队与民夫，小学教师、学生和民间艺人也开展文化娱乐与宣传活动。

（1946 年 9 月 30 日）

武安豫华书店启事

启者：本店自去年开设以来，迄今一年有余，得到党政军民与各界读者的拥戴，甚为感谢！当时为了适应当地环境之需要，定名为豫华书店。近因读者要求及发行范围扩大起见，从十月一日起，正式改为华北新华书店总店门市部，发行与各分店相同。附近地区读者诸同志，凡有购买与邮寄、批发等事宜，请直接向本门市部接洽是荷。

敬礼

（1946年10月2日）

启　　事

一、本店代发的《文艺杂志》从即日起，停止预订改为存款预约，今后来款不经订阅手续，一律按邮购存款办法第四、八两条发书，以前所发之预定办法一律作废。请读者大批存款预约。

二、太行《新华日报》出版发行之《文摘》杂志，从即日起改为本店发行，购买办法与《文艺杂志》同。

三、本店为交通邮寄便利起见，从十一月一日起移至武安冶陶镇正式办公，今后凡来往信件、汇款等，请至该地接洽为荷。

新华书店、韬奋书店总店发行科启

（1946年10月3日）

渝《民主报》被迫停刊

【新华社延安一日电】沪讯：重庆民盟机关报《民主报》于二十四日为国民党当局强迫停刊，留沪民盟领袖闻讯极表愤慨，沈钧儒氏已于二十五日上午晋京向政府提出交涉。

（1946年10月4日）

太行行署、文联征集群众创作

木枫

【本报特讯】为开展农村剧运群众与文娱活动，太行行署与太行文联，现正竭力搜集各种群众创作，凡是反映群众翻身、努力生产、参加爱国自卫战争、支援前线、拥军爱民、思想教育等等具体生动的剧本、秧歌、鼓词、快板、小调等，皆在搜集之列。日前行署教育处，已指令各专县广为征集，文联亦正多方采集。闻此项创作于收到后，随审随印，或出单行本，或选刊于《文艺杂志》，务期早日到达群众手里，以便群众采用与排演。

（1946 年 10 月 4 日）

本 报 征 稿

本报自本月五日起，每五天出一次四版，希各地读者踊跃赐稿。关于目前群众运动等实际工作研究、工作经验之各种文章通讯均所欢迎。反映前线我军英勇事迹之通讯、故事、英雄素描等亦希多为写寄。来稿一般以不超过三千字为宜。

（1946 年 10 月 5 日）

东北新华广播电台已播音

东北新华广播电台，已于九月二十三日开始正式播音，该台之呼号为 XNMI，波长二八五公尺，周率一〇五五千周，播音时间为早晨七时至八时半，中午十二时至下午二时，晚七时至十一时。广播节目为地方新闻、国际国内新闻、政治及青年等讲座、人民呼声、各地人民翻身报导、时事述评、解放区介绍、名人讲话、小说诗歌、各种知识音乐及广播剧等。

（1946 年 10 月 6 日）

安阳观台镇骡马大会启事

本镇阴历九月二十日大会，会期三日。九班秧歌四台戏，生产展览棚、医疗处、各种货物俱全，希望各界群众届时赶会为盼！

大会筹委会启

（1946 年 10 月 7 日）

延安广播电台增加名人演讲

延安新华广播电台，为响应延安各界发起的美军退出中国的运动周，从双十节起到十九号，每天在下午七时五十分（上海时间）开始增加名人演讲及音乐节目。双十节演讲者为陕甘宁边区政府主席林祖涵，演唱者为新华乐队；第二天演讲者李嵘琛及江焕章两人，都是与刘善本空军上尉同机来延的退出内战的国民党空军人员，演唱者为西北文艺工作团。以后的节目逐日由该台在前两天发出预告。该台呼号为（XNCR），波长四〇公尺，七五〇〇千周。由张家口转播者三一点七公尺，九六二五千周；二三一公尺，一三〇〇千周。由邯郸转播者四九公尺，六一二〇千周；二四二公尺，一二四〇千周。

（1946年10月10日）

文教简讯

立云

继演出《十八天江山》及《周子山》等名剧之后，晋冀鲁豫军政大学文艺工作队，又在九月二十五日校直属队欢送上前线干部大会上出演了历史名剧《廉颇与蔺相如》，效果演技比前两剧均大有进步，全校咸予好评。这个剧本是延安创作，曾在延安迭次演出，是写革命阵线内部关系的一个好戏，本区尚很少演出。此次出演后，开赴前线同志纷纷反映："到前方，一定搞好军政关系，团结一致打垮蒋介石的进攻。"在家里的干部也纷纷检讨，说同志之间因点点小事就争嘴，看了此剧十分惭愧。文工队同志出演后一面检讨演出效果，一面检讨自己的同志关系、军政关系。"演剧不仅教育人，也教育了自己。"

【又讯】现在他们正赶排歌剧：《白毛女》。

（1946年10月12日）

延安广播电台预告讲演节目

延安"退出中国周"十二日至十九日，每日下午七时五十分名人演讲，八时十分播送音乐节目，演讲人及播送音乐团体的名单如下：十二日，柳湜、新华业余歌咏团；十三日，李鼎铭、西北文工团；十四日，姚尔觉（解放区人民代表会山东代表）、新华业余歌咏团；十五日廖承志、中央管弦乐团；十六日，何思敬（法律学家）、新华业余歌咏团；十七日，钱俊瑞（社会科学家）、第二保小；十八日，李敷仁、平剧院；十九日，张仲实（社会科学家）、中央管弦乐团。

（1946年10月14日）

北方大学启事

本校第一期招生今年五月底业已截止，目前仍不招生。唯新从解放区以外来的知识分子，具有高中毕业以上程度者，经军政机关或群众团体之介绍，始可来本校投考，特此启事。

（1946年10月15日）

文化简讯

【本报讯】沪讯：农村作家赵树理的名著《李家庄的变迁》最近将要在上海出版，已经由郭沫若先生作了序。并闻美国某出版公司拟将其译成英文，在美出版。赵氏另一名著《李有才板话》在沪连出三版都已销售一空，买不到的人到处寻找借阅，青年群中争相传诵，并给文艺界注射进了新的血清，大家对于解放区生活的幸福和写作的自由也因此更为向往。赵氏这些优秀的文艺作品在上海的出版和发行遭遇了蒋政府当局的许多阻难，在上海以外其他地方甚至不准出售，这更增加各地青年和文艺工作者对中国法西斯分子的憎根。

（1946年10月15日）

东台女记者叶邦瑾同志遭蒋方惨杀

【新华社东台十五日电】新华社东台分社女记者叶邦瑾同志不幸于八月十日在如皋柴湾为蒋军捕去，蒋军百般威胁利诱，并以酷刑迫令其自首，均为严词拒斥后，于八月底光荣殉难。叶同志临刑时咬牙切齿地说："我是为人民翻身做事的，千万人民会替我报仇。"并高呼"自卫战争一定胜利，中国共产党万岁！"等口号。邦瑾同志苏中掘港人，中共党员，现年二十三岁，任本社及《江海日报》记者。

（1946年10月18日）

重庆文艺界要求驱逐美军出中国

主张揭露马歇尔的欺骗面孔

【新华社延安十七日电】渝讯：渝市文艺界沈起予、力扬、艾芜等五十余人，于上月廿九日集会，响应"美军退出中国"运动。会中聂绀弩说："中国人民已经击退了无数只侵略的手，如果美国这只魔手不撤回去，中国人民一定有力量击退它！"柳倩说："我们应揭露马歇尔的欺骗面孔，叫他无法再欺骗下去。美军如再有暴行，我们不必交政府，可以直接交人民公开审判，要把后方变成前方，驱逐美帝国主义！"李文钊针对蒋介石的卖国内战政策说："中国人民用'五四'精神，清算了曹汝霖；今天应发扬'五四'精神来清除'曹汝霖第二'。"陈和山指出："美国今天在华的行为，虽希特勒亦不过如此，中国人民将用迎击日本法西斯的手段，将美军赶出去！同时，亦应把美帝国主义的帮手买办阶级一起清除。"萧曼若警告美国政府，如不回头，他的命运将较日本法西斯更惨。沙鸥提出目前文艺界应加强两项工作：一、用各种方法，向全世界控诉美军在华暴行；二、要展开和美军不合作运动。沈起予补充说：“我们作家目前最重要的工作，便是如何通过文艺叫人民重新认识美国，如何揭露美国的侵略性。”会中发言者，尚有艾芜、禾波、李兰、白岩、吴似鸿、孟超、何其芳等多人，一致主张驱逐美军出中国，反对中国的洋奴才。最后由力扬总结大家意见：一、公开宣言否认安理会中国代表的意见是代表中国人民的意见，中国人民一致要求美军退出中国；二、致书美国作家及旅美文协会员曹禺、老舍，表达中国作家的意见；三、劝告电影院不放美国片，推广抵制美货运动；四、加强各报副刊内容，从文艺上反映人民要求美军退出中国的意见。

（1946 年 10 月 20 日）

文化简讯

华中文协组织前线文艺工作组，共十一人，分小调、美术两组，由洪流、李力行两人负责，目下正将已经编就的《静江民兵呱呱叫》《郭海波游击队》《后勤小队》《说防空》《子孙幸福万万年》《送参军》等小调小本子各千余册，纷送前线战士民兵与民夫传看。他们并计划在前线继续编写各种宣传品，且拟于可能条件下编印《大众文艺》及《自卫文艺》两杂志。另由黄源、江凌等十位作家组成大众文艺工作委员会大量编印大众文艺书籍，现有七种业已付印，二十种正编审中。

（1946 年 10 月 20 日）

延安广播电台增加时间

延安新华广播电台从本月二十一日起每日增加播音时间半小时，上午夜间均不变动，下午十九点至廿点三十分改为十八点卅分至廿点三十分。在此时间内，除新闻、评论、通讯、故事外，增播记录新闻。

（1946 年 10 月 21 日）

太行文联著文警告美军

请盟友们回家去！

助蒋内战中国人民坚决反对　快回去向当局要职业要工作！

【本报长治二十日电】太行文化界联合会日前印发《请盟友们回家去》一文，响应“美军退出中国”运动。该文称：没有美国的所谓“帮助”和美军的驻在中国，蒋介石是不敢也不能进行像今天这样大规模的内战。美蒋勾结，成为今天中国进行内战的最大因素。该文复称，美军在反法西斯战争胜利结束后，早应回返家乡，享受天伦之乐。但美国的反动政策，却使得他们长期漂泊在外，肉体与精神均受痛苦。而中国反动派更利用这个弱点，遂使得他们精神堕落，而至于为非作恶。这些从军的青壮年，也大都是广大人民的子弟，只有那些大财阀军阀们，才愿意把他们欺骗在外，免得他们回去向他们要职业、要工作。他们的家庭，一定切盼自己儿子、丈夫、父亲早日回去，他们应该有职业与家庭的安慰。在异国的反人民战争里漂流着，绝然不是什么高尚的职业，也不会得着任何的快慰。因为蒋介石进行的卖国独裁内战，必然要失败。该文最后称：我们太行文化界，完全拥护这一运动，我们将以全力来响应它，来支援它，来推进它，不达目的誓不休止。

【本报长治二十日电】关于“美军退出中国”运动，边区参议会驻委会太行办事处主任王量宏对记者称：“美军退出中国”运动，是全国百分之百的人民的要求，更是解放区人民的要求。我代表太行区五百万人民，热烈响应这一运动。王主任谈及“美军退出中国运动”之重要时说：这个运动应该在全区广大群众中开展起来，一方面说明我们的要求是正义与合理，另方面经过这个运动使广大群众认识美帝国主义的真面目。

（1946 年 10 月 22 日）

揭穿蒋美反动阴谋　漳中师生下乡宣传

【本报磁县讯】激于高度爱国热情，磁县漳滨中学全体师生三百余人组成三个强大宣传队，于本月五日停课下乡。三个大队，宣传动员群众起来对蒋美进行全面抵抗。他们分成戏剧、标语、读报、妇女、儿童、大众黑板、广播台等各种小组，分头到老鸦峪、临水、彭城等一带各村镇工作。每到一地，即演出自己创作的时事宣传剧给群众看，群众极为欢迎。在老鸦峪演出《蒋美合作》《大后方民变》《起来保卫解放区》等剧后，当地干部、群众坚决要求续演。在彭城演出《逃难》《解放区生活》两剧时，群众说：“戏上告诉咱的，比咱开会学的还多。”各地群众都以菜蔬和其他物品赠送他们。南城村群众送了五十斤羊肉给三队同学。同学们不少是农村子弟，他们都帮助老乡扫院子、抱小孩、挑水以至收秋，同时又给群众读报、谈时事，教妇女识字，教儿童唱歌。老乡们说：“现在的学生真好，到咱家和家人一样。”半个月来，他们走遍了几十个村镇，使群众对蒋介石及美国都有了明确的认识：“蒋介石和汪精卫一样样，美国和日本一样样，不把他们打走，老百姓就没时光了！”

（1946年10月22日）

邢台市骡马大会启事

阴历十月十八日为邢台市历来庙会，今决定自十月十七日起二十二日止会期六天，并有大戏三台、秧歌、小调、灯棚等。希我各地商民早为准备皮毛、药材、土布、麻皮、山货、海盐、牲口等，届时前来进行交易。特此告知。

邢台市十月十八庙会筹备会启

（1946年10月25日）

翻身后迫切要求学文化　榆社群众纷献办学基金

通化市民文化生活活跃

【本报榆社讯】本县一区各村经过群众猛烈斗争，实行了土地改革之后，随着生活的改善，群众对文化的要求也迫切起来。他们说：“咱还有一点不如人家地主老财，人家大人孩子都识字、能写会算会看报。咱过去穷得饭都吃不上，都没念书，处处吃亏；今天咱翻了身，有了地，可得赶快闹文化哩！”最近小学转为村办时，全区二十一村群众均纷纷自动献出粮食、土地等，充作学校基金。北泉沟群众现已集起二十石小麦，入到合作社，将每月所得红利供应学校开支（教员薪金在内）；并伙种了三亩地，供教员吃。各村除办小学外，并自动成立补习班、识字班、夜校等。柳泉村识字班的八十九个男女青壮年，情绪极高，他们每人凑一百元来买了文具，每天午饭后都到得很快很齐。除在学时间努力学习外，并在散学后，自动把生字写成卡片，戴在胳膊上，在劳动与休息时经常温习。桃阳的补习班，现已有五人能写信，十人能开路条。算盘则一般学员均已学会了加减法。（志敏、海泉、云五、槐英）

【新华社东北十八日电】翻身后的通化市人民文化活动蓬勃开展，拥有分店二十余处的光明书店，已出版各种新书二十五万册，且经售上海、重庆各地书报三百余种。文化协会新制之五十余巨幅穷人翻身连环画，满贴街头，每日围观者不下数千人，现正轮流移各县展览。该市文艺创作研究会编之《鸭绿江》月刊，已出版一期，中学生与店员争相订阅。对开两版的《辽宁日报》，日销一万二千余份；通化广播电台，每日广播三次。剧团则以“长白山”“鸭绿江”两文工团为最大，各有演员七十余名，经常向各军驻地轮流出演。各中小学及东北银行辽宁分行、贸易税务管理局、铁路工会等均有业余剧团与歌咏队之组织，该市农民与工人组织的十余个秧歌队，每逢纪念节日，均四处表演。新通化电影院、东北大舞台、公益舞台等，每日开场，场场客满。该市娱乐场所营业税之税率，只占票价的百分之六，艺人生活，日益改善。

（1946 年 10 月 25 日）

哑　剧

【新华社延安廿二日电】沪《联合晚报》载：九月底，沪教育界开会响应美军退出中国运动，有人当场讲一描述美军驻华之哑剧，内分八幕：（一）美国在征集旧衣、旧鞋送到国外去，一位太太捐了一双高跟皮鞋。（二）高跟皮鞋运到中国，“救济”了一个土头土脑的农民，拿它毫无办法。（三）他把它卖给收旧货的了。（四）旧货摊摆在上海，一个“咸水妹”把它买了去。（五）“咸水妹”穿着，美军喝醉了，硬要她把高跟鞋脱给他用来盛酒喝。（六）那个美军参加中国的内战被打死了。（七）他的朋友为他收拾遗物，拣了那双高跟鞋。（八）皮鞋带回国去了，到了他太太手里，呀！怎么自己的皮鞋?!

（1946 年 10 月 25 日）

纪念鲁迅逝世十周年　文联北大联合座谈

范文澜校长指出要学习鲁迅硬骨头

【本报讯】边区文联与北方大学文艺研究室，于十九日联合举行鲁迅先生逝世十周年纪念座谈会。到范文澜校长，张柏园教务长，文教学院张宗麟院长和王锦第、王南诸先生，文联黑丁、葛洛、曾克、胡征、鹿特丹、思基等同志，文艺研究室夏青、鲁藜、罗工柳、陈因和全体教职学员共七十余人。会场正中悬挂鲁迅先生遗像，四周贴满鲁迅先生语录。座谈会自上午十时开始，在严肃空气中进行。首由黑丁同志致开会词，略谈鲁迅先生一生的战斗方向。范校长接着报告说：“鲁迅先生是文化新军的旗子，我们做文化工作的人都是鲁迅旗帜下的战士，我希望各位同志能够在鲁迅的旗帜下前进。鲁迅先生的骨头的确是硬的。我们已经打垮了日本帝国主义的今天，又来了美帝国主义和蒋介石，他们联合起来向人民进攻，这个力量是不容忽视的，斗争是长期的，艰苦的。所以我们要拿出硬骨头来，像打垮日本帝国主义和汪精卫一样打垮美帝国主义和蒋介石。”“牺牲自己，为了人民，才是鲁迅先生给我们的方向。”张宗麟院长把国民党地区的迫害鲁迅先生和今天解放区的崇敬鲁迅先生，加以对照的说明后，他号召同学们说：“学习鲁迅先生的不求功利、全心全意为人民服务的精神。”接着张柏园教务长、王南教授均相继讲话。文联同志和文艺研究室好多同学也都热烈地发言。最后，鲁藜同志说：“我们要坚定我们的立场，学习鲁迅先生的勇敢。在艰苦的斗争中去考验一个战士，我们没有疲倦的感觉，我们相信我们会胜利!”座谈会热烈地开到下午三时半。会后，由吴绍华和杨哲民两同学朗诵鲁迅先生遗作：《纪念刘和珍君》及《谁杀错了人》。

（1946 年 10 月 27 日）

太岳文化界集会学习鲁迅改进工作

【本报阳城二十三日电】本月十九日，为近代中国伟大的文学家、思想家、革命家鲁迅先生逝世十周年纪念日。太岳文联筹委会特于是日上午邀请文化教育戏剧各界代表举行座谈。参加者有崔斗辰、高延柳、魏克明、陆达、干玉梅、娄庆珠等二十余人，军区副司令员孙定国同志亦在百忙中赶来出席。开会时，首由江横同志说明邀请大家座谈的目的，是如何学习鲁迅先生来检讨和改进我们的创作、戏剧等工作。接着，高延柳先生说：“如果说以革命武装解除敌人武装是重要的一方面，那么，还有重要的另一方面，就是要摧毁一切旧的思想与作风。”耿西、草飞、干玉梅等先后指出目前存在的问题，一个是赶不上运动的发展，一个是不切实际的写大作品思想阻挠着，使我们更赶不上趟，我们应学习鲁迅先生写短作品的精神。崔斗辰先生说："要短还要通俗、有力。在今天全面抵抗的战斗情况下，更应发扬这种作品。目前我们应提倡重视文化工作，尊重群众创作，发扬典型。"陆达提出，一面应提倡写作（大部分人现在是不敢写），另一面应学习研究赵树理的创作。最后孙副司令员提出：（一）要多写还要欢迎批评，并做到迅速反映现实、推动斗争。（二）为适应战争形势，应多写短作品，不要看不起短作品，同时要大力写兵。（三）戏剧必须以新秧歌为主流，并注意改造旧剧。（四）创作态度要正确，必须加强修养，虚心研究鲁迅先生的生平，也就是自我改造的过程。最后他强调说："今天处在全面抵抗的战争情况下，我们文化战线也应实行全面抵抗，粉碎蒋介石进攻。"最后一致通过致电美国及上海文化界，响应"美军退出中国"运动，开展本区的"美军退出中国运动"。下午五时许始散会。

（1946 年 10 月 27 日）

农村作家赵树理采集归来将有新创作

叶子

【本报武安讯】作家赵树理同志自四月十五日，赴太岳区阳城、高平一带作采访活动，历时半年余，于十八日返回新华书店编辑部。晚间茶话会上，赵同志畅谈采访经过与许多新奇故事。据称稍事休息后，即将着手写作。

（1946 年 10 月 28 日）

延安新华广播电台今日起向国民党军广播五日

【新华社延安二十七日电】延安新华广播电台为庆贺高树勋将军起义周年纪念，特决定自本月二十九日起至十一月二日为向国民党陆海空军广播日。前三天为向陆军广播日，第四天是向空军广播日，第五天是向海军广播日。每日广播时间从下午七时（上海时间）。节目有演讲，反内战起义的国民党陆军将级军官及空军海军主要人员介绍，起义人员的文章及音乐等。第一天下午七时，民主建国军第一军中将军长范龙章将军演说，其他及以后各日的节目，均由该台在前一天预告。该台呼号“XNCR”，波长四〇公尺，七五〇〇千周。

（1946年10月29日）

文化简讯

【本报讯】冀鲁豫区文联，近正积极筹备刊行《平原文艺》《新地》两种杂志，不日即可与读者见面。

（1946年10月30日）

美艺术家积极参与政治活动

支持民主分子竞选

与进步人民团体协力为恢复新政斗争

反对美军驻华及原子弹外交

【新华社延安二十八日电】纽约讯：美艺术家及电影明星均已积极参加政治活动，为实现罗斯福遗志而奋斗。琼·克劳复、露易斯·兰娜、卓别林、菲立德及马区固均反对法西斯，而“硬派巨星”亨弗莱·鲍茹特，“夹格明星”爱德华·鲁滨逊，“大眼睛”爱迪·康泰，“悲剧艳星”蓓蒂·黛维丝，“风流小生”路勃·扬，“影坛怪杰”却里斯·劳顿，乃至“笑匠”马克思兄弟，“歌星”吉宁摩·露丝·李，也都积极参加恢复新政的斗争。还有钢琴圣手鲁宾斯坦、广播评论家柯温（最近曾到中国）、剧作家约翰·海宾（《阿丹诺之钟》的作者）、小说家托玛士曼、女钢琴家海丝·史谷特，也都参加了“反原子弹外交”的战斗。他和她们都参加了伊克斯所领导的科学艺术就业独立公民委员会，为了“美军退出中国”，曾与进步的人民团体协力奋斗，并已决定在十一月选举和后年大选中支持民主进步分子竞选。对于这些“大众心目中所喜爱的人物”参加进步阵营，反动派感觉非常头痛。《时代》杂志反映了他们头痛的原因，该杂志说：“他们参加竞选活动，将影响到很大一部分公民的选票。因为大多数男女公民尽管不愿听信政治家的演说，可是一旦听到他们所喜爱的电影明星的宣传，他们就很难不接受了。”今年夏天众院讨论军事援华法案时，众议员波尔顿即曾在外委会上予以反对，而她正是芝加哥的女明星。

（1946 年 10 月 31 日）

太岳举行要求美军撤退周　各校师生纷出宣传

【太岳二十五日电】太岳区要求美军退出中国运动周第一、二两日，为各级学校活动日，运动一开始便普遍深入地展开。阳城有晋南中学等八座学校全体师生走到距城三十里地区之乡村，进行“要求美军撤退，停止援蒋内战”等化装宣传。十一日为阳城一区西沟、郭河估衣大会，各方商民云集，群众到一万余人。阳城第一高校即驰往宣传，制有飞行墙报、漫画等，鲜艳夺目，分外热闹。阳邑、西沟两村学生扮演的广场戏，装扮有美国人、蒋介石、老百姓……生动地描绘了美国助蒋的阴谋罪恶，观众莫不愤恨。此外，还有区村干部学生教员等街头宣传，周围拥塞着无数的听众。一位老乡说：“这是有关我们翻身的事，不得不听。”宣传过程中，“要求美军撤退”的口号声，震撼山谷。晋城第二高校，在运动中加强学生人格气节的教育，郭校长提出“五不运动”：（一）不害怕；（二）不着慌；（三）不脱离学校组织；（四）不参加反人民组织；（五）不给蒋特蒋军说实话。太岳行署干部学校，正紧张地投入时事学习突击周，每日时事学习五小时，并于二十六日召开全体学生大会，举行时事的辩论。

（1946 年 11 月 1 日）

简　讯

【本报讯】太岳文联为加强全区文化工作更进一步使文化与广大群众结合，现已出版一个综合性的月刊——《太岳文化》。该刊物内分：政治、军事、经济、文艺诸栏。在文艺方面将汇集发扬农民翻身事迹的各种创作、诗歌、戏剧等。此外将登载一些日常应用的科学常识等。创刊号已于月初出版，内有作家赵树理的小说、金沙的通讯故事……印刷清楚，封面精美，颇得各界欢迎。

（1946 年 11 月 3 日）

配合全面抵抗加强时事教育　太岳书店大量出新书

沙河等地机关学校捐款响应书报劳军

马琳

【本报太岳十月二十四日电】为配合全面抵抗，巩固思想阵地，太岳新华书店订出反对蒋介石内战卖国、揭露美帝国主义政策，与歌颂解放区人民斗争的庞大出版计划，并已在全体职工加班印刷与编辑人员的紧张工作下，次第完成。现已出版的有《粉碎蒋介石进攻》《全面抵抗》《国民党统治区种种》《扑灭蒋介石特务暴行》《美国对中国玩的鬼把戏》《反内战反卖国读本》《同蒲前线》《七勇士》《热泪及其他》《平陆人民斗争歌选》等廿六种，共计五万五千册，包括专论、小说、戏剧、民歌、通讯等。尤以《反内战反卖国读本》及《美国对中国玩的鬼把戏》两种通俗读物，最受群众欢迎，现已销售达六千册。

【本报讯】《新大众》所发起之“书报劳军”，现正在各地村庄、学校、机关中热烈进行。该刊通讯员王宽同志，把书报劳军的号召信，翻印了许多，散发给沙河一、二区各村庄、学校，沙河二区屹撩沟、全呼、高庄等五个村的群众儿童、自卫队已共捐出九千余元。该刊通讯员柳植田同志，找了这家找那家，一面宣传时事，一面组织捐款，一夜即募得二千余元。现该社已将第一批新书千册送往前线。军区政治部宣传部、新大众社对此项工作除去函嘉奖外，并建议该社，在赠送前线战士书报上，书明系赠给“保卫解放区的英雄”或集中赠给某一战役的勇士们。

【又讯】黎城六区干部响应新华书店及《新大众》半月刊所提出的书报劳军，特捐洋一千三百元为自卫前线将士购书。

（1946年11月5日）

征求图书

本报创立伊始，图书缺乏，敬希社会贤达各机关团体同志慷慨捐助，以利本报之建设，无论中外新旧图书，均所欢迎！如需报酬（现钱出售或交换本报）或有寄运困难，望赐函见告，以便函商解决。捐赠图书所垫付之邮费，书收到后，当立即如数寄还。

《人民日报》图书室启

（1946年11月6日）

人民多一号角　《西满日报》创刊

【新华社东北二日电】西满四省（嫩江、黑龙江、兴安、辽北）人民的报纸《西满日报》，已于一日在齐齐哈尔市创刊。是日该社举行成立大会时，西满军区黄克诚司令、嫩江省于毅夫主席等均亲往致勉。该报为四开报纸，每日暂发行一万份。

（1946年11月6日）

《东北日报》周年号召新闻工作者密切与群众联系

【新华社东北四日电】本月一日，为中共东北中央局机关报《东北日报》创刊一周年，该报创刊于山海关，后在本溪、海龙、长春、哈尔滨等地相继出版。篇幅由四开扩充至对开一张，发行数达五万余份。该报二日社论《本报三百期纪念》一文中，提出与群众密切联系、与实际工作结合，砥励新闻同仁。

（1946年11月7日）

本报增加报费启事

由于纸价不断上涨，加之本报从一九四七年一月起，每三天出一次四版，故从明年一月一日开始，报价每月每份增至六百元，零售每份二十五元，邮费仍为二十元。希各地读者鉴谅！并请各派报社同志注意是荷！

（1946年11月8日）

鲁迅先生逝世十周年沪文化界举行纪念

哀歌："一个人倒下去了，千万人站起来！……"

【新华社延安六日电】沪讯：十月廿日为鲁迅逝世十周年，此间文化界曾假万国公墓鲁迅墓举行纪念。该日晨鲁迅墓前周围挂满了花圈和挽联，十二棵万年松昂然挺立。在墓前，工学等各界男女青年挤成黑压压一片。鲁迅夫人许广平女士及其子海婴亦亲临参加。会中郭沫若、茅盾、田汉、胡风、叶圣陶、洪深、雪峰、陈白尘、曹靖华诸先生都讲了话，一致宣誓为民主而斗争的决心。田汉先生悲愤地说："荆国的朋友都觉得不该用这块墓地来葬，他们要替他设计墓样，但是我们今天不单是要替鲁迅先生建立墓地，更要为人民找到更好的生活园地。我们还要像鲁迅先生逝世十年中一样，还要拼着十年八年甚至比十年更多的血去阻止中国的恶化，阻止第三次世界大战的爆发。”洪深先生哽咽着说：“我们决不会对法西斯低头，决不会做任何帝国主义的奴隶，我们决不违背真理，我们决不违反你的方向。”洪深先生继高呼：“鲁迅先生你听见了没有！”下面千百个人紧接着喊：“听吧，鲁迅先生！我们永远学习你，和敌人坚决斗争下去。”会议在哀歌中开始又在哀歌中结束：“听！一个人倒下去，千万人站起来……先生是青年的导师，中国人民高举起你的大旗，中国大地响遍了你的战号。”

（1946年11月9日）

本版稿约

一、本版性质：为综合性的副刊。

二、凡下列稿件均所欢迎：

A、报导边区群运、战斗、生产及各种建设之通讯、报告、速写、特写及反映群众现实生活之小说、诗歌、戏剧、音乐、民谣、快板、木刻等文艺作品。

B、各种工作问题的专论、短论及经验介绍。

C、科学知识、学术研究、杂文及读者意见。

三、来稿字数以不超过两千字为宜，特殊稿件例外。

四、来稿请缮写清楚，并加标点符号。

五、来稿有删改权，否则请预先声明。

六、稿件一经采用，略致薄酬。

七、未经登载者，一概退还。

八、来稿请寄本报通联科。

（1946年11月10日）

京沪杂志界提备忘录　控诉当局摧残言论

《民主》周刊被迫停刊

【新华社延安十日电】南京讯：上月底沪杂志界联谊会，以备忘录一份送达第三方面政协代表，请其转送蒋政府，控诉国民党当局自五月以来在沪、平、渝、昆等地有计划地摧残言论出版之暴行，要求蒋政府立即废止登记特许制度，承认已出版的合法报刊，将过去所有查禁令宣布无效，及严格约束各地方政府，不得对出版物之流通横加阻挠。备忘录指出蒋政府是否接受上述要求，是其有无诚意实行民主政治之基本考验。

【新华社延安十日电】沪讯：此间郑振铎氏主编之《民主》周刊被国民党当局屡次迫害，终于月初被迫停刊。该刊月底出版的最后一期，发表郑氏及叶圣陶、马叙伦、田汉诸氏执笔之《我们的抗议特辑》，对蒋政府疯狂摧残言论出版之暴行，提出严重抗议。按：该刊系去年十月十三日在沪创刊，出版之初，即向国民党沪社会局及内政部登记核准，并领有登记证，乃一完全合法之刊物，但该刊以素来代表人民发言，早遭蒋政府妒恨，数月来屡被“抄查”。该刊第五十期出版时三千余份，竟全部没收，警局更一再密命禁查，并饬令沪报业公会转知各报摊，不许售卖该刊。虽迭次抗议，但结果仍被迫停刊。

（1946 年 11 月 13 日）

王老显周和边区印刷业的发展

展潮

王老显周五十大寿之日，和他长期相处的工友们，热诚地为他祝贺，他们写道：“他的心血脑汁，和边区每一个出版业上的成就是分不开的。”永兴印刷公司党的支部，则以显亮耀目的字体写着“党之光荣”！这对于作为人民出版家的王老显周同志来说，确是受之无愧的。

记得，一九三八年冬天，敌人后方第一张铅印品——《新华日报》华北版的启事，从晋东南一直贴到黄河边，直贴到平汉、同蒲沿线敌人的据点里。一九三九年元旦日，四开版的华北《新华日报》如期和读者见面了，这大大的兴奋了敌后的军民。当时主持这张报纸印刷事宜的，正是王显周同志。王老本是一位具有丰富教育经验的好教师，他对出版印刷业原是一个门外汉。但他抱着虚心学习的态度，在党的领导下，排除困难如期出版华北《新华日报》。不久，一个大的、几乎是无法克服的困难，又摆到他面前了。当时由于活版印刷的结果，把一副新五号铅字磨平了！把刚换上的一副老五号宋体字又磨平了！最后，连仅有的一副老五号仿宋体铅字也快要磨平了！报纸印刷模糊不清，热心的读者们，一次次地来信询问，甚至于责备。但是在敌人重重的封锁下，这困难当时几乎是无法突破的，印刷情况是愈来愈恶化了。这时王老日夜思虑，寻求解决困难的门径，他“不耻下问”，到处寻师访友和工友们研究，他听到老工人张建功谈到外边的铸版印刷术，他着迷似的开始实验了。好多人却劝他别枉费工夫，甚至还讥笑他说：“外行！外行!!”当王老提议用别的原料来代替雁皮纸和云母粉打纸版的时候，有些人更笑得合不拢嘴说：“哼！人家都不用做买卖啦!”但王老并不因这而气馁，仍以他当年在理化实验室里的精神，一直摸索着坚持着。他终于发挥了最大的创造才能，一九三九年五月二十三日黑夜，他第一张土造的十六开纸版告成了。接着他又铸了一张铅版，连同大样一齐送到社长室里。当时何云同志见了，几乎兴奋到“手舞足蹈”的程度；而一些思想保守的人却仍怀疑着这种纸版的效能，正说着“打一小片刷刷倒还可以，一上机器就不行啦”的时候，王老的土造铅版竟然上了机器，焕然一新的报纸印出来了。为此，朱总司令曾给予王老以精神及物质上的奖励。当这种纸版被用各种方法传到重庆《新华日报》总馆的时候，大家都把它当作珍宝来欣赏，公认是印刷界的重大贡献。的确，经过这以后，使许多敌后新兴的印刷业，得以免除一大困难，使生产量迅速增长。后来土造纸版业的继续发展，乃至完全不用雁皮纸代用品的旭光连纸、毛边纸，不用云母粉代用品滑石粉、土制云母粉，而代之以纯粹土产的麻纸与浆糊；打版时不用布片；以铜浇版机代替钢浇版机；甚至用木头或石块来顶铁烘版机的缺额，都是集体创造的过程，但王老却仍不失为带头的人。

假使翻一下晋冀鲁豫边区印刷史的话，我们会看到这样的一段材料：《冀鲁豫日报》的标题字，太岳《新华日报》全部铅字，乃至《晋察冀日报》初期的一部铅字，都是出自华北新华日报工厂。这都是得助于王老土造纸版的成功，它使华北《新华日报》、新华书店的产量和质量得到保证，腾出那架产量有限的铸字炉，去扶持其他工厂的发展。

解决了铅印品模糊不清的毛病，纸张和油墨的问题又被提出来了。尤其一九三九年七月敌人占领长治，实行“囚笼政策”后，纸张和油墨的来源奇缺，但报纸却不能不出版。王老为此曾花了半月时间，亲自设计、测量、督工，直至完成了敌后第一个水力造纸厂为止。到四〇年夏，王老后庄纸厂出产的纸张，已占报纸全部用量二分之一，成本却比外来的低一倍。以后在王老积极推进下，使因战争分割衰颓下去的民间造纸业重新振作起来，为边区的印刷业服务。据初步统计，今年边区一级和太行《新华日报》所用的一万块纸（每块一千张）中，土产纸要占十分之八。为了解决油墨困难，王老从响堂铺战役胜利品中，找到日本人汽车的齿盘，配上其他零件配制成一部畜力油墨机，又用松烟代替油烟（南方出产的桐油烧成），麻油代替桐油，从山上寻找到的土豆子，从铅灰中炼出密陀僧，造成有名的“新华油墨”。这种油墨占今天边区铅印品用量的四分之三，太行、冀南则纯粹用此。这种新华油墨的制造法更传播到晋察冀等解放区。

纸张、油墨可以自力更生，但是敌人“扫荡”摧残的扰乱却无法避免，而当时的华北《新华日报》更是敌人摧残主要目标之一。在这紧张的岁月里，王老正担当着管理资材的任务，他到处布设着小型的掩蔽的仓库，使印刷器材的损失减少到最低限度。一九四二年五月反“扫荡”后，正当敌人大吹把《新华日报》全部摧毁的时候，经王老和其他同志悉心掩藏着的机器材料，又被刨挖出来，照常出报。同时他又帮助建立不久的野政印刷厂，把敌人烧毁的两部半机器改制成一部四开机。这部机器今天仍在永兴印刷公司照常地工作着，只要你稍微留心，便可以看到它的胶杆全是重配的，很多机件的部位都变动过的，而轮转不休的桃轮，却是用铁边镶成的木头。

为了更好地了解这个革命老人，我利用短促的一天，在机器间，在工人宿舍里，跟工友，跟职员干部们闲聊。我发现每个人都那么热爱着王老，亲切地谈论着他的一切。排字工人张九龄说，自己过去最爱发脾气，跟谁都合不来，可是王老总是很耐心地劝导自己说：“你看，又火了！发脾气不顶事！”再次冒火时，便自然而然想起这位慈祥长者的面容，坏脾气也就逐渐被克服下去了。会计李英说：当她初到新华书店工作时，错把王老当成总务科的赵有恩，她绝不会想到亲自看问她们的这位慈祥长者就是总经理。这位革命老人实事求是的钻研精神，更成为工人干部们传颂的佳话，你随便遇到印刷厂任何一个大人小孩儿，他都会告诉你王老的从山上研究出来的“黄心棒”，比麻秆还要亮；或者是他种的西红柿，比生产展览会上的还要大。这种科学的精神，使他精通印刷业务上各种问题，了若指掌，致使思想保守不好说话的小炉匠韩金生老头，也不得不赞叹王老说：“我是将才！掌柜却是个帅才！”并且在王老的开导下，小炉匠的头脑也逐渐活起来了，开始学习掌握科学的修理方法。对于革命工作的态度，王老更有着自己的一句格言：“不怕工作小，只怕干不好。”因此抗战开始的时候，他以一个中学教员，心甘情愿地当晋南干校一名油印员。一九四四年书店大部干部整风，没有人当校对（坚持工作病了)，他便在炎热的天气里当校对，同时又兼带给病号看病打针，有时甚至亲自去替整风班烧水做饭。今年五月里为了出版《人民日报》，他担负起组织永兴印刷公司的重担。为了使报纸如期出版，他亲自去邢台买木料监工把工作房修好；又为了减低生产成本，他节衣缩食，出门不坐汽车也不骑牲口。他不只一次地嘱告大家：说到优点切不可有半点夸张。他说自己在印刷业上，即便有一点点成就，也是在党的领导下和大家研究的集体成果。他在答复询问他某项成绩的原因时，只是这样短短的两句话："第一不怕困难，第二不怕困难，第三还是不怕困难!"结束此文的时候，让我向这位"三不难"老人致敬，并祝他健壮!

(1946年11月14日)

边区文化出版界集会庆祝王老显周五十寿辰

潮

【本报特讯】七日上午十时，印刷厂职工，华北新华书店、太行《新华日报》及本报等文化出版界代表热烈集会，特为边区印刷界功臣、新华书店经理兼永兴印刷公司总经理王老显周同志五秩寿辰祝贺。锣鼓喧天声中寿典开始，王老被拥至主席台中间，密布着的贺诗、贺词、寿幛和寿桃、寿面，把屋子映成一片红色，本报"愈老愈坚强"和永兴印刷公司支部"党之光荣"的贺幛，在寿翁左右两侧互相辉映着，环绕着这位革命老人坐着的是他亲密的工友干部和来宾。主席潘副经理于报告罢寿翁的业绩后说：这次王老在大家坚请之下始允许为他祝寿，大家最好的贺礼是把工作做好，这才真正符合王老的心愿。中央局宣传部副部长兼本报社长张磐石同志致词说：王老在党的印刷业上作了重大的贡献，他是我们文化出版界一面光辉的旗帜。磐石同志号召全体学习王老忠实为党、精通业务、克己奉公、联系群众的优良作风。当太行新华日报印刷厂厂长陈燕同志谈他是王老辛勤培养下成长起来的千百个工人中之一个时，工人们都把视线集中到王老的身上，这位慈祥长者平凡的脸上蕴藏着一种感人的力量。永兴第二厂厂长王华、第四厂厂长高文明、校对科长陈艾等同志相继发言，他们列举了许多王老日常工作生活中的模范事实，说明王老钻研精通业务的精神和丝毫不马虎的工作态度，值得我们每个同志学习。总务科长吕邦说："王老这样大的岁数了，出门坚决不骑牲口，有几次我坐汽车去邯郸，王老却骑着架破自行车，在很多情况下都是车骑人，这使我深受感动。"来宾发言后，王老致答词说：今天大家为他庆寿，更引起他警惕自己的缺点，并从自己的历史上证明只有紧紧地依靠党，依靠群众的集体力量，才有个人的成就。他完全同意主席的话，对于他最大的慰藉，莫过于加强团结，积极工作。下午礼成散会。

（1946 年 11 月 14 日）

领导同志亲自动手积极推动　冀南通讯工作大发展

十月份稿件激增一倍质量显著提高

【本报威县八日电】在各地领导同志亲自写稿与积极推动下，《冀南日报》通讯工作获显著进步。在大规模的群运与参军运动中，各地通讯工作更飞跃开展起来。数量上，由八月份的五百零六件稿激增至十月份的一千三百七十件。这是本区通讯工作空前未有的现象，提高了报纸的质量，增强了对实际工作的指导作用。这主要是各地领导同志亲自动手写稿与认真领导通讯工作的结果。四地委书记乔晓光同志到广宗、平乡、威县等地巡视工作时，积极推动干部写稿；回到机关后，又亲自[给]各县写信，指示各县加紧开展通讯工作，自己也开始动手写出第一篇《平乡、广宗参军潮》。一地委宣传部长韩宁夫同志，不但积极领导与帮助永智开展通讯工作，而自己亲自写的

《永智如何打开反奸局面》与《永智反奸中的几点经验》，都是很有价值的文章。二地委组织部长吴罡同志写的《运[东]群运经验》，不但《人民日报》登载，延安新华总社还向全国广播了。其他如三地委民运部长梁一民，五地委组织部长段毅、宣传部长王浩及二十八个县委，十八个县委书记，都亲自动手给报纸写了稿。在政府部门，也有二十来个县长、秘书亲自动手。军队系统中，一分区司令员白芸同志，亲自负责报导聊城方面伪顽动态。各地负责同志以身作则地推动，使通讯工作大大前进了一步。如永智在县书赵振清同志领导下，由六月来稿六件增至九月的四十八件，十月的五十五件。肥乡在县书曹玉崐同志领导下，由八月份的七件增至十月份的八十四件。宁南在县书冯骥同志与县长崔绍武同志领导下，由每月三四件增至二十七件。冀县八月来仅十七件，十月亦增至三十三件。

（1946年11月14日）

太行群英会正加速准备

纯一

【本报长治讯】太行群英会会期已近，各种准备工作均在加速进行。各县已次第召开群英大会，选[拔]英雄，搜集展览品，大会会址及展览馆均已修理完竣，并派出专人到附近县份直接搜集展览品。展览馆[一]分为二：一为生产馆，包括翻身馆；一为民兵馆，包括时事馆。展览馆的布置，将根据下述原则：一、着重实物展览。二、着重发展过程。三、突出重点。一种物品的展览，要做到提出问题、解决问题。四、图画展览减少连环画，着重突出的大画。大会职员工作十分紧张，大会会址附近群众也均竭力帮助。

（1946年11月15日）

启事：号召向前线输送文化食粮

我冀鲁豫同蒲前线部队，为击败蒋军进攻，保卫解放区保卫人民之利益，坚苦作战四战皆捷；人民支援前线踊跃输将，因而各种供应皆有相当成绩。唯前线文化食粮颇感奇缺，我前方干部战士作战余暇苦无学习读物；尤以荣誉伤员伤势初愈，在医院休养既乏适当娱乐，更感文化食粮之迫切，为此特吁请各文化团体、宣教部门、各界人士，捐赠书报、杂志、新旧小说、群众读物、识字课本及各种小册子，只要不是诲淫邪书皆所欢迎。如蒙惠赠，或分别直寄冀鲁豫前线后勤部、同蒲线后勤部转发，或交本厅代转皆可。特照。

晋冀鲁豫边区政府教育厅

十一月十二日

（1946 年 11 月 15 日）

太行零讯[①]

太行三专署为对敌展开有力的宣传战，奖励民间剧作，顷由专署教育科三分区宣传队豫北民主剧团共组剧作评选委员会，经过评选之作品给以印刷及奖金，内容以爱国自卫战争、翻身、互助生产故事为主，形式凡民歌、快板、鼓词等均所欢迎。

（1946 年 11 月 19 日）

① 按：此处原有零讯凡四则，此处只录与文艺相关之第一则。

太行文艺杂志发起稿费劳军

志坚

【本报讯】太行文艺杂志社，特于二卷三期发起稿费劳军运动。该刊于发起劳军启事内除勉励大家表现对爱国自卫战争的神圣天职及对战斗英雄的敬爱外，并希将此一爱国运动贯彻到自卫战的最后胜利，以显示文艺工作者之劳军热忱。其劳军办法为：凡愿将稿费劳军的作者，请注明本文稿费劳军或劳军几分之几，该刊当即发表作者芳名及劳军数目，同时并将稿费寄交军区政治部。太行文联同志现已首起模范：计高沐鸿同志稿费劳军一千五百元，毓明、冈夫二同志各一千元。该刊已将以上各人劳军事一一露布，并将作者姓名及其劳军稿费已寄交军区政治部。

（1946 年 11 月 20 日）

介绍一本苏联治军小说《恐惧与无畏》

刘备耕

作者：苏联·别克

代售者：各地新华书店

《恐惧与无畏》是苏联的一本军事小说。

当本书的一节——《不是要死，而是要活》在冀鲁豫军区《战友报》上刊出后，受到了热烈的欢迎，读者们有这样反映：“现在我们的动员工作有把握了。”“这就是对我们工作的批评。”所以刘司令员伯承同志、张副政委际春同志十分推崇他，作为一本优秀的干部读物，责成宣传部门使它早日出版。

以保卫莫斯科而出名的潘菲洛夫师团，从它的编成、训练到投入战斗，一共才只有不到三个月的时间。那么，为什么这一支部队会有这样高度的战斗力呢？这本小说，以潘菲洛夫及其部下的一个营作典型来叙写，清楚地解答了这个问题，说明了苏联红军之不可战胜的原因。

“英勇精神，不是天生的，也非供给机关发下来的。”潘菲洛夫非常重视思想教育，他指示巴武尔章营长，带兵打仗“不是要死，而是活着”。在初次打仗前，“恐惧”心理严重存在着，战士们甚至于听到“德国兵”就往后跑，政治指导员道尔吉亚拿了讲话提纲，光用“祖国的命令”“光荣的牺牲”来激励士气，结果战士们仍旧是低着头，鼓不起劲儿来。巴武尔章营长针对战士们的思想问题，他说：“祖国，这就是你！打死要来杀你的人！……这是为你，为你的老婆，为你的父母，为你的儿女！”他叫大家确信：“战争的无情真理，不在于‘去死’这句话中，而在于‘杀敌’这句话中。”这种积极的求生思想战胜了消极的“去死”的思想后，士气提高起来了。为了“要活”，巴武尔章鼓励战士们学习投弹、打枪、筑工事。

潘菲洛夫不仅重视思想教育，同样的也重视纪律的保证。他指示巴武尔章去带一个营的部队，把部队的纪律问题提到第一位……这种办法乃是为的胜利。潘菲洛夫对那些不遵守纪律的现象是毫不留情的，有一次司令部一个军官去见他，在没有得到潘菲洛夫许可之前就坐下来了，潘菲洛夫叫那个军官到门外想一想再进来。巴武尔章从实际中摸索出一个真理：“我只知道一件事：如果我不坚决，如果我不实行严厉的军纪，那就会葬送这一营人，就会葬送潘菲洛夫托给我的这七百人。”

潘菲洛夫的工作作风，是准确的计算和周密的思索。他不喜欢笼统、含糊。有一次巴武尔章说：“晚上”可以把事情办妥，潘菲洛夫要他明确地规定个具体时间。他不喜欢率尔决定、不用脑子。潘菲洛夫想看新到的迫击炮，巴武尔章要战士们五分钟就把炮从军械库里取出来，潘菲洛夫轻声带笑地告诉他说：时间太少了不够用！使巴武尔章得到了感动，觉得自己需要学习用脑子思索。

严格的纪律性、准确性，并不是说就用不着革命的友爱精神了。潘菲洛夫对违反纪律行为是严厉的，而对部属是充满着热爱。他对下级指挥员是和蔼谦逊的，耐烦地同他们谈话，了解他们的情况，细心帮助他们工作，有时他跳到战壕里同战士们有说有笑的，还问战士们："吃喝怎么样？烟够不够抽？"

"如果战士们训练得不好，那最好的最聪明的命令，就成为空想。"潘菲洛夫的练兵方法，就是：一切要适合于战斗需要。因此，在行军中，巴武尔章有计划地发下粮食菜蔬，不发柴火，叫部队学习如何在困难条件下做饭吃，还有意识地叫部队不走公路，走石子路，以锻炼行军力。用俄国伟大的战略家苏沃洛夫的话来说，这叫作："学时多吃苦，战时就不难。"

当然，具有顽强的求生意志、严格的纪律性、准确的工作作风、良好的官兵关系和切实的军事训练的部队，没有问题是一定要打胜仗的。巴武尔章的营，第一次夜袭中，一百人的一支队伍，在歼灭了二百德寇之后安然返防。经过实战的考验，士气更旺盛了，巴武尔章营产生了"无畏"的精神："你来同我们杀杀试试看！"

这虽然是一本文艺书籍，但是正因为它是一本文艺书籍，所以它比一般军事教科书读起来更能引人入胜，收效更大。不单军队工作同志可以从中学得治军建军的方法，其他工作岗位的同志，也可以从中了解：为什么红军是举世无敌的？什么是好的工作作风。

（1946年11月20日）

太行通令各县整顿农村剧团

【本报长治讯】太行行署顷通令全区各县整顿农村剧团。太行各地由于群众翻身，今年自发组织起来的农村剧团很多，但不少是旧戏班恢复，尚需大力改造。通令特指出：各地剧团应明确发扬翻身群众业余自乐自唱的农村剧团特质，纠正旧戏班作风，改造旧戏班、旧艺人与旧剧。为更好的为战争服务，边地剧团不仅要善于集中起来演大戏，而且要善于灵活分散唱小戏、说大鼓、快板等。内容以鼓动全区军民爱国自卫战争胜利信心、歌颂群众翻身、准备明年大生产为中心。目前农村剧团数量空前增加，各县应在督学中配备对戏剧工作有经验、有兴趣的干部，加强领导，并对今年以大众教育为重点的方针作一检查。三专区已召集剧团会议，举行剧作评选，各地区应加强这一工作。

（1946年11月22日）

本区各地文化劳军

书报劳军募捐运动已获广泛响应

文化工作者正为前方指战员写作

【本报讯】本区各地已掀起文化劳军运动，中央局宣传部已用二十二万余元买了二千多册书籍输送前方。《新大众》发起的书报劳军募捐运动已获广泛响应，一个月内即募得十七万四千余元。冀南永兴酒店全体职工捐洋八千余元。武安八高炊事员谢成顺看见学生们捐款说："我虽是不能到前方打击顽固军，我拿二十五块钱尽尽我的心。"武安七区也普遍进行募捐，仅马洛村即捐款四千二百元，七高师生以至炊事员共捐款一万二千余元。榆社云簇街头集市募捐时，有个退伍军人谢书云捐出五百元说：“前方战士看不到书报，我是知道这甘苦的。”黎城四区东柏峪村群众听到前方健儿要看书报的情形后，马上嚷起来了。军属石田说：“我兄弟双田在五十团当战士，走时黑字不识，去年回来却认得好多字，我愿捐五十元，叫他们买书报。”劳动英雄马虎儿说：“我已经老啦，八路军来啦我才翻了身，大家选我为劳动英雄，说起八路军就是比子弟还好，我捐二十元，叫他们好好学习。”《新大众》收到各地捐款后，已陆续将书报寄到前方。截至目前，已寄出三批共一千五百二十一册。边区邮务管理总局为便利群众投寄，已通令各地邮局免费迅速寄递慰劳品。

【另讯】边区文化工作者已动员起来，为前方指战员写作。中央局办公厅研究室正为前方编写关于蒋管区情形的小册子。新华书店编辑部已掀起唱英雄运动。苗培时已写好大鼓四篇，从百名英雄唱到大杨湖歼灭战，最近还要出一本《百名英雄》鼓词。他还计划把所有战役里面的英雄都唱一唱。章容已编好《保卫边区的英雄们》故事集，另外他还正在改写苏联爱国自卫战争中的通俗故事，供给战士们看。赵树理把《福贵》辑起出版。此外编辑部还准备出版后方英勇支援前线故事，蒋军起义、蒋区农民起义等故事，还有苏联短篇爱国战争小说。计划这一二个月内，出版十五种可供前线将士看的书。太岳区文化工作者在军区副司令员孙定国“写兵”号召下，也动起笔来，最近已陆续出版《热泪及其他》《烂牛肉》《财主请客》《水推长城》《七勇士》《勇敢的人们》等小说剧本多种。《文艺杂志》《北方杂志》都著文号召笔锋面向前线。

（1946 年 11 月 24 日）

延安文化界动员文协战地组与民众剧团等赶赴前线

管弦乐团已准备随时转入部队工作

【新华社延安二十日电】为保卫陕甘宁和延安，延安文化界已动员起来。民众剧团于日前赶赴南线演剧；平剧院亦利用民间形式，以战时内容编排小型戏剧；文工室于今日绘制战时洋片（即西洋镜），并编制小型秧歌——《再上前线》，描写复员军人参战。管弦乐团以保卫延安、防奸、坚壁清野等为内容，创作大批歌曲，即将在延安新华广播电台播送。该乐团每个人员各带一件轻便乐器，以便随时转入部队工作。西北文工团的文艺小组，准备在市区及战地活动。文协的战地文艺工作组，由林山率领，日内出发。新华总社与解放日报社亦已组织战地采访队，不日即去前方。

（1946年11月24日）

发展通讯工作　冀南一分区成绩很大

冀南分社座谈经验

【本报威县十八日电】冀南一分区通讯工作突飞猛进。自《冀南日报》发表了中共西北局宣传部关于《加强通讯工作的通知》后，一地委首先响应“全党办报”的号召。在三月县书联席会议上，许政委□侠同志，当即具体布置：（一）各县委宣传部要抽调有一定政治文化水平而热心写通讯的干部，任通讯干事。（二）各县要以县委会为主，建立中心通讯小组，一面推动与领导全县通讯工作，一面亲自动手给党报写稿。（三）以区委会为主，建立基干通讯网，做到

“随作随写”“作什么写什么”。（四）好干部要爱护党报，并运用党报交流经验，指导工作。“全党办报”的精神，自被一分区干部领会后，在每一时期的中心工作中，都掀起热烈的写稿运动。如武训的国大选举，元朝的查减，临清、武训、永智三县的参军，各区都掀起了报导竞赛。冠县立功同志带领写稿，莘县宣布号召区委带领动笔，并把写稿定为模范干部条件之一。馆陶、邱县特出版《战争报》《劳英专刊》，专为党报汇集材料，培养通讯员。永智在六月以前，半年间共写稿四八件。该县经两月来的反奸诉苦运动，及地委韩宁夫、县委赵振清同志的亲自动手督促，十月份就来稿五十四件。现在一分区八个县一个市，都增添了通讯干事，直接推动，自己动手采访，通讯员由一六六人发展到五百多人。

【本报威县二十三日电】新华社冀南分社于本月二日召开各县通讯干事座谈会。到有五分区、武训、清河、巨鹿、威县、大名、肥乡、临清市等地同志。会上，大家提供了很多宝贵经验。武训的经验是：（一）通讯工作必须与实际工作结合。（二）明确规定写稿也是工作。在会议上一般的号召与具体布置相结合。（三）推动组织领导与推动写稿积极分子结合。（四）总结工作时要同时总结检查通讯工作（如总结参军，也应总结参军报导），并把通讯工作作为挑战条件之一。五分区的经验是：（一）党委除在会议上作号召与下指示外，并要按时检查通讯工作。（二）加强联系督促，能起很大作用。（三）不要平均地一般地做，应抓住重点县、重点区。（四）通讯干事在工作上应多主动。清河的经验是：（一）中心小组每月要作通讯工作总结，对写稿积极者给以鼓励与表扬。（二）集体研究是提高稿件质量的好办法。大家发现材料，即分工来写，写好后大家讨论。巨鹿的经验是：首长亲身督促检查能起决定作用。党委亲自动手与推动检查，是开展通讯工作的关键。

（1946 年 11 月 24 日）

冀鲁豫分社记者向阳同志光荣负伤

东方

【本报特讯】本报前线记者团、新华社冀鲁豫分社前线记者向阳（张祥选）同志，此次随军赴濮滑前线采访，在滑县东南上官村战斗中，不幸被蒋军炮弹炸伤左臂及左腿，光荣负伤。向阳同志负伤后，该部前线医务人员立即予以包扎，并找来担架，准备马上送他到后方医院治疗。但向阳同志深恐自己离开前线，影响此一战役的整个报导工作，故仍然继续坚持工作，直到将该部的报导工作详细交代，并布置给该部宣教部门的同志后，始离开火线到后方去休养。本报前线记者团闻信后，已派专人去医院慰问，并决心学习向阳同志的工作精神，加紧今后对自卫战争的报导工作。向阳同志自一九四一年迄今，从事新闻工作已有六年的历史，工作认真负责，这次不幸负伤，消息传来，本报同志无不对敌更增愤恨，除写信慰问外，决心以紧张的实际工作来慰问向阳同志。本报并电前方记者团拨款五千元慰劳。

（1946 年 11 月 27 日）

文化兵活跃在冀鲁豫前线

◇军区政治部文艺工作团，为了创作龙凤之战（龙堌集、张凤集）为主题的剧本，已分成若干组，由裴东篱、钱海鸿、史超、江涛等同志率领，前往各部队采访。

◇据和政部宣传部长康健同志来信：“钱海鸿同志协同前进剧社创作张凤集剧本、活报，近已写成《张凤集战斗颂》，正由该社试排中，不日将在部队演出。”

◇人民画报社高帆、关夫生、张平三同志，已收集了张凤集的材料，正在创作《百八十英雄》画，文工团的美术组也由炜克同志率领赴和实部队画《龙堌集保卫战》。

◇区政治部为了奖励前线艺术创作，已拨万元给和政部队政治部作为《百八十英雄》剧本创作和上演的奖金，又拨万元与和实政治部作为《龙堌集保卫战》剧本创作和上演的奖金。其他参加龙凤之战的部队，写出剧本也将受到奖励。

（1946 年 11 月 30 日）

边府教厅继续征集作品　评奖延期

民

【本报讯】边府教育厅征集文教作品，已获重要成绩。半年来陆续收到应征作品（小说、诗歌、戏剧、快板、漫画、木刻、中小学教材、人民的翻身故事及英勇的战斗事迹等）一百余件，现仍不断地寄来。评奖工作原定于十二月底揭晓，但半年来自卫战争与翻身运动，雄伟壮烈，史无前例，新的创作当不在少数。为使评奖普遍，使描写战争及群运的作家能参加评奖，特将时间延长，并已分函各行政区教育处及文联广为征集。

（1946 年 12 月 1 日）

文化劳军继续开展　边府召开文化劳军座谈会

【本报讯】边区文化劳军运动，已在各文化部门广泛开展。新大众社发起之书报劳军运动，现已由十七万元（本报二十四日消息）增至二十万元以上，经书店发出书报在二千册以上，他们把新从山东买来之精装《俄国内战史》赠予前线刘司令员。阳邑小学教员除在学生家长中进行书报劳军捐款外，并在热闹集市宣传，造成劳军热潮，翻身农民均踊跃捐款，购买书报捐献前方。

【又讯】边府教育厅为了扩大书报劳军范围，动员全区文化人为前线服务，于廿八日举行文化劳军座谈会，号召各界广泛开展书报劳军，并为前线将士需要进行创作。会上军区政治部任白戈同志说明前方将士和伤病人员，在每次战争空隙，迫切需要文化食粮，这一工作除了动员部队宣教部门出版书报解决一部分，须要扩大宣传慰问范围，动员大批文化人、戏剧工作者到前方去。艾炎同志反映，前线将士们均以最大热情欢迎人民的画家、戏剧工作者、新闻记者到爱国战争前线上去。他列举许多前线上的人民英雄，把自己的一切钱帛都交给公家，而带着战地记者给他的画像奋勇冲锋。会上大家一致建议政府：组织民间剧团、民间艺人，到后方医院进行劳军演唱，向北方大学及各文化机关团体动员组织大批文化人为前线服务。边府文化奖金评议委员会，亦将歌颂爱国战争的现实作品，当作评奖标准之一。

（1946 年 12 月 2 日）

几千年沉闷一扫光

宁南新文娱风行　翻身农民自编自唱教育自己

男女老少齐上台　新剧秧歌大时兴

怨诉半生苦日月　欢唱今天好光景

【本报威县一日电】快乐的歌声洋溢在宁南各村，农民翻身后，文化娱乐空前活跃。他们厌弃宣传封建迷信、伤风败俗、为封建地主服务的旧游艺，各村自编自唱，用旧形式新内容，歌唱自己的新生活，乡村改变了几千年来的沉寂。农民组织的剧团，全县已有二十多个，新剧和秧歌剧大大时兴。东汪三镇的农民，根据本村的事，编出《农民翻身乐》《对唱农会十编》《苦妇翻身》《苦尽甜来》等四个剧，南丁曹编出《打老蒋》《打恶霸》等剧，张家庄编出《农民大翻身》，孟庄编有《反对虐待老婆》。南丁曹三个农民三夜没睡觉，合编了一个剧，剧情都是本村过去的真事，又在群众面前演出，很受欢迎。各村新剧出演，男女老少一齐上台，有声有色，群众说："旧戏花钱，净唱为官为宦的；现在咱不用花钱，自编自唱，大家多快乐！"各村利用旧歌曲，编制新歌词、新大鼓，快板也很多。东汪西镇编出快板，表扬农会模范组，很受群众欢迎，《打老蒋》歌更是盛行各村。东汪的一个小女孩儿能唱十一个新歌子，七十岁的老太太夏氏念佛多年，翻身后不再信佛，改造了念佛的调子，编出《翻身后不忘毛主席》《斗争歌》《劝落后》《贺模范》《打老蒋》等歌曲。另一个念佛老妇耿氏，用莲花调编了一首新歌，题是《老人也喜欢》，歌词是"老婆婆不再愁，拉着拐棍往前走，心里想着毛主席呀，泼死泼活也要干；俺跟青年比一比呀呼唉，看[看]谁积极呀呼唉。扭的好唱的妙，俺们就是不服老；耳虽聋，眼虽花，唱起歌来可不差；人人看见都是夸呀呼唉，心里高兴都要唱啊呀呼唉”。东汪南镇的雇工姜小同，过去给地主打活，每年工资三十六元，每天整合一毛钱，人们送他绰号“老一毛”，他把自己的经历编成快板：“饿死饿活，不给恶霸地主做活；清早吃糠饼子，晌午吃糠窝窝。短工进了门，稀饭两大盆；勺子搅三搅，浪头打死人。当了短工磨洋工，要不累死几口人；不是咱不能干，光吃高粱面；吃菜不加油，喝的稀白粥。”每逢新歌编出，农民总是联系到自己，互相修改。对继续启发农民的觉悟、教育农民，起了很大作用。

（1946年12月3日）

北大、文联成立妇女问题研究会

绍华 徐省

【本报北大讯】蒋贼企图进攻延安的消息传来，人人激愤，北大和文联的女同志，觉得有立即组织起来的必要，当于上月二十四日上午，在北大举行全体女同志大会，到会有一百多人，列席者有范文澜校长、罗青秘书长、张柏园教务长、文教学院张宗麟院长及各院主任等。会上范校长恳切地指示说：“咱们这个解放区一千五百多万妇女，若都能关心当前时局，对于革命工作一定会发挥更大的力量。开展农村群众工作，女同志有很多便利条件，可以深入到老百姓家里……大家都有相当的文化和政治水平，应当尽力量把妇女翻身、妇女参战和生产的许多事迹，广播到全国全世界去……”罗秘书长和张教务长给大家介绍了很多老解放区妇女在八年对敌斗争中的英烈事迹，给大家很大的鼓舞。最后张宗麟院长说：“你们这一批知识妇女组织起来，是一桩大喜事，今后诸位肩膀上挑了一副很重的担子。这担子一头是切实为群众妇女服务，另一头是向国外国内歌颂咱们这自由美好的解放区的妇女生活……”

会议转入讨论时，文联曾克同志提议说：“组织起来才有力量，我们应该成立一个机构，有计划地去为群众妇女服务，和全解放区的妇女亲密地携起手来，全力支援前线！”经过讨论，定名为北大文联妇女问题研究会，文联曾克，校部姜国仁、李坚、蔡康志，医学院乔迁，文教学院宫志坚，行政院陈西，文艺研究室胡子慧，工学院财经学院曾竹君等九人当选组织执行委员会，姜国仁和曾克为正副主任，分部进行生产、组织、宣传、研究诸项工作。

最后，大会一致通过致电延安解放区妇联支援保卫延安，致电大后方爱国妇女抗议蒋介石卖国内战及非法召开“国大”等罪行。

（1946 年 12 月 6 日）

《中美评论》被迫停刊

【新华社延安二日电】据十月二十五日《香港华侨报》透露，沈阳美新闻处一部分职员与某些中国人合办的带自由主义色彩的《中美评论》旬刊，最近也被蒋政府和美国在华当局迫令停刊。缘上述中美人士在沈组织有“中美学会”，主旨在介绍美国人民民主运动与学术，《中美评论》即为该学会所发行。出至第二期，即为国民党沈阳军政当局所不满，出至第三期两种国民党报纸即攻击为“共产党出版物”，国民党当局竟央请美总领事将《中美评论》改组或停刊，并要求美新闻处职员脱离该刊。美总领事竟迫令全体美新闻处职员辞职，《中美评论》遂停刊。

（1946年12月7日）

名作家光未然将赴北大任教

【本报讯】著名作家、诗人光未然先生，近应杨戎正副主席及北大范校长电邀，已于日前偕其夫人及其他文化工作者数人莅临边区，边府及军区皆举行热烈招待。闻先生略事休息后，即将赴北大担任教授。从此边区的文化工作又增加一员健将。

（1946年12月8日）

响应文化劳军　《北方杂志》编刊慰劳前线特辑

【本报讯】响应文化劳军号召，边区文联所编《北方杂志》拟在六期编刊慰劳前线将士特辑，广泛约请北大范文澜校长及边区文化界同志撰稿，并拟在该特辑中，编附一前线报告集。该刊出刊后，边区文联拟以两万元购买二百本，捐赠前方将士。

（1946年12月8日）

劳军报书太行免费加快寄递

【本报讯】太行各地邮政管理局响应书报劳军运动，总局决定：一、无论自募或别人募的书报，只要封面上写明“慰劳品”，一律免

费寄递；二、各局站必须尽先运送“慰劳品”，不得积压。(《太行邮报》)

【本报威县七日电】巨鹿县委会、交通局、各区委及救国会主任集会，研究改善《冀南日报》发行工作。过去各村往往看不到报纸，向交通局订报的日益减少，大大影响冀报对群众宣传教育作用。检查原因，系交通局分报不及时，区里没有专人负责，邮政代办所没有把报送到各村。于是决定各区划为十几个小区，设专人统一发报，交通局将发行红利百分之十酬予专人。

(1946 年 12 月 9 日)

边区政府聘定文教作品评奖委员

【本报讯】边区文教作品评奖委员，兹经杨戎正副主席聘定，名单如下：杨主席、军区张副政委、北大范文澜校长、教育厅晁厅长、军区政治部宣传部任白戈部长、人民日报张磐石社长，边区文联荒煤、黑丁两同志，作家赵树理、太行文联高沐鸿同志等十名。

(1946 年 12 月 10 日)

冀鲁豫前线的文化兵

唐西民

紧张的自卫战争，给予文化生活以如此丰富的内容，而最广泛、迅速反映这些内容的，是流传在前线指挥员和战士们手里的各色各样的油印小报、期刊。现在，在冀鲁豫前线，业已出版了二十六种油印小报和刊物，这里面有交流政治工作和作战经验的《政工往来》，有指导政治工作方向的《反击报》《自卫报》《前进报》，有传达胜利消息、表扬战斗英雄模范的《火线报》《子弟兵》《战士报》，也有专门刊登战斗通讯及文艺创作的《战士文艺》和《战场通讯》。这些报纸和刊物，已经成为前线指战员们最主要的精神食粮了。

情况越紧张，报纸也就出得越多、越快，多数的报纸差不多都是隔一天出一期。在大杨湖战斗最激烈的时期，《战斗生活》和《铁军报》都是按期地隔一日出一次；而在八天激烈的张凤集战斗中，《战士报》更出到六期之多。

通讯报导是那么的活跃，每一张报纸每天收到的稿件，总是多得用不了。所有这些稿件，绝大多数都出自亲手作战者的手笔，往往是前半天，甚至两三个钟头以前所发生的事情，就写好寄到报社来了。在大杨湖战斗结束后，“和主”部前线记者团一共十个人，三四天内就写了四十八篇。他们已学会了在防空洞、战壕里，在炮火轰击、飞机狂炸的环境中来从事写作了。

在火线上，报纸的缮写和印刷比起写稿来自然更要困难得多，但是，宣教部门的同志们以他们最顽强的战斗精神，完成了这个艰巨的任务。裴光同志带病工作，亲自在防空洞里编稿刻印，保证了《战士报》的经常出版。张涛同志有一次用完了腊纸，就用复写纸写报，并亲自送到战壕里去。这样，许多重要消息，经常在当天的报上就登出来，送到战士们的手里了。战士们都高兴地说：“怎么刚打完仗就登出来了。”

文工队除了进行报导工作外，更有计划地在战斗中搜集材料，利用战斗间隙，写成剧本，组织晚会演出。“和主”部文工队在大杨湖战斗后，很快地写成了《反内战》《大杨湖战斗》等活报和歌舞剧；“和现”部文工队在参加龙凤之战勤务工作后，在短短的六天中，也编排出《好排长》《四班长王大邦》等五个短剧和《四英雄大闹曹家垓》等快板；“和政”部文工队则创作出以“吴忠团长等一百八十勇士”为主题的剧本《张凤集战斗颂》。他们也把英雄的事业写成歌曲，为前线战士们所喜欢歌唱的《自卫》《消灭反动派》，就是“和现”部文工队以消灭一八一师及整三师的事情为内容，采用小调风味写成的成功作品。

他们跟随部队作战，还要做战勤工作，因此，他们只有在行军路上对词；敌人飞机每天来轰炸阵地，他们就在防空洞里把戏排好。因为部队不能离开阵地，他们就到各个战斗单位去轮回演出，时间常是黄昏之后，没有汽灯，也没有幕布，他们就在离火线不远的广场上，点起高粱秆来照明。在隐约的枪炮声中，在野火炽烈的红光里，演出这些部队本身所创造的丰功伟绩。

有几次，为了使立即要出发作战的部队能看到戏，在清晨的浓雾中，演员们连脸都没洗，就涂上油彩出场了。当战士们看到自己的英勇、机智、友爱，以及新解放过来的蒋军士兵的觉醒，由演员们生动地活现在舞台上时，欢笑和热烈的掌声哄然而起。他们说：“谁要干出一件好事，文工队就给谁编出戏来唱，这多光荣呢？好！咱今后一定好好干。”戏演完了，战士们一个个兴奋得满脸通红，挺起胸脯英勇地走向战场。这给战士们增长了多少信心和勇气啊！

绘画，特别是连环故事画，是最受战士欢迎的。在军区政治部艺术科同志的倡导和直接协助下，如今已有《反击报》等七八种小报增加了画刊，专门的画报也出版了《前进画报》《战士画报》等四种。

军区文工团美术组的同志们，从这个连到那个营，忙着给英雄们画像和搜集战斗故事，绘成了八十多幅连环画，如《连长马玉清负伤爬坦克捉俘虏》《火箭炮手南泉春》《新战士王喜才》等。这些画广泛地登载在各种小报和画刊上，也特地在驻地及部队里轮流展览过。范云同志在一个半月中，竟画了厚厚的两大册，他不分昼夜地工作着，画了又刻，刻了又印，陆续出版了三本精美的画册。战士们都看得手不释卷。每个活现在画面的英雄，已在部队中成了大名鼎鼎的人物，成为战士们学习的榜样。

我们的摄影记者，也曾随突击连一起登上了砀山的城墙，摄下了勇士们反击的雄姿，在张凤集的工事里，将英勇守卫的战士们收进了镜头。

无论记者也好，演员也好，所有的文化兵们，都是忘掉了一切艰险和困难，永远不知疲倦地夜以继日地全心全意为战士们服务。因为，他们知道自己的工作是多么崇高。在这里，我们只要举一个事实，就可以说明这一切。

"六〇五二"一营的一个青年战士，自报奋勇和他的同伴一起去当突击队，任务非常重要，每个突击队员都交出了自己身上的文件和所有贵重的物品，他也毫不犹豫地交出了一切，但是，他把一件最心爱的东西藏起来了。任务完成后，他英勇地牺牲了，人们噙着眼泪去安葬他，从他贴身衣的口袋里，找出了他所珍藏的最心爱的东西，那是一本染满了血迹的连环故事画——唐平铸同志所画的《王学志诉苦》。

只有看到这种动人的场面，你才会深刻地了解，《活着的勇士》——歌唱吕园子战斗的无敌英雄张嘉荣——的作者胡奇同志，当他受到"和现"部特赠给该诗的五百元奖金后，为什么不肯接受这笔奖金，而把它全部转赠给正在医院里养伤的张嘉荣同志，并写了一封热情洋溢的慰问信，坚持说：应该受奖的是张嘉荣，而不是他自己。

（1946 年 12 月 10 日）

请告诉我们你需要什么？

我们也有几个问题，请诸位帮忙答复一下：

一、副刊已出的一二十期中，你爱读哪些文章，不爱读哪些文章？

二、你觉得还应增添什么种类的文章，辟什么新栏？

三、对你有切实帮助和使你感到有趣的文章，两者中哪一种你更需要？

四、我们所用的语文，你觉得太深还是太浅？

五、对副刊的版面，你觉得清楚么，应如何改变？

六、除“读者顾问”等外，你更有什么事情要我们服务，才使你满意？

请迅速写信给我们，以便明年初就可改正。信中并请说明你的年龄、性别、工作岗位、文化程度，作我们集纳时的参考。我们热切地盼望着。

敬礼！

副刊编辑室谨启

十二月十日

（1946 年 12 月 10 日）

文 化 消 息

茅盾赴苏

名作家茅盾应苏联对外文化协会之邀，赴苏游历，已于十一月廿八日偕其夫人自沪动身。动身前，沪市各界纷纷欢送。二十四日，沪文协、木协、剧协、音协等十团体联合欢送，叶圣陶任主席，郭沫若、许广平、胡风等代表各团体致欢送词。苏联对外文化协会代表并拉特金发表演说，希望茅盾夫妇访苏仅为一个开端，今后中苏间能常有文化使节来往。各团体纷收代表作品，交茅盾带往苏联。茅盾本人亦大量收集我国文艺界各种代表作品达六箱之多。茅盾在该欢送会致词，表示愿努力以赴，俾不负朋友之望。

《白毛女》新出演

闻北大、文联合组之文艺研究室所领导的下乡流动宣传队，已赶赴长治参加劳英大会，并演出六幕歌剧《白毛女》。

阿英近作问世

名剧作家阿英在苏皖解放区自卫战中，深入前线，写成剧本《自卫》供各剧团排演；涟水保卫战胜利结束后，又写成了《涟水战地》一书。

延安展览战士画

陕甘宁边区部队正开展美术运动。“兰州”部队已举办过三个战士美术训练班，训练出一百多个美术兵。他们回连后，又办了连队工训班，于是美训工作在各连大大展开。现各连在备战中有备战画报，行军中有行军画报，战斗中有战斗画报。联政宣传部收到该部战士画六百三十余幅，并约请延市美术工作者及文艺团体前往参观指正，马达、柯仲平、胡蛮等均有深切评赞。十一月中在延市街头举行画展。

马达等返延安

木刻家马达、音乐家杜矢甲、作家陈学昭于上月初已经从前方返抵延安了。

（1946年12月15日）

前方战士需要木刻领袖肖像

据本报前方记者团来电说：新年快到了，前线战士们很想能有领袖们的画像。政治部将会注意这个问题的，但我们建议，木刻家们在这件具体事情上，应多出点力。请把毛主席、朱总司令、刘司令员、杨主席、邓政委等首长的肖像，刻制成明信片大小的单幅吧。印刷厂也可设计石印一些。这件事不大，想来我们的艺术家一定可以美满而及时地满足前方这个需要的。突击一下吧！

（1946年12月15日）

告诉群众：八路军一定要回来

安阳廿余种宣传品深入敌后

【本报长治十三日电】安阳敌后，敌我展开宣传战。我安阳县指挥部与救联会编印了二十余种对蒋伪士兵、沦陷区群众等的宣传品，散发在敌后，群众欢欣，蒋伪恶霸异常惊惶。一日夜我五区民兵武工队奔袭南流峙，散发了大批宣传品，到处传播了我军胜利消息和我收复失地的决心。群众高兴地说："八路军快回来啦，顽固军占不久啦，狗日们派下的粮款给他拖吧。"第二天早晨，三分之二的恶霸和特务逃亡，地主都溜了。上月二十号，我游击集团到河西，随军教员郭占存同志把咱的传单贴在蒋伪的传单上，人们都偷偷地念着：

“论杀人是中央军，世界上考头名，开水锅活煮人，白龙庙农会主任丧了命，民兵们，老乡们，大家替他报仇恨。”“美造蒋军，伪装善人，花言巧语，保你安宁。捉住青壮，送你从军，老人小孩，筑城填坑，捉住妇女，强行奸淫，一点不从，就地毙命。”我们天天夜间换标语传單，群众都争着看。

（1946 年 12 月 16 日）

我某团战士用笔如用枪　流动宣传组工作活跃

创造许多散发宣传品的好办法
向群众口头宣传成为日常工作

吴象　虎田

【本报冀鲁豫前线记者团十三日电】我某团各连战士中选拔的流动宣传组，自爱国自卫战争以来，工作异常活跃，已成为该团政治工作一大特色。宣传组对上级发下的宣传品保存得很好，常常下雨浸湿了背包，宣传品常是干干的，他们说：“宣传品就是炸弹，可不能丢了。”三连宣传组长李志银，在巨南阻击战中，没有浆糊贴传单，把干饭放进嘴里嚼烂了来代替。七连戴德成在退却时，不慌不忙地用土块把宣传品压在路上。十一连通讯员王鲜文，用线把宣传品捆在高粱秆上。著名的张凤集战斗中，有九个蒋军缩进一间房子不肯缴枪，二连常忠堂把宣传品和土块捆在一起，从枪眼中投进去，结果蒋军开门缴枪了。以上这些办法，经过该团《战斗报》及政治部经常召开的宣传组长会议表扬介绍，已普遍到每一连队。

涂写标语的工作也很起劲。至十一月初为止，全团已写了一七六八条，连卫生队都写了二百五十多条。五连王长存一支写标语的笔，从四月到现在，每次行军作战都舍不得丢。他说：“这也是我的武器，搞支笔可不容易哩!”他一个人写了六十九条，越写字越好，越写越想写。九连文书自己写得多，又教会了三个徒弟。

在宣传组的督促与影响之下，全团战士向群众进行口头宣传，几乎已成了一种制度。许多战士晚上向班长汇报，开口就是：“我今天向房东宣传了几次。”群众纪律也大大进步，如三营从定曹战役后到现在，没有要过一个民夫。政治处常常集合各连宣传组会唱歌的人，集体学歌，学会了再回连去教，使部队战斗情绪更加高涨。

该团领导上对宣传组甚为重视，不断健全组织，不断教育培养，使之不致因战斗伤亡而工作中断。各连政指均认为宣传组对自己帮助很大，参加宣传组的同志也认为参加宣传能提高文化与工作能力。

（1946 年 12 月 17 日）

响应书报劳军　《新大众》收款九十万

云

【本报讯】新大众社发起之书报劳军运动，已遍及工厂、机关、学校、商店、村庄，购买书报劳军者，有专员、县长、经理、区村干部、小学教员、炊事员、理发员、勤务员……从七十岁的老太太，到十二三岁的小娃娃，都捐钱捐书，关心前线战士的文化食粮。邯郸太昌面粉公司全体职工，将反奸清债得来的斗争果实，抽出五万元，作购书劳军用。该公司技师朱瑞喜同志，因八路军来后，他才翻身，自动拿出五千元，给前线买书。利民职工会（包括利民煤矿、临水电厂）听说前线需要书报，全体职工已捐出廿二万余元。赞皇某工厂热烈捐款劳军时，该厂王经理的老太太，在旁边听了，也拿出一百元钱，买书劳军。榆次县仓库主任成其银，听到书报劳军消息，他说：“这是为了打蒋介石狗头，我宁愿少吃几包烟，也要捐钱买书给战士看。”汤阴、左权、武安、涉县各高、初小学校同学，都把摘花、纺线、砍柴赚来的钱，捐了出来。新大众社现已收到各地读者捐款九十余万元，除已送三十余种书志五千余册到前线外，计划在年关时，将以五千册新书，分送冀鲁豫、太岳、豫北前线，作为后方群众给前线战士们的新年礼物。

【又讯】永兴、协成两印刷厂，正赶印供给前线干部、战士的书志。协成印刷厂全体职工，准备在十五日装订出十五种新书，供给前线。永兴印刷厂工务处同志说：“我们的文化劳军，就是快排、快印、快装订。”

【又讯】华北新华书店除编辑供给前线将士看的《苏联红军的英雄》《独子》《苏沃罗夫元帅》《百名英雄》等书外，并派专人到前线采访，过去寄往前线的书刊，是否适合战士的口味，前方将士需要何种书志，以便今后编辑、发行。

（1946年12月17日）

书报劳军续报

邯郸自新人捐款买书

郭直夫 晨光 李疋 鹤如

【本报讯】各地继续热烈展开书报劳军运动。从本月一日至九日十天内，据沙河、邯郸、成磁、长治、黎城五县通讯员不完全统计：即有书刊、画片四千三百二十册，书款三十六万六千九百廿五元，慰问信二百七十余封，其他肥皂、手巾、鞋袜等无算。其中沙河三、四区各完小、普小师生对前线八路军将士最为关心，他们在一礼拜内捐得书报款廿万元，收到慰问信七十余件。白错小学十一岁女生把在念书中抽空纺织赚得的五十元也捐出来。二高炊事员王占吉非把二百元津贴捐出买书不可，并写信给前方八路军说："我没有忘掉你们。"邯郸市看守所自新人也捐出他们从生产中赚得的一千三百元，要求买成书报送前方。成磁二完小靳校长于自己捐书劳军之后，并号召大家节省一元钱、一两米来买书劳军。长治各界在看到本报发表的鲁之沫同志的信后，都自动请求献书献款。该市四中一天即捐洋六千元，买书寄往前线。黎城一高师生于捐献书款后，并组织四个宣传队，敲锣打鼓，唱歌跳舞地到下桂花、土岭等村劝募书款，三天即募得书刊十六本，书款两万一千元。

（1946 年 12 月 19 日）

本报征求读者意见

本报创刊以来，时逾半载，为使今后报纸进一步与实际结合，更好地为全区人民服务，敬希全区党政军民各界及本报一切读者，本爱护本报之热忱，对报纸之内容、形式、编稿、报导与发行等方面，提示改进意见，不胜企盼之至！

人民日报社启

（1946 年 12 月 20 日）

担书下乡卖 群众都拥护

太岳新华书店二分店业务新发展

李德元

【本报讯】太岳新华书店二分店自浮山城转[移]出来后，即分四个小组，担书下乡，到沁水、士敏、翼城、浮山各县的偏僻乡村与集市上出卖。百姓随时可买到书籍，所以到处受到欢迎，且经常可听到群众反映与要求，以便改进出版工作，分店业务大大发展。如在浮山城里，八月份每日平均营业二五一三·五七元，九月份因防空备战，每日平均一一六一·〇八元，十一月二十日开始下乡，每日平均营业即达五〇六三·二四元。这个数目超过该分店以往任何一个时期。所以该店王军同志说："不出浮山城不知道下乡，再进了浮山城就忘不了下乡。"现全店同志生活艰苦，专心一意摸索创造。该店经理张更新同志更不遗余力，除处理全店事情及照顾四个组的工作外，并亲自担书下乡推销。这种新的深入群众的发行方式，成了今后发行工作上的新方向，各地做发行工作的同志应好好学习。

【又讯】沁水[二]高开办的文化合作社，过去三个半月内，营利一二四七六·六六元，按本分红，每元得利六角。现为了适合大家的要求，决定再次扩大股金，吸收小学教员、学生入股，扩大文具经营，新添二人，于一周内担书下乡。

【又讯】新华书店为了解决一部分读者购书困难，特从内部抽出一部分同志，设立三个流动分店，地址在：（一）晋城东沟一带；（二）阳城刘村一带；（三）王屋一带。

（1946年12月20日）

太岳文化界发起写兵运动

【本报太岳十三日电】本区各文化机关团体，发起“一本书劳军运动”及“写兵运动”。太岳行署文教处、文化界联合会筹委会、太岳新华日报、太岳新华书店等文化机关团体，于八日下午集会讨论决定：（一）募捐书或捐款由新华书店购成书，书籍最好是新而通俗的。（二）收集书款处为太岳新华书店，募捐名单将定期在《新华日报》公布。（三）截止日期到旧历年前。四日文化界联合会筹委会向全区文化工作者发出写兵号召，该号召称：在彻底打败中美反动派的联合进攻中，在军事战线上主要是以枪杆子消灭敌人，而我文化战线上亦应紧密结合军事战线，拿起笔杆来完成从思想上消灭敌人的任务。这就要集中力量大力写兵，写我们反内战的英勇范例，以长我之志，灭敌人之风。该号召最后特别强调：立即行动起来，亲自动手，多编写些通俗的小说、故事、快板、歌曲之类的作品，开展一个写兵运动。

（1946 年 12 月 20 日）

出版新闻

★茅盾先生的《腐蚀》，已在新华书店出版，《清明前后》也在排印中。

★《王贵与李香香》，打算出单行本，不久当可和读者见面。

★名歌剧《白毛女》，出版以来，销路非常好。为满足读者需要，现又继续排印，但因为该剧本附有数十页歌谱，排版比较困难，闻永兴印刷工厂正设法赶排中。

★周沛然同志所编的《解放歌选》，已由新华书店出版，内有《唱歌自卫》《翻身》《民主》等歌曲五六十首。爱好音乐的同志们，请留心《歌选》出版的日期吧。

（1946年12月20日）

简　复

问：我们准备把《王贵与李香香》编成剧本上演，但有几个疑问，请来信指示：（一）三边是地区还是村子？在延安哪个方向？有多远？（二）王贵既然参加了游击队，李香香为什么不备战转移？（三）李德瑞下落如何？在剧本上，我们打算叫崔二爷打了他的黑枪，合适吗？（四）李香香的父亲死了，为什么她毫不悲哀？（五）“捆一个老头来看瓜”是什么意思？崔二爷结局怎样？（民主剧团璧夫问）

答：你们准备上演《王贵与李香香》，这是很可喜的，祝你们演出成功！并请把出演的效果告诉我们。所提的疑问答复如下：

（一）三边即定边、安边、靖边三个县的合称，现为陕甘宁边区的行政分区，简称三边。在延安的西北约三四百里。（二）当时陕北红军进行的主要是游击战，不像今天有广大的解放区，所以王贵虽然参加了游击队，而李香香还只好□在村里，这一点编剧时最要注意！（三）李德瑞据原诗是被崔二爷派出去害死了。但这种情形李香香恐怕不知道，所以也就连带解答了第四个疑问。剧中让崔二爷打了李德瑞的黑枪，是可以的。（四）老头看瓜是一种捆人的方法，就是把头捆在裤裆里。崔二爷捆起来以后处死是无疑的，但在舞台上是不是要来一个“当场枪毙”，你们自己去考虑吧！

谢谢你们给我们寄来《顺天游》的歌谱。据我们所知道，这个谱是经过延安鲁艺学院研究以后修改过的，《变工好》就是用的这个谱子。而上次我们发表的，却是根据一位到过陕北者的口唱记下来的，所以拍节上有些出入。好在民歌的唱法比较自由，只要把握住感情，节拍略有变更也不要紧。

在这以前，我们还收到先锋剧团石岩同志寄来的两份曲谱，因为旋律大体类同，没有再登一次的必要，在此一并致谢。

问：十月十四号贵报所载《陆定一同志在延讲话全文》中，说我们的正规军与地方兵团共三百五十万，但《新华日报》上却是一百五十万，哪一个正确？(尹如修问)

答：后者正确。

——编者

（1946 年 12 月 20 日）

前线文化简讯

文工团忙于排剧　美术组笔不停挥

★军区文工团近与×部文工队联合创作剧本，配制歌谱，排演工作至为紧张，创作组常常深夜还在修改底稿，演员们梦呓中还在背诵台词。天寒结冰，美术组仍不肯放下冻僵了的画笔。据该团负责同志谈：“全体人员都以服务前线为无上光荣。目前工作比任何时期都艰苦繁重，而情绪也比任何时期高涨。”

★所有剧本均取材于各次战役中可歌可泣的英雄事迹，并经过深入调查、集体讨论、反复修改，现已排演成功者有《歌舞剧》《挖工事》《吕登科英雄颂》，话剧《张凤集》《保卫龙堌集》，歌剧《于新科诉苦》《赶走红毛鬼子》等。预计年底即可全部完成，将于新年分赴各部队献演。届时，将有大小布画一百八十余幅，轮回展览。

★《挖工事》一剧简短生动，强调英勇必须与技术结合；工事坚固与否，对胜利有重大影响。排演时，直属队指战员争往参观，一致认为内容生动，教育意义很大。

《恐惧与无畏》深受前线的欢迎

★刚由后方运到前线最近出版的苏联文学名著《恐惧与无畏》，深受前线干部欢迎。某部指挥员同志说："我一口气把它读完了，真好！排以上干部都要看一遍。真是学战斗条令最好的参考书。"早操讲话时，他还专门作了一次介绍。某部首长听说此书，打电话向政治部催着要。某部赵主任因为这书不敷分配，专门集合排以上干部，讲解这书里的故事。

某部指挥员同志常给战士们照相

★某部指挥员马同志，对摄影兴趣甚浓，常在战地为战士摄影，他笑着说："可惜！可惜！冲锋那一阵没有拍下来！那时候忙着打仗，忘了摄影，等到想起来又来不及了！"

（1946年12月22日）

战壕小传单

夏川

在"和政"三中队一大队进攻老岸时，在阵地里流传着一种班内传诵手抄的小传单。有一个是歼灭黄庄蒋军三七四团的捷报，另一个是《坚决拿下老岸》的快板。小传单，左上角画一战士，手托着一个五角星，五星右面的一行小字，写着：“小流星，都要看，人传人，班传班，手递手，传遍连，好消息都了然。”下面的空白抄着快板全文：“头一炮，打的响，活捉了一个何冠三；两个旅部被解决，黄庄敌人完了蛋；蛇无头，不能走，贼无头，一定乱；大家更要加油干，磨亮刺刀进老岸；昨夜打得老天红，敌人吓得打颤颤；今晚上，咱要干，看谁缴的机枪多？看谁动作最勇敢？勇猛顽强捉俘虏，克服一切的困难；新老同志齐努力，争取英雄理当然。”这种小传单每连抄发一份，由各班文化程度高的战士，在白天战斗间隙里朗读，确是火线鼓动工作的一种好办法。

（1946 年 12 月 23 日）

画家上火线

夏川

冲锋开始了，三连班长李善元，大背枪、光着头，右手紧握手榴弹，带领突击组一拥而上。

在另一个工事的枪眼里边，有两个人迅速把这一紧张的场面描上画簿，那便是我们的画家邹雅和关夫生同志。

部队突进寨里，他们也跟到寨里，把蒋军俘虏们狼狈模样画上，把我们战士们牵着骡马、缴了枪炮笑态可掬的容貌画上，把倒在寨上的一个蒋军和一只黄狗倒毙在一起的情景，也曾收在画簿里了。

战斗一结束，在蒋伪十二总队长何冠三跟前，在为人民英勇奋斗的英雄群里，我们的画家在不停地挥动着画笔。

对这两个紧张工作的人，战士们发生了高度的兴趣，每当他们的影子出现的时候，人群里便引起一阵喜悦的骚动："画画的来了，画画的来了！"有的战士发誓似的说："奶奶，看下回也得让他们给画一个才是。"

（1946年12月23日）

北方大学文工团拟赴冀鲁豫劳军

语

北大校长范文澜同志，顷自太行给记者团某同志来信称：北大已与边区文联商定，拟俟参加太行区劳动英雄大会后，派一文工团到冀鲁豫前线，代表全体师生向前方敬爱的将士致敬。并称：文工团包括文艺、美术、戏剧、音乐四部分。人力虽不足，当竭自己的微力，表示我们的至诚。前线各部队，闻悉北大文工团拟来前方劳军的消息，均翘首盼望他们早日到来。

（1946年12月24日）

中央局宣传部召开出版发行会议

今后出版物以宣传毛泽东思想为主

科学分工使出版发行均有合理保证

【本报讯】为了解边区出版发行状况，交换出版发行意见，并及时解决出版发行工作中的困难，晋冀鲁豫中央局宣传部，特于廿二日，再次召开边区一级的出版发行部门会议（第一次会议在上月廿三日举行），到新华书店、人民日报、永兴印刷公司、边府印刷厂、边区政府、军区政治部、司令部、邮政局等代表十余人。对于今后边区出版发行工作，进行了广泛深入的讨论。关于出版方针方面，着重检讨了过去无明确方向东西出得多、内容一般化的毛病，并提出了今后的方针主要是求精，是出得少出得好，各种书刊都要有丰富内容并具有自己的特点。出版的每种书刊，必须明确地去宣传毛泽东思想，在这样的方针下，有些刊物就应当精简，以便集中力量，去办好几种拥有广大读者和通讯员的刊物。出版的各部门，特别是新华书店，应主要是供给提高干部的各种读物，通俗读物只是出版物的一部分，通俗读物主要的供给应由各区宣传部门根据当地群众的需要去解决。其次是保证书报按时出版问题，过去边区各部的出版印刷力量，由于未能很好地组织，致出版紊乱，书刊印刷时间很难保证，因此这次会议，对各印刷厂排印能力都作了精确的计算，科学进行了分工，使今后各部出版物的印刷，得到了合理的按期出版的保证。第三，各种读物印出后，怎样迅速地把它送到广大读者的手里，那就是发行的问题了。此次会议，对边区邮政发行问题，也作了详尽的讨论。由于边区交通的困难，邮局运输力的不足，因此过去邮递发行工作中，存在着许多实际的困难。这些困难，现正由领导方面[向]邮局进行研究解决，以保证今后书报发行的工作做得更好。最后，大家感到，这样共同研究问题、解决问题的会议，对于边区出版发行工作有极大的帮助，因此决定今后每月举行一次以便使今后边区的出版发行工作搞得更好。

（1946 年 12 月 25 日）

写战士们爱唱的歌子！

读者 齐进明

我从前方回来，感到战士们没有好歌子唱，这是部队生活中一个很重要的问题，也是普遍的反映，我提出来，希望关心前线生活的同志们，大家一起来解决。

但是，“战士们爱唱些什么歌子？”这个问题是值得研究的。据我的了解，战士们爱唱的歌子，在内容方面（也就是歌词），要具体、生动、通俗易懂；他们要求做什么，唱什么，如描写他们日常生活的，唱起来就感到特别亲切。《三大纪律，八项注意》之所以能受到战士们的欢迎，而且百唱不厌，就在于它有具体明确的内容。在今天，他们更要求和爱国自卫战争联系起来，歌唱战斗，歌唱英雄，歌唱自卫战争的胜利，甚至要痛快地骂骂敌人。他们要求唱这些能激发爱国情绪的雄壮的歌子。

在曲调方面（旋律和节奏），要简单、明快、轻松、活泼，唱起来顺口、好听，而且还要适合在行进中歌唱。因为一面唱，一面和步伐相配合，唱起来就格外起劲。给战士们作歌，这一点须特别照顾到。

目前“文化劳军”正在开展，我的这个小小意见对与不对，希望大家批评。更希望从事音乐工作的同志们多多创作，来满足广大战士们的要求！

（1946 年 12 月 25 日）

本报增加报费启事

由于纸价不断上涨，加之本报从一九四七年一月起，每三天出一次四版，故从明年一月一日开始，报价每月每份增至六百元，零售每份二十五元，邮费仍为二十元，派报手续费按报价抽取百分之二十。希各地读者见谅！并请各派报社同志注意是荷！

（1946年12月26日）

华北新华书店左权分店索堡门市部 阳邑门市部开张营业

本店为普及文化事业，给广大读者以买书方便，特在左权城开设一分店，涉县索堡、武安阳邑各设一门市部，除发行本店出版之各种书籍和各解放区之图书杂志外，并经售一切办公用具及学习用品。阳邑门市且有石印材料，欢迎各界前来购买。

如愿经常与书店取得联系，代售推销本店之书籍者，当以批发办法优待办理。

地址：左权城内、涉县索堡、阳邑东街

（1946年12月26日）

普遍进行文化劳军　太岳展开一本书运动

【本报太岳二十五日电】文化劳军的“一本书运动”现已在本区热烈展开，太岳新华书店从文化劳军开始以来，日日拥挤不堪，售出的书大部分是《兵》《党费证》《文件》《人民诗歌》等。区党委机关的卫士同志等，首先自己捐出七八本书以后，有些交通员同志、警卫员同志，他们熟悉战士欢喜什么样的书，像《朱德二三事》等，但因为书店没卖的，就将自己心爱的书捐给前方。阳城邮局邮工班长孔禄福，把自己的烂鞋修理一下，节省出一双鞋钱，买书送给前方。炊事员邢未和，节省烟钱买书，他说："人家在前方流血，我不能少吸点烟。"行署招待室里都是些来来往往的客人，但得到文化劳军的消息后，纷纷捐出自己心爱的书来。有个同志没有书也没钱，他写封信慰问，表示自己的心思。《新华日报》与新华分社，不少人在自己赠送的书本上题上"赠送给我所最敬爱的战斗员同志"等。阳城三高师生刚从前方医院服务回来，得到文化劳军消息，除将自己劳动所得的一千三百七十元全部购书外，又捐出书一百零二本，写慰问信三十封。据军区政治部谈，现已收到第一批书二千三百三十二本，将运往前方，现各机关仍在纷纷送书。

（1946 年 12 月 27 日）

任县翻身大检查中利用各种形式进行宣传教育

群众觉悟大为提高

【本报威县二十六日电】任县翻身大检查中，利用各种形式进行宣传鼓动，群众斗争情绪及阶级觉悟大为提高。在第一次县、区、村千余干部翻身动员会上，县委即组织了教育委员会，领导讨论反省和解释政策，少数有"变天"思想及情面观点的村干，也打破顾虑，鼓起了斗争勇气。各村在斗争中都建立了黑板报、广播台，创造了歌谣、新剧。群众在斗争前唱起自编歌剧——《倒息》，当唱到"穷人交不上利钱，被地主没收家产，赶到村外讨饭"时，台下群众愤恨地喊"打倒地主！"有几个群众真要上台去打。在城内，群众演出自编新剧《任县老朝廷》，把封建地主假公道、骗人统治群众的阴谋揭露无遗。在翻身大检查会上，展览了十村，一百二十三种以群众翻身为题材的漫画，及新创歌谣六十多节，千余村干部与群众一首一首地读着，津津有味。一个儿童读完“斗争会，真是好，分了果实哈哈笑；妈妈分了纺花车，姐姐分了大花袄，爹爹分了镰和锄，我分书包去上校”，喜得跳了起来。宣传部门干部演出时事活报，蒋介石唱：“洋爹爹，快快来，听我对你说开怀；天天前方打败仗，快快替我想计策。”马歇尔唱：“我儿我儿别发愁，飞机大炮咱都有。”把美蒋的阴谋揭发净尽。政工队干部也演出翻身花鼓、翻身大洋片，群众看了纷纷学唱。检查会上，把新的工作方针也编成快板，有一节说到填平补齐：“要翻身，好方针，填平补齐救穷人。平圪塔，把坑填，无论穷富有吃穿。动上头，下填平，中农成分咱不动。要填平，要认真，填平不是把产均。”一节是中农政策：“说中农，道中农，中农本是一家人。中农如果错误大，开会批评咱不罚。上中农，下中农，一草一木咱不动。叫中农，也入会，参加领导才是对。”干部听后，纷纷说好，并回村教给群众唱，群众纷纷扭秧歌，编歌唱，愉快的歌声普遍了广大的农村。

（1946年12月28日）